CW01494950

FEEL GOOD

Thomas Gunzig est l'un des écrivains belges les plus primés de sa génération. Il a notamment obtenu le Prix des éditeurs pour *Le Plus Petit Zoo du monde*, le prix Victor-Rossel pour *Mort d'un parfait bilingue*, le Prix de l'Académie royale de langue et de littérature françaises de Belgique pour *Royaumes* et *Take five*, le Prix triennal du roman pour *Manuel de survie à l'usage des incapables* et le prix Filigranes pour *La Vie sauvage*. Il a également cosigné avec Jaco van Dormael le scénario du film *Le Tout Nouveau Testament*, qui a réuni plus de deux millions de spectateurs et a été récompensé en 2016 par le Magritte du meilleur scénario. Ses livres sont traduits dans le monde entier.

THOMAS GUNZIG

Feel good

AU DIABLE VAUVERT

© Éditions Au diable vauvert, 2019.
ISBN : 978-2-253-10375-2 – 1ʳᵉ publication LGF

Pour Gaspard

« *Tout finit toujours par s'arranger.* »
Ma mère (retour de vacances, juillet 1982)

Première partie

1

L'odeur des riches

Les humains sont faits de trois choses : les os, les muscles et les souvenirs.

Enlevez une de ces choses et c'est terminé.

Enlevez une de ces choses et il ne reste rien.

Celle dont il sera question ici s'appelle Alice.

Alice…

Ses parents avaient hésité sur le prénom : sa mère aurait voulu Martine mais son père trouvait que « Martine » était le nom d'une héroïne de bande dessinée aimée par les pédophiles parce qu'on voyait souvent apparaître sa culotte blanche sous une jupe courte. Et son père aurait voulu Violette mais sa mère trouvait que dans « Violette » il y avait le mot « viol » et que « c'était quand même quelque chose de violent, un mot comme ça dans un prénom ».

Ce fut donc Alice.

Alice…

L'assemblage des os et des muscles d'Alice font d'elle une femme plutôt jolie, une femme de quarante-cinq ans sur laquelle des hommes, des hommes même parfois plus jeunes qu'elle, se retournent encore régulièrement. Une femme assez grande, assez solide, une femme en bonne santé, une femme dont on se dirait, si on l'avait connue à vingt ou trente ans et qu'on la retrouvait aujourd'hui, à quarante-cinq, dans sa boutique de chaussures où elle travaille depuis toujours, en tout cas depuis ses vingt ans, on se dirait : « Oh mais elle n'a pas changé ! »

On reviendra sur les os et les muscles d'Alice, on reviendra sur le magasin où, employée depuis vingt-cinq ans, elle vend des chaussures : des chaussures dames, des chaussures hommes, des chaussures enfants, des mocassins, des talons hauts et surtout, ce qu'elle a toujours préféré, des sneakers. Mais avant tout, il faut parler de ses souvenirs et, parmi ses souvenirs, d'un souvenir en particulier, le souvenir de sa copine Séverine.

Séverine…

Séverine était apparue dans la vie d'Alice quand Alice avait eu huit ans. À ce moment-là, Alice habitait avec ses parents dans un petit appartement deux chambres, quatre-vingts mètres carrés dans la rue des Combattants. Un petit appartement au premier étage, sans ascenseur, situé au-dessus d'un salon de coiffure qui s'appelait Inter Planet Hair et qui coiffait pour 15 ou 20 euros les hommes et les femmes de la rue des Combattants. La mère d'Alice ne travaillait plus. Elle avait été vendeuse dans une supérette pendant une dizaine d'années et puis la supérette avait dû fermer à cause d'un problème de rentabilité de la franchise et elle n'avait plus retrouvé de travail.

Jamais.

Alors, la mère d'Alice était restée dans le petit appartement, à faire un peu de ménage, à faire quelques courses pour le dîner du soir, à lire dans des magazines féminins des articles sur la dépression et le burn-out et à se demander si, peut-être, elle aussi n'était pas atteinte d'une dépression ou d'un burn-out et à conclure que, peut-être, elle était «légèrement dépressive».

Dans ce petit appartement, une fois le ménage, les courses faites et les articles lus, elle attendait qu'Alice rentre de l'école et, quand elle était rentrée, elle lui posait invariablement la même question : « Ta journée s'est bien passée ? » Alice répondait toujours : « Oui oui, super ! » et puis elle allait dans sa chambre, où elle s'asseyait sur son lit, sous un poster de Kim Wilde.

Sous un poster de Kim Wilde parce qu'elle adorait la chanson «Kids in America».

Sa mère était étonnée que sa fille aime tant cette chanson, au point de parfois l'écouter trois ou quatre fois d'affilée. Alice ne savait pas vraiment pourquoi elle l'aimait, Kim Wilde, elle finirait par le découvrir, mais ce serait des années plus tard, lorsque le désespoir frapperait ses trois coups, trois coups lourds et sinistres, à la porte de ses quarante-cinq ans.

Si la mère d'Alice ne travaillait plus, le père d'Alice, lui, travaillait. Il travaillait comme professeur de gymnastique dans une école qui, en guise de nom, n'avait qu'un numéro : l'école N° 7. Il partait travailler en training et survêtement et il rentrait du travail en training et survêtement. Au niveau des os et des muscles, il évoquait à Alice une sorte de grand cheval brun. Sa peau mate était en effet parcourue d'un épais tapis de poils noirs, ses muscles étaient chevalins, c'est-à-dire épais, saillants et reliés entre eux par tout un réseau de veines aussi larges que des pipelines. Et puis aussi, il était grand, un mètre quatre-vingt-neuf au garrot, et le fait qu'il soit grand et large et brun et qu'il dégage en permanence l'odeur très particulière du gel douche Nivea Men Energy rendait Alice fière de son père.

Elle l'aimait. Elle l'aimait infiniment.

Et il l'aimait en retour. Son unique fille. Son amour. Son trésor. L'amour qui existait entre Alice et son papa était un amour magnifique et unique, un amour vrai et pur, un amour qu'un conseiller en marketing aurait appelé un « amour premium » s'il avait dû le vendre.

Évidemment, à ce moment-là, dans la huitième année de la vie d'Alice, personne ne se doutait que, moins de quatre ans plus tard, un fulgurant cancer de la plèvre emporterait son père, son grand cheval brun, son amour de papa, vers le crématorium, plongeant la famille d'Alice, c'est-à-dire Alice et sa maman, dans un état que la formule « désarroi le plus complet » est seule à même de définir.

Mais c'est donc quand Alice eut huit ans qu'elle rencontra Séverine, une autre petite fille de huit ans qui allait à la même école qu'elle, qui était dans la même classe qu'elle, qui était assise juste à côté d'elle et qui, par voie de conséquence, devint « son amie ». L'amitié d'Alice et Séverine, ce fut d'abord des bavardages de petites filles durant les cours de français, de mathématiques ou d'histoire. Séverine lui parlait d'une série télé dans laquelle une préadolescente au-dessus de tout soupçon est, en réalité, une fée. Et Alice lui expliquait à quel point il devait être incroyablement cool d'être «un enfant américain». À ce sujet, la chanson de Kim Wilde était très claire. Sa mère lui avait traduit les paroles : «Viens plus près chéri c'est mieux, je veux vivre une toute nouvelle aventure, je me sens bien, ne t'arrête pas, serre-moi fort, nous sommes des enfants en Amérique.»

Et puis, un jour, Séverine avait invité Alice.

Le lundi matin, elle lui avait demandé : «Tu veux venir à la maison mercredi ?» Alice avait dit «oui». Un petit «oui» sec, immédiat, cristallin. Un petit «oui» aussi bref qu'un chant de rossignol ravi de l'arrivée du printemps. Tout le bonheur du monde était dans ce «oui» parce que, quand on a huit ans, être invitée chez une amie le mercredi est définitivement une des choses les plus formidables du monde.

Et le mercredi était arrivé et la maman d'Alice, au volant d'une vieille Peugeot qui avait un problème d'embrayage, avait déposé sa fille chez Séverine, parce que Séverine habitait «un peu loin», dans un autre quartier, dans une autre rue qui s'appelait la rue Lloyd-George et qui était très différente de la rue des Combattants. La rue des Combattants était une rue étroite, la rue Lloyd-George était large. Les maisons de la rue des Combattants étaient petites, usées, un peu de travers, comme des chicots dans la bouche d'un vieux monsieur. Les maisons de la rue Lloyd-George étaient grandes, droites et bordées d'arbres et de haies leur donnant l'allure de temples mayas. La lumière semblait avoir du mal à arriver jusque dans la rue des

Combattants qui était toujours, même en plein été, même à midi, plongée dans une sorte d'obscurité de sous-sol. La rue Lloyd-George, au contraire, étincelait à tel point qu'elle paraissait être éclairée par plusieurs soleils à la fois.

La maman d'Alice s'était arrêtée devant une grande grille en acier noir au-delà de laquelle un chemin d'accès serpentait jusqu'à la maison de Séverine. La maison n'était d'ailleurs pas vraiment une maison, c'était un assemblage de quadrilatères blancs dont certaines faces étaient d'immenses fenêtres d'une propreté féerique. Même sans avoir aucune notion d'architecture, même sans savoir que l'architecture était un art, Alice avait senti que la maison de Séverine était «une belle maison».

La grille s'était ouverte, Alice avait marché vers la «belle maison» le long du petit chemin, Séverine, nimbée d'une lumière royale, l'attendait sur le pas de la porte. Elle lui avait dit : «Viens, on va dans ma chambre», ça sonnait un peu comme un ordre et Alice était entrée.

À l'intérieur, la première chose qui frappa Alice, ce fut l'odeur. Dans la maison de Séverine, ça ne sentait pas du tout comme dans la maison d'Alice. La maison d'Alice sentait la nourriture qui a cuit, le Nivea Men Energy de son père et, même s'il n'y avait pas de chien, le chien. La maison de Séverine ne sentait rien. Absolument rien. L'air n'avait pas d'odeur, il avait plutôt une qualité. Il avait la qualité de l'air frais descendu de la montagne, de l'air qui, en chemin, a croisé la neige immaculée des glaciers, l'herbe fraîche des pâturages et l'eau minérale des nappes phréatiques. C'était cet air piquant propre aux grands espaces, c'était vif, c'était pétillant, c'était merveilleux.

La mère de Séverine était venue embrasser Alice. Elle était grande et longue comme un jonc, elle était belle comme un sphinx, elle sentait le muguet. Elle demanda à Alice si «elle avait faim ou bien soif». Alice dit «non, non». La mère de Séverine annonça qu'à 16 heures Nidia allait faire des crêpes. Alice ne savait pas qui était Nidia. Plus tard, Séverine lui expliqua que Nidia était «la dame qui s'occupait de tout» et que c'était un peu comme sa «seconde maman». Deux mamans dans une belle maison était une idée qu'Alice trouva formidable.

En montant vers la chambre de Séverine, les deux fillettes passèrent par le salon. Le père de Séverine était étendu dans un divan fait d'une matière qui avait l'air incroyablement douce. Il n'était ni aussi grand ni aussi brun que le père d'Alice et surtout en rien il n'évoquait un cheval. Comme sa femme, il était élégamment longiligne, il était vêtu d'un pantalon couleur framboise et d'un tee-shirt Ralph Lauren jaune pâle. On aurait pu faire une photo de lui qui aurait été parfaite pour une publicité illustrant les bienfaits des thalassothérapies. Il lisait un journal, quand il vit Alice, il se leva en souriant et lui tendit la main : «Ah mais tu dois être Alice, je suis heureux de te rencontrer, Séverine nous a beaucoup parlé de toi. » Il était courtois, d'une politesse délicate et crémeuse qui aurait pu être celle d'un monarque dans un conte de fées. La main qu'elle serra était aussi chaude et douce qu'un lapin nain.

La journée fut merveilleuse. La chambre de Séverine contenait mille trésors : il y avait toute une famille de licornes violettes logée dans une petite maison éclairée par de vraies ampoules, il y avait un grand micro rose à paillettes avec lequel il était possible de faire du karaoké, il y avait un arbre à fées chargé de fées qui, en plus d'être des fées, étaient des sirènes.

Alice se sentait incroyablement bien dans cette grande maison, en compagnie de ces gens si calmes et si détendus pour qui la vie semblait être une sorte de hobby particulièrement agréable.

Vint l'heure des crêpes. Elles furent servies par Nidia dans la cuisine, sur un plan de travail en pierre de lave, face à un jardin dont les dimensions étaient celles d'un parc et dans le fond duquel se trouvait, joie, bonheur, rêve ultime, un minuscule poney beige portant le nom de Cannelle que les filles purent aller peigner en fin d'après-midi.

Cette journée fut le premier contact d'Alice avec « la richesse ». Elle fut le premier contact avec la merveilleuse nonchalance, avec l'indolence moelleuse que l'aisance matérielle donne à ceux qui « ont de l'argent ». Même si tout cela ne se formalisa pas encore dans la conscience d'Alice, tout cela sédimenta en elle. Elle comprit, de la manière simple et naïve que lui permettaient ses huit ans, qu'avoir de l'argent était définitivement mieux que de ne pas en avoir.

Le soir, de retour chez elle, elle retrouva le petit appartement de la rue des Combattants, les quatre-vingts mètres carrés, l'odeur de nourriture qui a cuit, l'odeur de Nivea Men Energy et l'odeur de chien. Elle remarqua, par comparaison avec la langueur des parents de Séverine, l'agitation de ses parents à elle, elle remarqua la légère couche de nervosité, la fébrilité qui résultaient du mélange de fatigue, de lassitude et d'inquiétude propre à ceux qui sentent que tout peut déraper, rapidement, en un clin d'œil, que la pauvreté et la misère ne sont pas loin, seulement à quelques pas, qu'avec «rien de côté», il faut rester vigilant, sur le qui-vive et que même vigilant ou sur le qui-vive ça ne suffit pas, il y aura toujours la menace d'un coup du sort, il y aura toujours un loup pour se cacher derrière un arbre, prêt à bondir et à vous entraîner avec lui, vers l'abîme.

Et un loup finit par bondir bel et bien, en effet, quatre ans plus tard. Un loup appelé Cancer, un loup qui dévora en quatre mois le grand corps musclé du père d'Alice. Alors, il y eut la tristesse, il y eut le déchirement, il y eut le deuil et la douleur mais, plus concrètement, il y eut rapidement le problème posé par le manque d'argent : la microscopique assurance-vie du père d'Alice et le chômage de sa maman, c'était «tout juste».

«Tout juste.»

Et l'expression «tout juste» se mit à revenir dans la vie d'Alice.

Elle revenait, comme un mantra sinistre : lors des courses scolaires on était «tout juste», lorsqu'il fallait payer un dentiste on était «tout juste», lorsqu'arrivait la facture d'eau ou d'électricité on était «tout juste», lorsqu'il fallait s'habiller on était «tout juste». Jusqu'à ses dix-neuf ans, lorsqu'elle commença à travailler, Alice ne manqua jamais de rien, elle n'eut jamais faim ou froid, ce ne fut jamais la misère, elle ne fut jamais une pauvre mais ce fut toujours «tout juste».

Et puis Alice eut dix-neuf ans, presque vingt. À la

façon dont les garçons se comportaient avec elle depuis quelques années, elle avait déduit qu'elle était jolie ou, en tout cas, sexy et elle s'était rendu compte qu'être jolie ou sexy était un atout dans la vie. À l'école, ça permettait de réussir des examens où d'autres échouaient, l'inconscient des professeurs mâles était ainsi fait, en soirée ça permettait de se faire offrir des verres. Être jolie et sexy, ce n'était pas comparable à la richesse mais c'était déjà ça. Être « tout juste », c'était moins pire en étant un peu jolie.

Être jolie en étant « tout juste », ça faisait parfois oublier qu'on était « tout juste ».

Puis, après un été brûlant passé à étouffer entre les quatre murs du petit appartement de la rue des Combattants, Alice se présenta à la boutique Bocacci située dans une artère commerçante pas très loin de la rue des Combattants. La veille, elle était passée devant et elle avait remarqué l'annonce tenant sur la porte avec du papier collant : CHERCHE VENDEUSE. Elle avait demandé à sa mère ce qu'elle en pensait. Sa mère lui avait répondu « qu'un jour ou l'autre, il fallait bien commencer à travailler ».

Depuis deux générations, la boutique Bocacci était une boutique de chaussures. Chez Bocacci, les chaussures on les vendait gravement, on les vendait avec sérieux, on les vendait avec la conviction que le pied était un capital, que la chaussure en était la garantie et que les vendre était une responsabilité. On y vendait des chaussures hommes, des chaussures dames, des chaussures enfants et quelques accessoires comme des semelles et de l'imperméabilisant. Elle était tenue par Madame Moretti, une Sicilienne de cinquante ans, nerveuse comme on peut l'être quand on est de petite taille dans un pays de grands. Elle avait des bras et des jambes aussi courts et larges que des bûches, un visage plus ou moins étrusque. C'était la boutique de son père, dont le portrait en noir et blanc était accroché au mur derrière la caisse au-dessus des rangées de semelles.

Madame Moretti trouva qu'Alice présentait bien, s'exprimait bien. Pour la forme, elle lui demanda :

— Vous êtes travailleuse ?

Sans hésiter, Alice avait répondu « oui ».

Elle fut engagée à l'essai pour une semaine et, comme la semaine se passa bien, Madame Moretti lui fit un contrat. Un contrat plein-temps, quarante heures par semaine du mardi au samedi, vingt jours de congé par an, 1 300 euros nets par mois.

Alice ne se demanda pas si le travail lui plaisait ou pas, ce n'était pas la question. La question c'était que c'était un contrat et qu'un contrat c'était un salaire et un travail et qu'un travail et un salaire, c'était comme ça que s'envisageait la vie.

Pas autrement.

Et la vie passa comme passe une vie quand on a un contrat plein-temps. Alice quitta l'appartement de la rue des Combattants, où sa mère resta seule. Elle quitta cet appartement parce qu'elle sentait qu'elle avait « besoin de son intimité ». Elle trouva un appartement dans une autre rue : la rue de l'Infanterie, qui ressemblait en tout point à la rue des Combattants. Elle le décora un peu, petit à petit, surtout avec du mobilier Ikea qui était joli et pas trop cher. De toute façon, le salaire que lui donnait son travail ne permettait pas grand-chose d'autre. Il y passa des garçons : il y eut Nicolas avec qui cela dura deux ans, il y eut Antoine avec qui cela dura sept mois, il y eut Marc avec qui cela ne dura qu'une nuit, il y eut Gino avec qui cela dura tout un été avant que cela ne se termine en une pluie de larmes et puis il y eut Nathan avec qui cela dura soixante-quatre jours.

Nathan était un client de la boutique Bocacci. Il était entré au moment des soldes. Alice avait remarqué sa paire de Converse usée jusqu'à la corde mais aussi ses cheveux bruns un peu trop longs et son teint pâle qui lui avait fait penser à celui de Patrick Swayze dans *Ghost*. Il avait un sourire qui avait pincé le cœur d'Alice. Nathan avait acheté une paire de Nike Air Force One noires en taille 43 qui, soldée à trente pour cent, était à présent à 89 euros, qu'il paya en liquide. À ce moment-là, Alice avait déjà trente-huit ans, sa mère était morte deux ans plus tôt d'un cancer du sein en ne lui laissant comme héritage que le souvenir d'une longue agonie dans le sous-sol d'un hôpital, un compte en négatif, plusieurs mètres cubes de vêtements immettables et de mobilier sans valeur.

Nathan était revenu une seconde fois chez Bocacci, prétextant l'achat d'un imperméabilisant, il avait à nouveau souri à Alice, elle lui avait rendu son sourire et c'est ce sourire rendu qui donna sans doute à Nathan le courage de lui proposer de l'emmener au restaurant.

Elle avait accepté, ils étaient allés dans une pizzeria modeste mais charmante avec des nappes vichy sur les tables, des photographies du Vésuve sur les murs et des Aphrodite en plâtre dans des alcôves poussiéreuses.

24

Elle prit une pizza quatre saisons, il demanda ce que c'était qu'une «calzone», le serveur lui dit :

— Une calzone, c'est comme un caleçon avec quelque chose de chaud à l'intérieur.

Ça les fit rire.

Il lui raconta sa vie : très jeune, il avait rompu avec sa famille. Il avait essayé d'étudier le graphisme. Il s'était heurté à un système pédagogique «qui ne l'avait pas compris». Il s'était inscrit en cours du soir à une formation de trois mois sur Photoshop mais il avait abandonné à la fin du premier mois.

— L'atmosphère du cours était pénible. Le prof n'était pas au niveau, avait-il dit.

Aujourd'hui, il faisait un peu de photo, surtout des mariages, il attendait que ça décolle pour pouvoir quitter le chômage une fois pour toutes.

Alice le regardait parler plus qu'elle ne l'écoutait. Elle lui trouvait quelque chose de charmant et d'assez sexy, sans doute ses cheveux un peu trop longs et son teint pâle. Ils commandèrent un autre demi de rosé. Ça montait un peu à la tête, ça donnait à la soirée l'allure d'un moment magique. Au moment de l'addition, il proposa de payer. Elle insista pour partager. Il refusa. Elle insista encore. Il céda. Ils partagèrent. Ni l'un ni l'autre n'avait de voiture mais la pizzeria n'était loin ni de chez l'un ni de chez l'autre. Il proposa de marcher avec elle jusqu'à son appartement. Sur le chemin, il parla photographie : de Diane Arbus, de Richard Avedon, Raymond Depardon, Cindy Sherman. Elle le trouva brillant, sa voix était douce, l'air était tiède et sur le trottoir, le son de ses Nike Air Force One toutes neuves était celui d'une caresse. L'atmosphère de cette nuit de printemps presque tiède s'était chargée de la tension aisément reconnaissable du désir. Arrivée devant la porte de l'appartement de la rue de l'Infanterie, Alice n'hésita pas : elle l'embrassa, il lui rendit son baiser, ils rentrèrent, ils montèrent les deux volées d'escalier dans le noir, une fois dans l'appartement ils se déshabillèrent avec fougue. Elle le poussa jusqu'à son lit, il l'embrassa, il la caressa, elle embrassa et caressa à son tour. C'était bien. Ils firent l'amour. À un moment, quelque chose venu du fond de la conscience d'Alice lui signala que Nathan n'avait pas mis de préservatif, elle calcula très approximativement ses jours de fertilité et conclut que « ça devrait aller », elle pensa au sida mais se souvint d'un article lu dans le *Elle* parlant des progrès des trithérapies. Alors, elle s'abandonna pour de bon. Il jouit, elle pas. Il s'endormit, elle pas. Elle resta éveillée plus d'une heure. Elle le regarda, elle aimait son visage, elle aimait son odeur de transpiration se mêlant à celle de la « calzone », il était nu sur les draps, elle observa son corps : c'était un joli corps très mince, avec une peau si pâle qu'elle semblait presque luminescente, il frissonna, elle le recouvrit avec la housse de couette Ikea 240 × 220 Rödved (24,99 euros), il gémit un peu, comme un enfant. Elle s'endormit à son tour.

Ils se revirent souvent. Pendant la journée, ils s'envoyaient des textos :

Alice — *Ça va chez toi ?*
Nathan — *Ça va… Je termine les photos du mariage de dimanche dernier. Et toi ?*

Alice — *C'est calme… Je range un peu. Tu viens ce soir?*

Nathan — *Oui! (émoji cœur)*

Alice — *(émoji double cœur)*

Nathan — *(émoji étoile)*

Rapidement, ils furent un couple. Nathan venait chercher Alice chez Bocacci, à l'heure de la fermeture. Madame Moretti lui dit qu'il avait l'air d'être un «garçon bien». Comme son appartement à lui était petit, un peu sale et encombré de matériel photo, il venait plutôt chez elle. Ils faisaient les courses ensemble, ils essayaient de s'impressionner l'un l'autre en se cuisinant des recettes acrobatiques: crevettes poêlées à la coriandre, poulet au chorizo, thon à la catalane.

Elle payait souvent les courses.

Il apportait souvent le vin.

Deux mois après leur première rencontre, elle dut conclure qu'elle avait fait une erreur dans son calcul des jours de fertilité. Elle était bel et bien enceinte. D'abord, elle ne sut pas quoi faire ou quoi dire alors elle ne fit ni ne dit rien. Puis, après une nuit de rêves agités, elle se réveilla en ayant la conviction qu'elle voulait garder cet enfant. Cette décision la remplit de joie autant qu'elle la terrorisa. Elle lui donna l'impression de tomber vers l'inconnu, malgré le printemps elle eut froid, elle mit un pull. Toute la journée, en faisant essayer des escarpins, des mocassins et des ballerines, les phrases qu'elle allait devoir dire à Nathan lui tournèrent en tête:

— J'ai une bonne nouvelle à t'annoncer.

Non, trop classique.

— Tu es prêt à entendre une bonne nouvelle ?

Non, trop effrayant.

— Chéri, il nous arrive quelque chose de merveilleux !

Non, trop cucul ! En plus, elle ne l'appelait jamais «chéri». Ils ne s'étaient d'ailleurs jamais dit qu'ils s'aimaient ! D'ailleurs s'aimaient-ils ? D'ailleurs, l'aimaitelle ? Elle chercha au fond d'elle quelque chose, une émotion, un bouleversement, un ébranlement qui lui aurait fait dire que «oui, elle l'aimait», mais elle ne trouva pas. Elle ne trouva qu'un attendrissement, une tiédeur, une douceur qui lui firent conclure qu'en fait, «elle l'aimait bien». Peut-être l'aimerait-elle un jour, peut-être que ça finirait par venir, mais finalement peu importait qu'elle l'aime ou pas, «bien aimer» c'était déjà ça. Et lui, l'aimait-il ? Elle réfléchit. Elle ne put répondre. À la dame qui essayait des mocassins Guess beiges à 99,50 euros, elle dit : «Ils sont un peu justes», la dame les prit quand même parce que c'était la dernière paire. Alice laissa passer la journée sans savoir ce qu'elle dirait à Nathan.

Le soir, Nathan était arrivé chez elle. Il l'avait embrassée en la tenant par la taille. Il avait déposé une bouteille de corbières de chez Auchan sur le plan de travail. Une sauce tomate mijotait dans une casserole en fonte.

— Ça sent bon, avait-il dit.

— Je suis enceinte, avait répondu Alice.

Ça lui était venu comme ça.

Il avait avalé sa salive et il avait répondu :

— Quoi ?

Il était encore plus pâle que d'habitude.

— Je suis enceinte, elle avait répété.

— Tu es certaine ?

— Oui.

— Qu'est-ce que tu vas faire ?

— Eh bien, je vais être enceinte... Ça va durer quelques mois et puis je vais accoucher et puis je vais avoir un bébé.

Il ne dit plus rien. Plus rien du tout. Il s'assit en silence. Il mangea en silence. Alice se dit qu'il réfléchissait. Il semblait perdu dans des pensées terriblement douloureuses. Il but toute la bouteille de corbières et lorsqu'elle fut vide, il demanda :

— Il est de moi ?

— Oui oui.

— Qu'est-ce qui me le prouve ?

Alice réfléchit à la manière la plus simple de lui expliquer qu'il était le seul garçon avec qui elle avait couché depuis des mois, mais ce n'était pas une preuve au sens strict dans la mesure où cela nécessitait qu'il lui fasse confiance. Alors elle dit :

— Rien.

Il se tut encore. Alice commençait à être fatiguée. Elle avait une longue journée de travail derrière elle et le lendemain serait une autre longue journée. Nathan gardait les bras croisés sur sa poitrine en se rongeant l'intérieur de la joue. Il se leva pour aller pisser. Il revint et dit :

— C'est toi que ça regarde. J'ai pas à assumer ça.

Il prit sa veste et partit.

Alice débarrassa les assiettes pleines de sauce tomate, les verres à vin vides. Elle fit la vaisselle et puis, quand elle eut terminé, elle se sentit à la fois très faible et très

29

triste et elle eut très envie d'appeler Nathan pour lui dire « qu'elle l'aimait plus que tout, qu'elle ne voulait pas qu'il parte, qu'elle était désolée, qu'elle n'allait pas garder l'enfant ». Elle prit son téléphone, elle composa le numéro, cela sonna, plusieurs fois, trois sonneries qui lui semblèrent terriblement lentes et profondes, ce fut la messagerie. Elle ne dit rien après le « bip », elle raccrocha, elle regretta ce qu'elle venait de penser au sujet du bébé, elle regretta d'avoir essayé d'appeler « ce type », elle effaça son nom de son répertoire.

Le lendemain, elle dit à Madame Moretti qu'elle était enceinte, Madame Moretti l'embrassa, elle lui dit qu'en Sicile « les enfants sont les rois », qu'il n'y a « rien au monde, non rien » de plus important que les enfants. Qu'il faudrait juste s'arranger pour le congé de maternité (six semaines avant, neuf semaines après l'accouchement).

Alice n'eut plus de nouvelles de Nathan, au début ça la mit en colère puis, la colère passa et elle n'y pensa plus.

Comme elle n'avait pas vraiment d'amies proches, elle lut régulièrement le magazine *Parents*, où elle trouva plein de conseils sur les coussins de grossesse, la constipation, le diabète gestationnel, les douleurs au bas-ventre ou les varices pelviennes. Elle passa aussi pas mal de temps à lire les petites annonces car il lui fallait entre autres : des bodies de naissance, des bonnets de naissance, des petits pulls, des petits pantalons, un Maxi-Cosi, une poussette, un berceau, un lit, des biberons avec des tétines sans bisphénol A. Elle trouva un gynécologue chez qui elle pouvait aller en bus, il était doux mais un peu froid, entre ses mains elle se sentit comme une jument. Il lui prescrivit des vitamines. À l'échographie de la douzième semaine, il demanda : « Vous voulez connaître le sexe ? » Elle répondit que oui, c'était un garçon. Aurait-elle voulu une fille ? Elle ne savait pas. Un garçon c'était très bien. Elle se disait que « dans le monde dans lequel on vivait, un garçon c'était moins inquiétant ». Avant de rentrer chez elle, elle acheta un livre sur les prénoms : Gabriel, Raphaël, Jules, Léo, Lucas, Adam, Louis, Liam, Ethan, Hugo, Arthur, Paul, Maël, Nathan (non, pas Nathan, s'était-elle dit), Nolan, Sacha, Gabin, Timéo… Elle n'aimait rien. Et puis elle pensa à Achille, parce que c'était un héros et que (son talon mis à part) il était invulnérable. Alors, tandis qu'elle marchait vers la rue de l'Infanterie, elle prit dans son sac la photographie de l'échographie et regarda le profil de l'enfant qui grandissait en elle. On ne voyait pas grand-chose, c'était un peu flou, on aurait dit l'image d'un fantôme, mais c'était bel et bien son fils. À voix basse, elle dit : « Mon fils », c'était une étrange sensation de dire ça, c'était comme si ça la transformait en quelque chose de nouveau. Elle répéta encore : « Mon fils ». Oui, ça la transformait, ça la transformait en quelque chose d'un peu plus grand ! Et puis elle dit : « Achille ». Ça sonnait bien. Elle aimait bien ce prénom. « Mon fils, Achille », dit-elle en rangeant la photo dans la petite pochette en plastique que lui avait donnée le gynécologue.

Dans son appartement de la rue de l'Infanterie, il n'y avait qu'une chambre, ce serait celle du bébé. Du côté de la trente-sixième semaine de grossesse, elle acheta un canapé-lit chez Ikea, modèle Nyhamn, couleur anthracite, 299 euros. Elle le fit livrer, ça lui coûta 79 euros mais, comme elle n'avait pas de voiture, elle n'avait pas le choix. Pour 60 euros elle pouvait aussi le faire entièrement assembler par des techniciens de chez Ikea mais elle décida d'économiser cette somme et elle mit une journée complète à le monter elle-même dans des efforts qui déclenchèrent les premières contractions.

Elle accouchait une semaine plus tard. Elle perdit les eaux pendant la nuit. Elle appela un taxi et lorsqu'il arriva, le chauffeur accepta de la prendre à la condition qu'elle mette un sac-poubelle pour protéger le siège de la voiture. Elle remonta chercher un sac-poubelle dans sa cuisine. Le chauffeur demanda : « Et votre mari, il n'est pas là ?

— J'ai pas de mari, dit-elle.

— C'est un garçon ou une fille ? demanda encore le chauffeur.

— Un garçon. Achille. C'est mon fils, Achille !

— Ah… » dit le chauffeur en s'arrêtant devant la clinique.

Achille était un beau bébé. Un bébé merveilleux. La première nuit dans la chambre de la maternité, une chambre « à plusieurs » (pour ne pas être surfacturée par l'anesthésiste et le gynécologue), une chambre qui accueillait deux autres mamans, elle ne dormit presque pas. Elle observa Achille dans son petit lit en plastique transparent, il était incroyablement beau, sa poitrine minuscule se levait et s'abaissait au rythme d'une respiration rapide, parfois ses doigts bougeaient un peu, pareils à des pétales de marguerite s'ouvrant et se fermant sous l'effet d'une brise de printemps.

— Comme c'est bien fait ! s'émerveilla-t-elle.

Achille pleura un peu. Elle le mit au sein comme le lui avait montré l'infirmière. Il se calma aussitôt. Tandis qu'il tétait, Alice fut prise d'une vague de tendresse si puissante qu'elle lui fit tourner la tête : elle se dit qu'elle « ferait tout pour lui », qu'elle voulait que sa vie soit « aussi merveilleuse que possible », qu'elle voulait qu'il « soit heureux ». Elle repensa à « Kids in America », la chanson de Kim Wilde, et elle se dit que c'était quelque chose comme ça qu'elle voulait pour son fils : une enfance insouciante, une enfance qui serait comme une fête, une enfance à l'abri des épreuves que le monde pourrait lui envoyer, à l'abri des pères mourants, de l'argent qui manque, des semaines, des mois et des années passés à être « tout juste », de la crainte d'un coup du sort, de la peur des loups cachés derrière les arbres. Elle repensa à Séverine, à cette image qui n'avait jamais quitté sa mémoire : son amie d'enfance l'attendant sur le pas de sa porte. Elle se souvint de l'odeur cristalline de la « belle maison » de Séverine, du jardin de Séverine qui était comme un parc, de la chambre de Séverine qui était comme un showroom, du poney de Séverine qui s'appelait Cannelle, de la famille de Séverine plongée au quotidien dans le bonheur, l'insouciance et la décontraction. Achille avait terminé de manger, il avait le hoquet, elle le mit sur son épaule, le hoquet passa, elle le reposa délicatement dans son petit lit transparent, elle chuchota : « Voilà, tout va bien… Tout ira bien… Je t'aime… Maman t'aime. » Et elle s'endormit à son tour.

Elle avait eu de la chance : elle avait trouvé une place dans une crèche. Ce n'était pas une crèche privée, hors de prix, c'était une crèche publique dont le prix avait été calculé en fonction de son salaire de mère isolée : 7 euros par journée complète. Ça faisait dans les 140 euros par mois (mais ça pouvait varier un peu). Compte tenu de son salaire, qui était à présent (avec l'index) de 1 500 euros par mois, la crèche était un poste important du budget d'autant que, dans ce budget, il fallait aussi tenir compte du loyer (550 euros par mois), des charges d'immeuble (50 euros), de l'eau, du gaz et de l'électricité (80 euros), du téléphone avec Internet (25 euros) et des charges fixes tombant une fois par an (les assurances incendie, les assurances complémentaires de santé qu'elle avait contractées au moment de l'accouchement). L'un dans l'autre, il lui restait un peu moins de 600 euros pour manger et s'habiller et pour faire manger et habiller Achille. C'était « tout juste » mais en jonglant entre eBay et les promotions des grandes surfaces, elle s'en sortait.

Déposer Achille à la crèche fut un déchirement. Elle avait vécu durant trois mois sans quitter son fils, trois mois d'osmose duveteuse, de tendresse absolue, ça avait été doux, ça avait été harmonieux, ça avait été délicieux. Achille était un bébé calme et affectueux et chaque jour Alice s'émerveillait de l'un ou l'autre progrès de son fils : son attention plus soutenue, ses sourires plus francs, la modulation de plus en plus subtile des sons qu'il produisait, un objet que l'on saisit, un objet que l'on porte à la bouche, une main qui se tend vers elle…

Et puis, le jour vint où elle dut reprendre le travail et où l'harmonie prit brutalement fin. Alice avait dû réveiller Achille à 6 h 30 du matin, elle l'avait mis dans le porte-bébé ventral Babybjörn (trouvé sur eBay, 35 euros) et elle avait pris un premier bus jusqu'à la crèche. Dans le bus bondé, comme s'il se doutait de quelque chose, Achille avait les yeux grands ouverts. Une femme le frôla, Alice la détesta. Une autre femme toussa sans mettre sa main devant la bouche, Alice eut envie de la frapper. Elle caressa la tête de son fils en disant : « Tu vas voir, ça va être bien, tu vas bien t'amuser. » Elle se rendit compte que, pour la première fois, elle venait de mentir. Elle s'en voulut. Elle ne dit plus rien.

La crèche s'appelait Les Petits Poneys, elle était plongée dans la lumière clinique des néons et il y planait une odeur de légumes tièdes. Un bébé solitaire, assis par terre, pleurait de manière déchirante en serrant un doudou éléphant. Un autre, le crâne chauve, le visage large, la peau blême, détruisait à coups de poing un camion en plastique. Alice donna son nom, on le nota sur une liste. À la puéricultrice qui s'emparait d'Achille, elle dit : « Quand il a du mal à s'endormir, je reste près de lui, je lui caresse le front, il aime bien », mais la puéricultrice était déjà loin. Alice quitta la crèche avec l'impression qu'elle allait perdre connaissance, elle ne sentait plus ses jambes, sa gorge était comme serrée par une corde de chanvre. Encore une fois, elle pensa à Séverine, confiée à Nidia qui en avait pris soin comme si c'était son propre enfant. Elle s'en voulut de ne pas être plus riche.

À midi, pendant sa pause, Alice appela la crèche, une femme avec un accent d'Europe de l'Est lui dit que tout allait bien « mais qu'il n'avait pas voulu manger ». À la fin de la journée, le bus qu'elle prit lui parut épouvantablement lent, elle eut l'impression que l'impatience et la rage allaient la faire exploser au milieu de la foule. Une fois descendue, elle courut, elle arriva haletante, elle vit Achille posé dans un transat, de loin il lui sembla étrangement amorphe, presque léthargique, elle repensa à un article qu'elle avait lu sur des bébés pleurant si fort que cela provoquait des ruptures d'anévrisme les laissant handicapés à vie mais quand il l'aperçut il s'agita, il tendit les bras, il poussa une série de cris aigus. Dans un carnet, une femme mit une croix à côté du nom d'Alice et alla lui chercher Achille.

— Il n'a pas bien mangé, dit-elle.

— Vous lui avez donné quoi comme lait ? demanda Alice.

— Du Nestlé Nidal.

— Chez moi, il reçoit du Candia… C'est peut-être pour ça.

— Si vous voulez qu'on lui donne ça, il faudra l'apporter demain. Ici, on n'a que le Nidal.

Alice passa la soirée à tenir Achille contre elle. Il était nerveux, elle se dit qu'il était peut-être comme « en état de choc ». Comme il eut du mal à s'endormir, elle finit par le prendre dans son lit. Plus tard, alors qu'il s'endormait, elle se souvint d'un article lu sur *psychologie.com* qui mettait en garde contre les mauvaises habitudes que pouvaient prendre les bébés dormant dans le lit des parents.

— Qu'ils aillent se faire foutre avec leurs articles ! dit Alice tout haut.

Le temps passa.

Niveau chaussures, les modes changeaient à peine : des semelles plus ou moins compensées, une boucle plus ou moins large, des sneakers Nike signées par Snoop Dogg étaient le succès de l'été malgré leur prix de 249 euros. Il y eut la mode bizarre des bottes d'équitation et puis celle, non moins bizarre, des baskets à talons. Les Docksides revinrent en grâce de manière fulgurante mais cela ne dura pas. Inexplicablement, durant une saison, tout le monde voulut des Mephisto mais les Mephisto durent être, plus tard, sévèrement soldées. À la fashion week, Victoria Beckham portait des mocassins à paillettes et ce fut l'année des mocassins à paillettes. Avant les vacances d'automne, il fallait toujours réassortir le stock des chaussures de marche en taille 28 à 35 pour les hordes de scouts qui partiraient camper dans des campagnes aussi boueuses que nauséabondes. Un magasin spécialisé en chaussures de jogging s'ouvrit à trois cents mètres de la boutique Bocacci, et ce fut la bérézina pour les chaussures de jogging, un centre commercial s'ouvrit à quelques kilomètres avec des antennes Clarks, Dr Martens, Donna Più, Fred Perry, Geox, Ikks, Kickers, New Balance, No Name, RedSkins et Superga. On perdit une partie de la clientèle, essentiellement (selon les observations de Madame Moretti) dans la tranche des seize/cinquante ans mais la clientèle senior restait stable et permettait à Madame Moretti de maintenir « la trésorerie dans le vert » (c'était l'expression qu'elle utilisait) même si les « belles années étaient dorénavant derrière eux » (c'était aussi ce qu'elle disait).

Achille avait une bonne santé. Il eut malgré tout les classiques maladies infantiles : il eut une otite, il eut une angine, il eut une varicelle lors de laquelle sa peau d'habitude si soyeuse se couvrit de gourmes écarlates. Quand Achille était malade, Alice devait demander de l'aide à un service de gardiennes public. Des dames qu'elle ne connaissait pas lui étaient alors envoyées. Elles arrivaient à l'aube, elles venaient la plupart du temps de loin, l'une d'elles avait même dû prendre un train, elles avaient toujours l'air complètement épuisées. Alice leur mettait Achille dans les bras et se sauvait en essayant de ne pas penser à ces faits divers sinistres d'enfants torturés par des nounous au psychisme dérangé.

Alice travaillait tous les samedis. Elle avait congé le dimanche (jour de fermeture de la boutique) et le lundi (jour calme où Madame Moretti pouvait rester seule). Le samedi, elle mettait Achille chez la fille d'une voisine qui demandait 20 euros pour la journée (c'était un peu cher, mais Achille l'aimait bien). Cependant, une fois par mois, elle avait un weekend complet. Souvent, ce week-end complet avec un tout petit enfant lui paraissait «un peu long». Quand le temps le permettait, elle allait au parc, à l'aire de jeux, elle y regardait Achille descendre et descendre encore un petit toboggan en plastique vert. Quand il faisait mauvais, elle laissait Achille jouer ou regarder des films sur la tablette (une promotion de chez MediaMarkt, 89 euros). Elle culpabilisait un peu. Elle avait lu des articles sur les dangers que représentaient «les écrans» sur les cerveaux en formation des jeunes enfants. Mais Achille insistait et Alice, au bout de ses ressources (ils avaient fait le puzzle, le coloriage, la pâte à modeler, le dinosaure à découper…), était parfois si fatiguée qu'elle le laissait faire. Elle observait de loin son visage enfantin éclairé par la luminescence bleutée et, tandis qu'il était absorbé par les images de dessins animés incompréhensibles, elle se demandait si à l'intérieur de la petite boîte crânienne de son fils, des neurones n'étaient pas en train de sauter les uns après les autres, comme des pop-corn. Elle ne savait pas, elle était de toute façon trop fatiguée pour faire autre chose et alors, comme lors de cette nuit d'il y avait quelques années, elle se disait : « Qu'ils aillent se faire foutre avec leurs articles. » Elle se demandait parfois s'il n'y avait pas une sorte de complot pour empêcher les gens de faire des choses simples sans se sentir immédiatement coupables : prendre un bébé dans son lit, donner un troisième biscuit au chocolat à son fils, accepter qu'il ne mange que la viande et qu'il laisse les légumes, laisser son enfant regarder les écrans pendant que sa maman, épuisée par ses quarante heures passées à vendre des chaussures de l'aube au crépuscule, fermait les yeux, juste un petit moment.

Contractuellement, Alice avait vingt jours de congés légaux qu'elle pouvait prendre quand elle voulait mais Madame Moretti lui avait demandé de choisir plutôt l'été. Alors Alice choisissait l'été. Elle passait alors trois longues semaines en tête à tête avec Achille. Elle l'aimait. Elle l'aimait infiniment mais souvent, au terme de ces semaines, la reprise du travail lui apparaissait comme une délivrance. Et puis, une fois le travail repris, après deux ou trois jours à vendre des chaussures, à ranger des chaussures, à chercher des chaussures dans la réserve, à toucher des bouts de chaussures pour déclarer « c'est trop grand », « c'est trop petit », « ça va se donner », « moi je trouve que ça vous va bien», elle se mettait à attendre à nouveau les vacances ou, en tout cas, le week-end.

Quand Achille eut six ans, Alice se rendit compte qu'il n'avait jamais vu la mer. Il l'avait déjà vue dans des films et des dessins animés qu'il regardait sur la tablette, mais il ne l'avait jamais vue en vrai. Alice décida qu'il fallait l'emmener en vacances. Elle fit un budget, il était serré. Elle pouvait dépenser 500 euros. Pas plus. Il y avait une offre sur Hurghada en Égypte. Ils cassaient les prix à cause des attentats à répétition. Deux hommes cagoulés avaient, quelques mois plus tôt, mitraillé des dizaines d'Anglais, d'Allemands et de Hollandais somnolant sur une plage. Les journalistes avaient interviewé des survivants terrifiés et couverts de coups de soleil. Mais l'Europe était hors de prix, sans parler de l'Amérique ou de l'Asie. Hurghada c'était à 569 euros pour deux personnes et pour huit jours en formule «all inclusive» (avion inclus) dans un hôtel qui s'appelait le Titanic Aqua Parc et qui promettait «un superbe parc aquatique» et une «plage privée». Le site de Sunjets mettait la pression en indiquant DERNIÈRES PLACES DISPONIBLES. Alice, les doigts tremblants, réserva : de toute sa vie, c'était la première fois qu'elle dépensait autant d'argent d'un coup pour quelque chose d'inutile. Elle annonça la nouvelle à Achille :

— Cet été on va au pays des pyramides ! avait-elle dit.

Achille était surexcité à cette idée. Elle acheta des livres pour enfants consacrés aux pharaons, à la mythologie égyptienne, aux secrets des hiéroglyphes et à Champollion. Après quelques semaines, il était devenu incollable sur l'ordre des dynasties et l'histoire de la vallée du Nil de l'Ancien Empire à l'annexion par l'Empire romain. Le jour du départ arriva. Début juillet, le hall des départs des charters Sunjets était envahi par une foule bruyante, nerveuse et colorée. Il y avait des groupes de grands adolescents s'offrant leurs premières vacances, les rétines dilatées à l'idée des opportunités sexuelles que représentaient ces huit jours all inclusive. Il y avait des familles, papa-maman-frères-sœurs tous déjà en short, tous déjà en chemise manches courtes. Il y avait des retraités presque obèses, un club de plongée sous-marine dont les quarante membres portaient le même tee-shirt figurant une raie manta, et aussi un groupe de handicapés encadré par plusieurs jeunes gens autour du cou desquels pendait, comme un grigri pour se donner du courage avant une terrible épreuve, un petit crucifix doré.

L'avion atterrit dans un aéroport écrasé par une chaleur si extrême qu'elle évoquait celle du fer à souder. Le transfert vers le Titanic Aqua Parc se fit dans un autobus, dans lequel un membre de l'équipe Sunjets les fit chanter « La Macarena ». Comme Achille ne connaissait pas les paroles, il se tut jusqu'au moment où il demanda :

— Elles sont où les pyramides ?

— Je... Je ne sais pas... Plus loin... dit Alice. Mais déjà on arrivait. Le Titanic Aqua Parc était juste à côté de l'autoroute. Des dizaines de bus déchargeaient des vacanciers. L'enregistrement dans un hall de béton nu prit des heures. On leur attribua une chambre avec un lit double. Elle avait demandé une chambre avec deux lits mais elle n'eut pas le courage de descendre se plaindre à la réception. Elle se dit que « ça allait aller ». Achille voulut aller voir les pyramides, elle lui promit de se renseigner le lendemain. Achille voulut aller à la plage, mais la plage était à huit cents mètres et il fallait prendre une navette qui partait toutes les demi-heures du parking des autocars. Il commençait à être tard, elle était fatiguée et elle proposa à Achille d'aller plutôt à la plage le lendemain, par contre, on pouvait dès à présent « explorer la piscine ». À la piscine, il n'y avait plus de transat de libre, Alice trouva un muret en crépi pour s'y asseoir. Achille pleura parce qu'il n'avait pas l'âge requis pour aller sur les toboggans géants qui descendaient, comme de monstrueux appareils digestifs jaune vif, vers les eaux d'une piscine entourée de dromadaires en plastique. Finalement il alla dans la piscine pour enfants. Alice l'accompagna. Il avait un petit maillot short avec des requins dessinés dessus. Ils barbotèrent dans la petite profondeur, à côté d'une presqu'île en plâtre surmontée d'un palmier aux feuilles jaunies par le chlore. Achille essayait de nager, il se débrouillait pas trop mal mais un groupe de cinq enfants plus âgés, qui se battaient avec des tuyaux en caoutchouc récupérés sur un chantier tout proche, lui fit peur et il voulut sortir. Dans la chambre, il y eut un drame car le réseau wifi n'était pas suffisant pour regarder des dessins animés sur la tablette. Il pleura. Il pleura beaucoup, il pleura à gros bouillons. Alice eut envie de pleurer aussi : elle se demanda ce qu'elle faisait là, pourquoi elle avait dépensé tant d'argent, elle eut envie de gifler Achille et, dans la seconde, elle se détesta d'en avoir eu envie. Il finit par se calmer mais il bouda longuement. Le restaurant était un self-service où des employés égyptiens habillés comme des infirmiers remplissaient les assiettes des vacanciers. La nourriture, les légumes comme la viande, était uniformément brune. Achille prit des pommes de terre (brunes) mais il n'aima pas. Il se servit plusieurs fois d'une sorte de gâteau au chocolat, Alice laissa faire. Alice but du vin (c'était en supplément mais tant pis), quelqu'un mit de la musique, c'était encore «La Macarena», des gens se levèrent de table pour danser, il faisait chaud, ils transpiraient, ils avaient l'air joyeux. Au bout du hangar, sur une scène éclairée par deux spots violets, il y eut un bref spectacle de danse du ventre par deux filles qu'Alice reconnut comme étant des filles de l'accueil. Un homme en chemise à manches courtes mangeait avec deux gros garçons d'une douzaine d'années, de temps en temps, il regardait Alice et quand Alice le remarqua, il lui fit un clin d'œil. Elle ne sut pas comment réagir. Elle dit à Achille «qu'il était tard et qu'il fallait aller dormir». Plus tard, dans la petite salle de bains de la chambre, elle se regarda dans le miroir : elle avait quarante-cinq ans, elle trouvait que son visage était devenu lourd, que des rides s'y étaient profondément installées, que son corps avait une drôle de forme un peu molle et que ses seins pendaient comme des fruits qu'on aurait oublié de cueillir. Elle se sentit incroyablement triste. Elle eut l'impression d'avoir raté quelque chose d'important, quelque chose qui ne reviendrait jamais, que pour elle, à présent, c'était bel et bien fini.

Le lendemain, elle se renseigna pour les excursions en direction des pyramides. C'était en supplément, cela prenait deux jours, un bus roulait pendant huit heures jusqu'au Caire, il fallait passer la nuit dans un autre hôtel, il fallait un guide, cela coûtait 150 euros par personne. Elle renonça. Elle expliqua à Achille qu'ils ne pourraient pas voir les pyramides. Il comprit. Il dit :

— C'est vrai. C'est trop cher.

« Quel enfant merveilleux ! » avait-elle pensé. Et puis elle comprit que de son enfance il garderait peut-être, comme elle, le souvenir d'avoir été toujours « tout juste », et une grande vague d'amertume et de culpa-bilité la fit vaciller.

Ils allèrent à la plage. Elle était sale, des déchets en plastique se mélangeaient à de grands tas d'algues noires mais Achille ne le remarqua pas. Il courut vers les vagues en hurlant. Alice fit une photo avec son téléphone : son fils si pâle dans la mer Rouge avec son maillot bleu : c'était une belle photo. Elle ouvrit un compte Instagram pour la poster. Elle repensa à un article mettant en garde contre l'utilisation des images d'enfants sur les réseaux sociaux. Mais elle la posta quand même. « Qu'ils aillent se faire foutre avec leurs articles », s'était-elle dit.

À leur retour de vacances, Achille déclara qu'il « s'était bien amusé ». Il avait un peu bronzé, Alice le trouva incroyablement beau. À un moment elle avait eu peur qu'il ressemble à son père. Elle ne voulait plus penser à cet homme mais parfois, il lui arrivait d'aller voir son profil Facebook. Nathan ne postait pas grand-chose : une photo en gros plan d'un champignon (trois likes), un article dénonçant la politique israé-lienne (deux likes, et deux émojis fâchés), un article dénonçant les mauvais traitements des animaux dans les abattoirs (deux émojis qui pleurent, trois émojis fâchés), une citation attribuée à un sage soufi (un like, deux émojis cœur) : « La Vie se définit par les personnes que tu rencontres et les choses que tu crées avec elles. Alors, sors de chez toi et commence à créer ! » Alice ne savait pas s'il avait une copine et, dans la mesure où sa photo de profil était une image prise à contre-jour sur une plage, Alice ne savait pas non plus à quoi il ressemblait aujourd'hui, sept ans après qu'il avait quitté l'appartement mais finalement, elle s'en fichait. Elle regardait Achille et elle se disait : « Il ne sait pas ce qu'il rate ! »

Depuis Nathan, deux hommes étaient passés dans la vie d'Alice : le représentant des chaussures Puma et un père de l'école d'Achille. Cela n'avait duré ni avec l'un ni avec l'autre. Dans les deux cas, elle s'était rapidement ennuyée avec ces hommes mûrs aux joues molles chez qui elle sentait plus la crainte de la solitude que le feu du désir. Dans les deux cas, il n'y avait même pas vraiment eu de rupture, il y avait juste eu un délitement, un désarrimage, un détachement progressif et un jour, sans drame, sans larmes, on ne se donnait plus de nouvelles. Finalement, l'usage régulier du vibromasseur qu'elle gardait dans le tiroir de sa table de nuit lui allait aussi bien. Lui, au moins, il ne fallait pas l'écouter se lamenter sur sa vie pendant des soirées entières.

Mais en Égypte, quand elle avait enfilé un maillot pour la première fois depuis des années, elle n'avait pas aimé ce qu'elle avait vu. Elle s'était trouvée vieille. Elle s'était trouvée abîmée. Elle n'avait pas vu venir les dommages de l'âge, c'était comme si du jour au lendemain la jeune fille qu'elle était s'était retrouvée dans un corps de vieille. Elle lut quelques articles sur

« comment retrouver la forme après quarante ans ». On y parlait des méfaits du gras, des dangers du sucre, de l'importance de l'exercice physique, de la nécessité de « prendre du temps pour soi », de « lâcher prise », de se « recentrer ». Elle mangea moins de gras, elle mangea moins de sucre, elle mangea tout simplement moins mais avec la fatigue du travail et l'énergie que lui demandait Achille, ce n'était pas facile. Elle s'inscrivit dans une salle de fitness de la chaîne Basic-Fit (29,99 euros par mois), elle essaya d'y aller entre son retour du travail et le moment où il fallait aller chercher Achille à l'école, c'était tout juste, elle pouvait faire vingt minutes de vélo elliptique, c'est tout. Après plusieurs mois, elle ne vit pas de différences notables et elle finit par manger comme avant et elle laissa tomber le Basic-Fit. « Qu'ils aillent se faire foutre avec leurs articles », s'était-elle dit.

Et puis, juste après des fêtes de Noël lors desquelles la boutique Bocacci avait accusé un recul du chiffre d'affaires de plus de vingt pour cent par rapport aux années précédentes (l'estimation était de Madame Moretti), Madame Moretti annonça à Alice qu'elle allait fermer la boutique.

— Je suis trop vieille. J'ai besoin de repos. De toute façon, je perds de l'argent, avait-elle dit à Alice.

Légalement, Alice avait six mois de préavis. Pendant ces six mois elle travailla encore à la boutique, où régnait une atmosphère ténébreuse de fin du monde. En même temps, elle chercha du travail : elle allait sur les sites internet rassemblant des offres d'emploi. « Senior Accountant/ International Company », « Store Manager », « Ingénieur sûreté », « Responsable projet

HVAC», «Process Analyst», «Pricing Specialist», «Business Analyst for Tax reporting Solution»… La plupart du temps, Alice ne comprenait même pas la nature de l'emploi qui était proposé. Et quand elle comprenait, elle était trop vieille, pas assez qualifiée, elle ne maîtrisait pas l'anglais, elle n'avait pas de permis poids lourd, elle n'avait d'ailleurs pas de permis tout court. Finalement, à l'issue de ses six mois de préavis, quand en guise d'adieu Madame Moretti lui glissa une enveloppe contenant 500 euros (au noir) et la prit dans ses bras, elle n'avait rien trouvé.

2

Arithmétique des pauvres

Alice s'inscrivit au chômage, comme demandeuse d'emploi. Assise derrière un bureau, une jeune fille lui expliqua avec gentillesse que si, d'ici six mois, elle n'avait pas trouvé un travail, les indemnités iraient décroissant. Le mouvement de dégressivité des allocations de chômage s'étalait sur un an. Une année durant laquelle, de trimestre en trimestre, la somme de ces allocations diminuerait chaque fois « d'un cinquième de la différence entre la somme précédente et le forfait. » Alice prit le document que lui tendait la jeune fille :

— Vous verrez, ici c'est plus clair…

Alice regarda les tableaux de chiffres.

— Et si, après un an, je ne trouve pas de nouveau travail ? avait demandé Alice.

— Eh bien, après un an, vous perdez les allocations de chômage mais vous aurez toujours droit au « revenu d'intégration ». Comme vous êtes isolée avec un enfant à charge, ce sera… euuh… 680 euros par mois. Mais de toute façon, vous devez rester disponible sur le marché de l'emploi.

— Ça veut dire quoi ?

— Ça veut dire que vous devez à la fois prouver que vous cherchez activement un travail en nous montrant, par exemple, les CV que vous avez envoyés et les annonces auxquelles vous avez répondu mais ça veut dire aussi que vous devez accepter les postes que nous vous proposerons.

L'allocation de chômage complète s'élevait pour trois mois à soixante pour cent du revenu d'Alice. De 1 500 euros, ses revenus passèrent à 900 euros. Cette perte de 600 euros par mois eut des conséquences considérables sur la vie d'Achille et sur celle d'Alice. Le loyer du petit appartement de la rue de l'Infanterie avait été indexé et il était à présent de 600 euros par mois. Les charges de 50 euros étaient restées identiques, les factures d'eau et de gaz étaient passées à 100 euros, le téléphone et l'accès à Internet étaient stables (25 euros) et les allocations familiales qu'elle percevait en tant qu'isolée étaient de 140 euros. L'un dans l'autre, une fois les allocations familiales et de chômage reçues, une fois le loyer et les charges afférentes payés, il ne restait rien, plus rien, zéro. Et avec ça, ni Alice ni Achille n'avaient mangé ni ne s'étaient vêtus ni ne s'étaient déplacés. Elle avait beau tourner ces chiffres dans tous les sens, à part le loyer, elle ne voyait pas sur quel poste elle pouvait faire des économies.

Elle passa des heures sur un site d'annonces immobilières, elle cherchait quelque chose à 400 euros. 350 euros auraient été mieux mais pour passer sous la barre des 400 euros il fallait changer de région et, de toute façon, le prix d'un déménagement, compte tenu du fait qu'il fallait bloquer trois mois de loyer sur un compte en tant que «garantie locative», était hors de ses moyens.

Comme le lui conseilla la jeune fille du bureau de chômage, elle s'inscrivit dans une société d'intérim. Elle remplit les documents dans le bureau d'une société qui s'appelait Start People (Alice n'aimait pas ce nom). Là, une fille aussi jeune que celle du bureau de chômage, avec une peau lisse comme un pétale de crocus, avec de minuscules diamants roses collés aux ongles, prit note de sa formation, de son expérience professionnelle et de son âge (elle grimaça lorsqu'Alice lui dit : «quarante-six ans»).

Plus tard, comme le lui avait conseillé la jeune fille du bureau de chômage, elle rédigea un CV pour envoyer des «candidatures spontanées» pour des postes qui pourraient lui convenir. Elle lut quelques modèles sur Internet et elle écrivit quelque chose ressemblant à ces modèles :

J'ai travaillé durant vingt ans comme sale manager dans un magasin de chaussures haut de gamme. Je me suis familiarisée avec les tendances existantes de l'univers du pied. Mes qualités sont : une capacité d'adaptation, un grand sens de l'organisation. J'aime travailler en équipe.

Elle imprima, elle dépensa plusieurs dizaines d'euros en timbres et en enveloppes qu'elle envoya à tous les magasins de chaussures situés dans un rayon de vingt kilomètres. Un seul lui répondit. Mais il s'agissait du représentant Puma qui avait ouvert sa propre boutique et qui voulait juste reprendre contact.

Comme le lui avait conseillé la jeune fille du bureau de chômage, elle ne refusa rien de ce que la société d'intérim lui proposait (deux refus entraînaient des pénalités pouvant aller jusqu'à une exclusion pure et simple du chômage) : la société Trivalis, spécialisée en « externalisation d'inventaire », l'engagea pour trois jours afin d'inventorier un magasin de bricolage. Elle faisait équipe avec une femme d'une cinquantaine d'années qui, souffrant du dos, se plaignait du matin au soir de la malchance, des hommes, du « système », des juifs et de la dureté de la vie en général. À deux, elles comptèrent des paquets de clous, des paquets de vis, des bouteilles d'esprit-de-sel, des spatules, du papier de verre, des scies à bois, des hectolitres de colle, des planches en aggloméré aux bords tranchants comme des cutters. Il était difficile d'être précis dans le comptage, avec la lassitude, la fatigue et la monotonie de l'activité, on se trompait souvent : y avait-il cent quarante-trois paquets de vis pour plâtre ou deux cent quarante-trois ? Le responsable des équipes leur dit « d'aller plus vite », que « de toute façon, ça n'avait pas d'importance car un inventaire c'était juste une obligation légale, tout le monde s'en foutait qu'il y ait cent quarante-trois ou deux cent quarante-trois paquets de vis ». S'en foutre, ça simplifia le travail mais, en même temps, ça la déprima. Une société de nettoyage fut, temporairement, en manque de personnel pour s'occuper de l'entretien des bureaux d'une grande banque. C'était dans le centre-ville. Il fallait être sur place à

5 heures du matin pour avoir terminé le travail avant l'arrivée des employés (à 9 heures). Alice donna les clés de son appartement à la fille de la voisine qui, pour 15 euros, venait faire déjeuner Achille et l'accompagner à l'école. Mais cela voulait dire que de 4 heures du matin à 6 h 30 Achille était tout seul à la maison. Elle partait en faisant le moins de bruit possible pour ne pas le réveiller, n'enfilant ses chaussures que dans la cage d'escalier. Ce travail dura dix jours : avec une équipe de cinq autres femmes, Alice nettoyait chaque matin deux mille mètres carrés de bureaux et d'open space. Il fallait vider les corbeilles, parfois des épluchures ou des pots de yaourt collaient dans le fond, il fallait frotter. Il fallait nettoyer les toilettes (traces de merde d'employés de banque, éclaboussures d'urine d'employés de banque), il fallait passer l'aspirateur et, pour les bureaux des étages supérieurs où se trouvaient les cadres et les grandes salles de réunion, faire les poussières sur les tables en bois verni et sur les claviers d'ordinateur. Quand elle partait, elle croisait les premiers employés. Pas un ne lui disait bonjour. C'était comme si elle avait été une sorte de meuble. Le dernier jour, le cœur battant, elle vola un bloc de feuilles blanches et toute une poignée de crayons. Personne ne vit rien. Ça la remplit de joie, elle les donna à Achille en lui disant : « Tu peux faire plein de dessins, si tu veux. » Il dessina des pyramides et tenta d'imiter les hiéroglyphes qu'il avait vus dans son livre. L'employée d'une société de nettoyage à sec avait accouché et on engagea Alice pour faire du repassage. Alice repassa des chemises, des chemises et encore des chemises, des chemises par centaines. La nuit, le gémissement de la

vapeur s'échappant du fer lui revenait dans des rêves insupportables. Une grande surface l'engagea comme caissière. Elle eut une journée de formation, elle pointa en horaires coupés pendant deux semaines mais on la jugea trop lente et elle fut remplacée par une fille de dix-huit ans qui était objectivement deux fois plus rapide. Le même magasin l'engagea pour le réassort du rayon hygiène mais le responsable du rayon parvint à faire engager sa nièce. Le même magasin l'engagea pour surveiller le self-scanning mais elle ne put venir en aide à une cliente anglophone qui alla se plaindre au service client et le gérant estima que dorénavant les « assistant.es self-scanning devraient être au moins bilingues » (l'avis en écriture inclusive fut punaisé dans la salle de repos), on remercia Alice en lui expliquant « les impératifs de l'enseigne en matière de relations avec la clientèle » et le magasin ne la recontacta plus.

En acceptant toutes les places qu'on lui proposait, en étant ultra-flexible, en ne rechignant ni devant des horaires coupés ni devant des horaires de nuit, ni devant l'ingratitude des tâches, ni devant les humeurs des différents responsables des différentes places, ni devant l'absurdité de certaines activités, elle parvint à limiter, dans une certaine mesure, sa perte de salaire. Certains mois, en additionnant le produit de son travail intérimaire et ses allocations de chômage, elle parvenait même à obtenir pas loin de ses anciens 1 500 euros.

Mais c'était rare.

La plupart du temps elle ne parvenait à gagner que 1 000 ou 1 200 euros par mois. Suffisamment pour parvenir à payer son loyer mais pas assez pour vivre.

Alors elle volait.

Voler ne lui posait aucun problème moral. Elle voulait qu'Achille ait ses fruits et ses légumes et sa viande. Elle ne voulait pas qu'il souffre de carences dans les «nutriments essentiels» dont parlaient beaucoup d'articles qu'elle lisait sur Facebook concernant l'alimentation des enfants. Elle voulait qu'il grandisse et qu'il devienne un homme solide et en bonne santé. Elle avait lu un article qui disait que le système immunitaire et le potentiel osseux et musculaire se déterminaient pendant la croissance. Elle ne voulait rien laisser au hasard.

Alors elle volait.

Voler, ce n'était pas compliqué, il suffisait d'être prudente et d'éviter les articles de luxe sur lesquels se trouvaient des antivols. Les rayons alcools étaient surveillés, les rayons vêtements et électroménagers étaient surveillés. Le rayon fruits et légumes, en règle générale, tout le monde s'en foutait. Le rayon boucherie ça dépendait.

Et Achille chaque jour avait ses portions de fruits et de légumes.

Mais malgré tout, malgré le chômage, malgré les intérims, malgré les vols dans les magasins, ça ne suffisait pas. L'argent, qui avait toujours été une préoccupation, devint une obsession et la vie un calcul permanent :

Un cahier à lignes avec marges (1,45 euro), une boîte de sparadraps (1,60 euro), du désinfectant (4,20 euros), des aspirines (3,49 euros), un pot de Nutella (1,66 euro) (mais dans ce cas Alice prit de la pâte à tartiner, marque de distributeur), un gel douche (1,60 euro), du shampoing (1,65 euro), de la lessive en poudre (9,85 euros), des chaussures pour Achille (15 euros, dans un magasin de seconde main), des chaussons de gym pour Achille (2,80 euros), des serviettes hygiéniques (1,43 euro), des Oreo (0 euro, c'était cher, Alice les volait), du café soluble (1,63 euro, marque de distributeur), du déodorant (2,24 euros, il y avait eu une promotion deux pour le prix d'un, tant pis pour les sels d'aluminium), du pain (46 centimes), du jambon (0 euro, ça aussi Alice l'avait volé), du fromage (0, volé), une veste d'hiver (35 euros, chez H&M, elle avait pas trouvé moins cher, c'était sans doute fabriqué par des enfants au Bangladesh, elle avait lu un article sur le sujet, mais elle n'avait pas vraiment le choix. («Qu'ils aillent se faire foutre avec leurs articles», s'était-elle dit.) Du shampoing anti-poux pour Achille (4,55 euros, elle avait reçu un mot de l'école, elle s'était sentie humiliée), une excursion scolaire «visite d'une ferme» (10 euros), un voyage scolaire sur la côte (60 euros, ça avait fait mal au budget), coiffeur pour elle (0 euro, elle les économisa en se coupant les cheveux elle-même, c'était pas terrible, mais qui se soucie de la coupe de cheveux d'une chômeuse?), coiffeur pour Achille (0 euro, là aussi, elle s'en occupait), une boîte de Playmobil Égypte (55 euros, c'était une folie mais ça avait été pour les sept ans d'Achille), un hippopotame en plastique (3,80 euros), c'était pour l'anniversaire de Nirvelli, une copine de classe d'Achille à qui des parents travaillant dans la publicité avaient donné un prénom amérindien suite à un voyage au Québec. Alice avait en permanence la conscience de l'état de son compte en banque et la litanie des dépenses était pareille à une broyeuse industrielle qui ne s'arrêtait jamais : du dentifrice (80 centimes), une crème hydratante (16,30 euros, mais malgré sa peau sèche, elle ne l'acheta pas : qui se soucie de la peau sèche d'une chômeuse ?), un McDo avec Achille (0 euro parce que, finalement, ils n'y allèrent pas, c'était cher et ça empoisonnait son fils, Achille pleura), du beurre (1,69 euro), des œufs (1,59 euro, les bio étaient plus chers, elle prit les autres)... Et puis, ça recommençait : encore du pain, encore du beurre, encore du sucre, encore du savon, encore de la lessive en poudre, encore des serviettes hygiéniques, encore du café, encore du Nutella (marque de distributeur), encore du déodorant, encore une excursion. La réalité tout entière était réduite à une soustraction permanente et elle savait que dans sa situation qui était «au-delà du tout juste», qui était carrément précaire, elle était plus que jamais à la merci du moindre incident : et si Achille devait porter des lunettes ? Et si Achille devait porter un appareil dentaire ? Et s'il arrivait quelque chose de plus grave ? Et si elle disparaissait, que laisserait-elle à son fils ? Que deviendrait-il ?

Quoi qu'elle fasse, compte tenu de ce qu'on lui proposait et de ce que lui rapportait ce qu'on lui proposait, ça n'irait jamais, ce n'était tout simplement pas tenable.

Alice réfléchit : chaque mois il manquait dans les 500 euros. Avec 500 euros en plus, elle serait à nouveau «tout juste», comme avant. Avec 1 000 euros en plus, ce serait carrément le bonheur, avec 1 000 euros en plus, elle pourrait même partir en vacances et mettre un peu d'argent de côté, une poire pour la soif, un petit quelque chose en cas de problème.

1 000 euros par mois en plus.

1 000 euros par mois en plus.

Comment faire rentrer 1 000 euros par mois en plus ?

Alice se mit à regarder les sites de «massages» que des femmes proposaient à des hommes. «Massage», c'était un mot qui désignait la prostitution en appartement. Elle étudia les annonces : «Magali : vous reçoit chez elle pour un moment câlin, je peux être douce ou… moins douce – 100 euros, 30 minutes/150 euros, 1 heure», «Katia : panthère du Sénégal réalise vos rêves les plus fous, je suis torride, m'essayer c'est m'adopter – 120 euros, 30 minutes/150 euros, 1 heure», «Evelyn, grande classe, français/anglais, pour un moment d'échange dans le respect – prix sur demande – je ne réponds pas aux numéros masqués»… Les annonces étaient accompagnées de photographies, certaines de ces photos (comme celle de Katia) avaient l'air fausses, purement et simplement empruntées à des sites de cul. D'autres (comme celle de Magali) étaient de vraies photos d'amateurs, prises (dans le cas de Magali) dans le reflet d'un miroir d'une salle de bains en désordre. Dans le cas de Magali, le visage avait été grossièrement flouté et elle (toujours Magali) s'était contentée d'enfiler un ensemble culotte soutien-gorge en dentelle blanche. De plus (et c'était un point important aux yeux d'Alice), si certaines des femmes qui proposaient leurs services avaient l'air (sur les photos en tout cas) d'être des femmes jeunes et athlétiques, d'autres (comme Magali) étaient manifestement des femmes mûres avec des corps absolument normaux : ni laids, ni beaux, un peu pâles, un peu lourds, des corps qui ont vu passer les années.

Alice fit un calcul rapide : si jamais elle parvenait à avoir un ou deux clients par semaine à, disons, 100 euros chacun. Ça ferait 200 euros par semaine. Ça voulait dire 800 euros par mois. Elle se demanda si l'idée de se prostituer la dégoûtait. Elle se dit que faire l'amour chez elle avec des hommes qu'elle aurait choisis et qui lui donneraient de l'argent en échange, ce n'était finalement pas vraiment de la prostitution ou, si ça l'était, c'était quelque chose de moins épouvantable que la traite d'êtres humains, que ces histoires de filles de l'Est à peine majeures mises sur les trottoirs par des souteneurs. Ce qu'Alice envisageait, c'était juste « de la débrouille ». Elle repensa à un article qu'elle avait lu sur la prostitution, sur les dommages psychologiques, sur l'instrumentalisation du corps de la femme, sur la violence du patriarcat. Alice avait besoin de cet argent, « qu'ils aillent se faire foutre avec leurs articles », s'était-elle dit.

Le soir même, alors qu'Achille était absorbé par un épisode de *Spy Kids*, Alice prit (avec son téléphone) cinq photos d'elle dans le miroir de la salle de bains. Avec une application gratuite de retouche d'image, elle joua un peu sur la lumière, la saturation et le contraste pour rendre tout ça un peu plus joli et elle flouta son visage. Elle ouvrit un compte (gratuit) sur le site d'annonces, elle posta les images et écrivit : « Cynthia : je reçois en journée des messieurs respectueux et bien élevés. » L'annonce n'était pas très vendeuse, elle était même un peu rébarbative, Alice s'était dit que c'était une façon d'éviter d'attirer l'attention des tordus. Si ça ne marchait pas comme ça elle modifierait le texte mais, pour le moment, elle verrait bien. Elle posta l'annonce en laissant une adresse mail créée pour l'occasion : cynthiacaline@gmail.com.

Elle eut une réponse le lendemain. C'était un homme qui s'appelait Michel et qui lui écrivait :

— Bonjour Cynthia, quels sont tes tarifs ? As-tu des disponibilités demain (mercredi) ? CIM ?

Alice répondit :

— Bonjour Michel, je suis disponible demain entre 10 heures et 14 heures. Je prends 100 euros pour 1/2 heure et 150 euros l'heure. Je ne sais pas ce que CIM signifie (émoji visage qui sourit avec les joues rouges).

Michel répondit :

— CIM = Cum in Mouth (jouir dans ta bouche).

Alice réfléchit un peu, elle imagina le goût du sperme d'un homme inconnu, elle grimaça et répondit :

— CIM = 50 euros en plus.

Michel répondit :

— OK. Demain 11 heures ? Quelle adresse ?

Alice écrivit :

— 1/2 ou bien 1 heure (je dois organiser mon agenda) ?

Michel répondit :

— 1 heure.

Alice se dit que, avec le CIM, ça allait faire un rendez-vous à 200 euros. Elle répondit :

— Parfait.

Et elle donna l'adresse de son petit appartement de la rue de l'Infanterie.

En fin d'après-midi, juste avant d'aller chercher Achille à l'école, deux autres messages étaient arrivés à l'adresse cynthiacaline@gmail.com. Le premier venait d'un homme qui signait « Henri » et qui demandait si elle «pratiquait l'uro». Alice alla voir sur Google de quoi il s'agissait et, quand elle comprit, elle décida de ne pas répondre à Henri. Un autre homme qui signait «PR» écrivait :

— Dispo demain ? BDSM ? Anal ?

Alice ne répondit pas non plus. De toute façon, le lendemain elle avait déjà rendez-vous avec Michel.

Le lendemain, en attendant Michel, elle prit une douche (gel douche «délassant» à l'orchidée, marque Carrefour, 1,30 euro les 250 ml, c'était le moins cher), elle se passa de la crème pour le corps (Nivea soft corps/visage/main, 1,98 euro le tube), elle se rasa les poils du pubis, se maquilla légèrement et enfila la nuisette pêche qu'elle avait achetée des années plus tôt, pendant son histoire avec Nathan (elle ne l'avait, finalement, jamais portée). Elle mit un peu d'ordre dans l'appartement, elle rangea les jouets qu'Achille avait laissé traîner dans le salon, elle mit des draps et un couvre-lit propres et elle déposa sur sa table de nuit la petite boîte de Durex Classic Natural six pièces (4,15 euros, c'était les moins chers, elle avait hésité avec la gamme Real Feeling mais ils étaient 6 euros plus chers).

Michel sonna à 11 heures pile. Alice se surprit à ne pas être nerveuse du tout, elle s'était mise dans l'état d'esprit de quelqu'un qui a un travail à faire et qui va le faire avec une conscience professionnelle, comme un nettoyage de bureaux, comme un inventaire. Michel était un homme d'âge moyen et de taille moyenne. Tout, chez lui, semblait moyen, même ses vêtements, même son eau de toilette étaient moyens. Il était incroyablement quelconque. Il essayait d'être à l'aise mais Alice vit qu'il était nerveux et qu'il soit nerveux, bizarrement, ça la rassura. Elle lui demanda s'il voulait boire quelque chose.

— Non, non merci, dit-il en essayant d'avoir l'air détendu sans y parvenir.

Elle lui dit :

— Donc, avec le CIM c'est 200 euros.

C'était un peu brusque mais c'était certainement comme ça que faisaient les professionnelles. Michel sortit quatre billets de cinquante de sa poche (il les avait préparés à l'avance). Alice se rendit compte qu'elle n'avait pas pensé à un endroit où ranger l'argent. Elle alla dans la cuisine, où elle glissa les billets sous la machine à café. Ensuite, elle fit entrer Michel dans sa chambre.

— C'est joli, avait-il dit. Ça n'avait pas beaucoup de sens parce que la chambre d'Alice n'était pas spécialement jolie. Il avait dit ça pour dire quelque chose, juste pour essayer de masquer sa nervosité. Elle lui avait dit :

— Tu peux mettre tes vêtements sur la chaise.

Il s'était déshabillé. Il avait un torse assez maigre mais des jambes musclées. Il devait jouer au tennis. Elle lui demanda :

— Tu fais du tennis ?

— Non. Mais je joue au ping-pong en club plusieurs fois par semaine. Je fais des compétitions régionales.

— Ah c'est bien ! elle avait répondu.

Il avait un sexe moyen. Ni grand, ni petit. Un morceau de chair totalement quelconque pendouillant entre les jambes d'un homme quelconque. À son tour, elle enleva sa nuisette pêche. Il la regarda.

— T'es belle, il avait dit. Elle avait pensé que c'était

comme le compliment sur la chambre : ça n'avait aucun sens. Elle savait bien qu'elle n'était pas vraiment belle.

— Merci.

Il s'était allongé sur le lit. Elle l'avait un peu sucé. Il s'était mis à bander. Elle lui enfila un Durex Classic Natural, elle se lubrifia avec du gel Spirit of Love, goût banane (4,29 euros), il vint sur elle, elle ne sentit pas grand-chose. Il bougeait de manière très quelconque. Avant/arrière au rythme quelconque et régulier d'un métronome réglé sur cent BPM. Elle gémit pour l'encourager :

— Oh oui, oui… C'est bon, mon chéri, dit-elle en se trouvant un peu ridicule.

Il demanda s'il pouvait la prendre en levrette. Elle dit : « Oui oui. » Elle gémit encore un peu et puis, après un instant il dit :

— Je vais jouir.

Comme le CIM était inclus dans le prix, Alice lui ôta le préservatif, elle le suça encore un peu. Il jouit effectivement, le goût était lui aussi quelconque, une sorte d'anis un peu salé, elle cracha discrètement sur les draps, elle se dit qu'elle allait devoir faire une lessive, ça l'énerva. Michel resta un moment sans bouger sur le lit, les yeux clos. Elle eut peur qu'il soit mort. Elle avait lu des articles parlant d'hommes perdant la vie pendant l'acte. Mais il soupira, un soupir de bien-être et elle se dit : « Qu'ils aillent se faire foutre avec leurs articles. » Michel se releva. Alice aussi. Michel se rhabilla en vitesse. Alice remit sa nuisette. Elle avait envie de se brosser les dents et de prendre une douche. Quand Michel eut noué les lacets de ses chaussures quelconques, quand il eut enfilé sa veste quelconque, quand il fut devant la porte de l'appartement, prêt à s'en aller, il dit :

— C'était bien, t'es une vraie salope, toi !

Alice avait senti quelque chose de très très froid s'enrouler autour de son cœur. Quelque chose qui l'avait rendue à la fois très triste et très faible. Faible au point qu'elle avait cru qu'elle allait tomber mais elle ne laissa rien paraître.

— Oui, avait répondu Alice.

Plus tard, se brossant les dents sous la douche, le mot «salope» lui était revenu. Michel lui avait lancé ça comme un crachat dans la figure, un crachat qui lui serait entré dans le corps comme une sorte de parasite dégueulasse.

Elle pleura.

Elle pleura parce qu'elle se trouvait misérable.

Elle pleura parce qu'elle comprit qu'elle ne pourrait plus jamais faire ça.

Elle pleura parce qu'elle comprit que, comme elle ne pourrait plus jamais faire ça, elle ne s'en sortirait jamais. Il n'y avait pas d'issue.

Elle pleura parce qu'elle comprit que sa vie, ce serait la misère.

3

Un problème, une solution

C'est à ce moment-là que le souvenir de Séverine lui était revenu. Il lui était revenu amer et douloureux et il avait fait naître en elle ce qu'elle identifia instantanément comme de la colère.

Alice avait récupéré les 200 euros qu'elle avait cachés sous la machine à café, elle les avait rangés dans son portefeuille, elle savait que cet argent lui permettrait d'acheter de quoi manger pour le mois à venir.

Et après ?

Après, c'était un vide, un gouffre.

Après, c'était l'abîme.

Pendant une terrifiante fraction de seconde, elle pensa à tuer Achille et à se tuer ensuite. Les journaux titreraient : DRAME DE L'EXCLUSION, TRAGÉDIE DE LA MISÈRE.

Alice s'assit sur le bord de son lit défait, à côté de la tache de sperme qu'elle avait recrachée et qui, déjà, avait séché. Elle savait qu'elle ne pourrait jamais tuer son fils. Elle en était purement et simplement incapable. Pendant une autre fraction de seconde, tout aussi terrifiante, elle se dit qu'elle n'allait donc rien faire, qu'elle «continuerait comme ça», qu'elle déménagerait de son petit appartement de la rue de l'Infanterie pour une chambre insalubre mais moins cher et puis qu'elle devrait quitter cette chambre insalubre pour se retrouver dans la rue. Elle se dit que, forcément, Achille la suivrait dans cette descente, qu'il assisterait impuissant à la dislocation de leur vie. Qu'un jour ou l'autre, les services sociaux finiraient par lui enlever son enfant, qu'on le mettrait dans une famille d'accueil, qu'elle aurait un droit de visite mais qu'avec le temps, elle finirait par lui faire honte, qu'il ne voudrait plus la voir et que pour elle, ne plus voir Achille, ce serait le point limite de la misère, ce pays terrifiant qui n'est ni la vie, ni la mort. Juste un enfer lent et solitaire.

Ce fut donc à ce moment-là que le souvenir de Séverine lui était revenu.

Elle se souvint de l'après-midi qu'elle avait passé chez elle, elle se souvint de ses parents parfaits et détendus, de la félicité régnant dans sa jolie maison, de la qualité de la lumière et de l'odeur de hautes montagnes, de cimes, d'Olympe dans laquelle elle baignait.

Alice se demanda ce qu'elle était devenue. Elle n'avait pas eu de nouvelles depuis que Séverine avait changé d'école à la fin de l'année où elles étaient devenues amies. Elle chercha son nom sur Facebook et la retrouva. Elle avait fait des études de commerce. Elle avait travaillé pour des sociétés portant des noms anglo-saxons, dans un album intitulé BEST DAYS on la voyait en robe de mariée, magnifique, grande, blonde, mince, la dentition étincelante, l'épiderme satiné avec sur le visage l'expression victorieuse d'une championne d'équitation qui a remporté une coupe. Sur cette photo de mariage, elle tenait le bras d'un grand jeune homme qui avait l'air mi-suisse mi-monégasque, il avait le visage d'un prince de la Renaissance mélangé à celui d'un champion de course automobile. L'album avait récolté plus de deux cents likes et parmi la masse de commentaires enthousiastes, il y avait ceux des parents de Séverine qu'elle reconnut tant ils n'avaient pas changé : toujours aussi souriants, toujours aussi détendus, toujours aussi sympathiques. D'autres albums et d'autres photos suivaient, permettant à Alice de se faire une idée de la vie de Séverine : des vacances à Valmorel, où le couple semblait posséder un chalet, des vacances au Club Med Punta Cana, la naissance d'un petit garçon prénommé Albert et puis d'une petite Louna. Vacances avec Albert et Louna à Valmorel. Albert remporte son pioupiou, Louna son ourson, Albert son flocon, Louna sa première étoile, Albert sa deuxième étoile, Louna sa troisième étoile puis l'étoile de bronze et puis l'étoile d'or. Photographies des enfants sur un catamaran barré par le prince suisso-monégasque. «Que c'est beau, des enfants blonds et bronzés», se dit Alice. Photographies de toute la famille devant les pyramides (elle récoltait cent cinquante likes, les parents de Séverine commentaient encore : *Que de chemin parcouru*). Le cœur d'Alice se serra quand lui revint le souvenir de ses vacances à Hurghada. Le temps passait tout au long du fil des publications de Séverine : encore des albums, encore des photos : Séverine prenait de l'âge mais l'âge ne l'enlaidissait pas, il se contentait de faire comme une patine sur son visage, plus que jamais ses cheveux ressemblaient à une cascade d'or, plus que jamais ses dents étaient des perles de nacre, plus que jamais son corps semblait prêt pour un triathlon. Finalement, dans un post datant de quelques mois à peine et illustré par la photographie d'une femme faisant du taï-chi face à l'océan Indien, Séverine écrivait : *Ta deuxième vie commence quand tu comprends que tu n'en as qu'une.* On la voyait ensuite dans un ashram du Kerala faire un stage de yoga ashtanga. Elle était entourée d'Occidentaux drapés dans des tenues safran et, devant elle, se tenait un vieil Indien à moitié nu. Elle avait écrit : *Life is an expérience #yoga, #feellife, #beyourself* (trois cents likes).

Alice était jalouse. Elle n'aimait pas ça, mais elle devait l'admettre : cette brûlure qu'elle sentait lui carboniser le cœur, cette main glacée qui lui serrait la gorge, ce frisson visqueux qui lui parcourait les veines, c'était de la jalousie, de la jalousie bien concentrée sécrétée par les glandes de sa vie médiocre. Mais dans cette jalousie-là, il y avait aussi autre chose : il y avait des grumeaux durs comme des silex, noirs comme des nuits d'hiver, coupants comme des rasoirs. Ces grumeaux, c'était de la colère. Elle aussi bien concentrée. De la jalousie et de la colère à l'égard de ceux qui avaient de l'argent. Elle avait lu des articles sur le bonheur dans lequel des psychologues expliquaient que l'argent n'était que rarement un facteur de bonheur, que ce qui comptait c'était la qualité des relations sociales, c'était la possibilité de se « réaliser dans quelque chose », que c'était cultiver « l'estime de soi », «faire la paix avec son passé», «développer sa créativité».

«Qu'ils aillent se faire foutre avec leurs articles», s'était-elle dit. Elle n'avait aucune idée de ce que pouvaient être ces putain de clés du bonheur mais elle savait que manquer de fric c'était vraiment l'horreur. Que tant qu'à être perdu, solitaire, déprimé, tant qu'à ne pas avoir de projet, à ne pas «parvenir à se réaliser», tant qu'à se tromper sur les gens, tant qu'à ne pas avoir d'estime de soi, tant qu'à ne pas être créatif, tant qu'à savoir qu'à la fin c'est toujours la mort qui vous attend, autant que tout ça, ce soit avec du fric !

Du fric, du fric, du fric, du fric, du fric, il lui fallait du fric. Par n'importe quel moyen, il lui fallait du fric. Elle avait essayé de gagner son fric en travaillant, ça n'avait pas marché. Le travail ne rapportait rien, c'était un mensonge qu'on faisait à ceux qui travaillaient. Le travail vous maintient tout juste dans la survie mais vous laisse à la merci des vicissitudes de l'existence. Elle avait essayé de faire «avec ce qu'elle avait», en se prostituant (elle répéta le mot tout haut, en détachant bien chaque syllabe : «en-me-pros-ti-tu-ant !») mais se pros-ti-tu-er lui aurait bousillé la santé mentale sans vraiment lui rapporter assez.

L'effet de la jalousie se mêlant à l'effet de la colère se mêlant à la conscience aiguë de l'imminence de la misère et de ses horreurs lui monta brusquement à la tête, la faisant vaciller. Elle donna un coup de pied dans la porte d'une armoire à vêtements. Ça ne lui fit même pas mal. Ça lui fit presque du bien. Elle donna un second coup de pied en jurant : «Putain !», la porte se brisa. Oui, ça faisait du bien ! Ça faisait du bien mais ça ne réglait pas le problème : si elle ne faisait rien, ce serait la misère. La misère pour elle et la misère pour Achille, qui grandirait là-dedans comme un rat derrière une plinthe, son enfance entière passée à l'ombre du manque d'argent, une enfance comme un jardin orienté au nord, une enfance qui serait suivie, comme le prédisaient les statistiques, par une vie précaire, une vie qui serait comme celle de sa mère : une vie « au bord du gouffre », une vie à peine en équilibre.

Alice réfléchit encore à ce qu'elle pouvait faire pour éviter ça mais elle ne trouvait pas. Elle s'imagina braquant une banque mais ce n'était pas envisageable, elle ne savait pas du tout où elle aurait pu se procurer une arme et, de toute façon, ça faisait longtemps qu'il n'y avait plus d'argent dans les banques. Elle s'imagina échafaudant une arnaque sur Internet, mais il fallait pour ça des connaissances techniques qu'elle n'avait pas du tout. Le soir arriva, elle était allée chercher Achille à l'école. Elle lui avait fait des pâtes (49 centimes). Des pâtes sans viande, juste avec une boîte de sauce tomate (1,25 euro) et de l'huile d'olive (4,35 euros le litre).

Des pâtes de misère.

Elle pensa à tous ces enfants qui, dans la même assiette de pâtes, avaient des boulettes de viande, du vrai parmesan râpé, du basilic frais coupé aux ciseaux et la jalousie et la colère montèrent encore. Achille : il était si beau, il était si doux, il était si gentil et la vie qui l'attendait allait être si dure. La vie n'en aurait rien à foutre de sa beauté, de sa douceur, de sa gentillesse, la vie n'en avait rien à foutre de rien, la vie n'était pas une amie, c'était une adversaire ! Elle n'en dormit presque pas et ses lambeaux de sommeil furent chargés de rêves si épuisants qu'au matin elle eut l'impression d'avoir fait la guerre.

Puis, en accompagnant Achille à l'école, en passant devant l'élégante crèche privée du Clos du Cheval d'Argent, en voyant les imposantes Range Rover, les Tesla et les BMW X5 garées en double file, en voyant les parents riches y déposer des bébés riches, elle eut une idée. Une idée folle, une idée dangereuse, le genre d'idée qui pousse sur le désespoir.

Mais c'était une idée.

Une idée c'est mieux que rien.

Elle laissa mûrir l'idée quelques jours, comme on le fait avec un fruit sur un arbre. Et ce fruit, elle l'analysa, elle le renifla, elle le soupesa. Puis, une fois correctement analysé, reniflé et soupesé, elle repassa devant la crèche du Clos du Cheval d'Argent pour mettre son idée à l'épreuve de la réalité : le clos était dans une rue étroite, il n'y avait presque pas de places de parking, les parents riches s'y garaient mal, en double file (« Comme tous les riches, s'était-elle dit, ils jettent leurs bagnoles parce qu'ils n'en ont rien à foutre des conséquences. »). À ce moment-là, il arrivait souvent qu'un parent dépose un Maxi-Cosi sur le trottoir le temps d'attraper une poussette dans le coffre ou bien qu'un autre laisse un bébé dans une poussette, presque sans surveillance, le temps de bavarder avec un autre parent (« C'est fou le temps qu'ils ont, ces riches ! » s'était encore dit Alice). Alice revint plusieurs jours d'affilée, voulant passer inaperçue au milieu des parents riches, elle se coiffait soigneusement, elle mettait sa plus jolie robe, elle prenait un air dégagé qu'elle jugeait être un « air de riche ». En tout cas, personne ne faisait attention à elle. C'était exactement ce qu'elle voulait. Finalement, un soir, en se couchant, elle s'était dit : « Je le fais demain, quoi qu'il arrive, je le fais demain. » La décision était ferme, elle s'était promis de ne pas reculer, cette détermination l'excita autant qu'elle la terrifia, c'était comme si elle était passée dans une autre dimension, elle savait que, quoi qu'il arrive, demain sa vie allait changer pour de bon. Du coup, elle eut du mal à s'endormir et elle se réveilla beaucoup trop tôt. Elle profita de l'heure matinale pour régler quelques questions techniques : elle mit des gants de vaisselle (pour éviter de laisser des empreintes digitales) et elle prit une feuille de brouillon dans le cartable d'Achille et, dans le catalogue d'une grande surface, elle découpa des lettres pour former la phrase : C'EST MOI QUI AI VOTRE ENFANT – PAS DE POLICE ! – ÉCRIVEZ-MOI À RADICAL7582@GUERILLA.INFO – TOUT IRA BIEN.

L'adresse mail était une adresse jetable, cryptée et sans adresse IP et donc intraçable (il ne fallait pas être particulièrement doué pour faire ça, une simple recherche sur Google lui avait expliqué la procédure en deux clics). Elle mit la feuille dans son sac et puis prépara le petit-déjeuner d'Achille, des Nestlé Chocapic à 5,87 euros, c'était les céréales les plus chères, elle les avait achetées la veille justement parce que c'était les plus chères, en s'en foutant que ce soit les plus chères, en jouissant même du fait que ce soit les plus chères, en se disant qu'elle serait bientôt dans cette dimension merveilleuse où l'argent n'est plus un problème.

Achille s'était levé, il avait adoré les Chocapic et elle l'avait regardé manger avec un sentiment de bonheur intense. Puis, ils étaient sortis pour prendre le bus. Comme tous les matins, Achille parlait beaucoup, de tout, de rien, d'un dessin animé, d'un copain, d'une copine, de la maîtresse d'école, d'une balle qui était phosphorescente, d'une voiture qui se transformait en robot. Alice, à cause de son plan, avait du mal à se concentrer. Elle avait le cœur qui battait, les mains un peu moites, elle disait : « Ah oui ? Ah bon ? Oh c'est chouette… » Et puis, une fois qu'elle eut déposé son fils, elle prit une grande inspiration et elle se dirigea vers le Clos du Cheval d'Argent. Avec la tension nerveuse, elle avait une impression bizarre au bout des doigts, comme s'ils avaient été anesthésiés, sa gorge était sèche et son champ visuel était réduit à un tunnel noir et étroit avec un peu de lumière au bout. Quand elle arriva devant la crèche, elle tremblait. Au fond d'elle, une voix lui répétait : « Ne le fais pas, ne le fais pas, ne le fais pas ! » Mais une autre voix qui parlait plus fort répétait : « Fais-le ! Fais-le ! Fais-le ! » Dans la rue, c'était l'agitation habituelle du matin, les parents rentraient et sortaient de la crèche où ils déposaient des bébés somnolents, les voitures se garaient n'importe comment. Elle prit son téléphone et fit semblant d'être absorbée par une importante conversation. Elle disait : « Oui… Oui… Je sais qu'il a dit ça… Mais tu ne dois pas en tenir compte… Ce qui est important dans cette situation c'est de bien comprendre quelles sont tes perspectives d'évolution au sein de l'entreprise… Tu dois vraiment parvenir à lâcher prise, sinon André ne tiendra pas le coup… Il a l'air solide comme ça, mais il est fragile… Avant ton arrivée, il avait déjà fait un burn-out… »

Alice racontait n'importe quoi en gardant à l'œil le ballet de parents et des voitures. Elle repéra un bébé dans un Maxi-Cosi beige. Un père l'avait posé sur le trottoir, juste à côté de la voiture et il était entré dans la crèche avec un tout petit enfant qui marchait à peine. Alice se demanda une seconde pourquoi il n'avait pas simplement laissé le bébé *à l'intérieur* de la voiture le temps de déposer le tout petit enfant à la crèche. Elle n'en savait rien, elle se dit que le père devait avoir en tête un de ces faits divers sinistres où un bébé laissé à l'intérieur d'une voiture finit par mourir de chaleur. En tout cas, le bébé était là, dans un Maxi-Cosi, sur le trottoir, à côté d'une VW Touran couleur miel. Selon toute probabilité, elle ne devait pas avoir plus de trente secondes avant que le père ne ressorte de la crèche. C'était l'occasion parfaite. Elle n'en trouverait pas de meilleure !

— Ne le fais pas ! dit la première voix intérieure.

— Fais-le ! dit la seconde voix intérieure.

Alice rangea le téléphone dans son sac, elle en sortit le mot, elle mit le mot derrière l'essuie-glace avec un geste si naturel que personne ne la remarqua. Elle se pencha sur la nacelle, un bébé s'y trouvait bel et bien, endormi aussi profondément que peut l'être un bébé.

— Ne le fais pas !

— Fais-le !

Alice prit la nacelle.

Elle était au bord de la panique.

Une panique totale, absolue mais elle ne laissait rien paraître. Elle s'éloigna, tourna au coin de la rue et continua à marcher. Elle se doutait que le père, sans doute à cet instant précis, sortant de la crèche où il n'était entré qu'un instant, se rendait compte de la disparition du bébé. Elle espérait qu'avant qu'il n'ameute la crèche, les parents de la rue et la police, il trouve le mot sur son tableau de bord et qu'il rentre chez lui pour lui écrire un mail, c'était le scénario idéal.

Tous les autres cas allaient compliquer les choses.

Quand elle eut assez marché, quand elle fut assez loin, elle s'arrêta à un arrêt de bus. Elle avait l'impression qu'on la regardait. Elle essaya de se convaincre que c'était dans sa tête. Quelque part retentissait la sirène d'une voiture de police. Elle se dit : « C'est pour moi ! On me cherche, ils arrivent. » Mais la sirène s'éloigna. Après un temps infini, le bus arriva et elle monta. L'heure de pointe était passée, il n'y avait plus tellement de monde et elle put s'asseoir en prenant la nacelle sur les genoux. Elle regarda le bébé, il était joli, vraiment très joli, elle était à peu près certaine qu'il s'agissait d'une petite fille, à côté d'elle une vieille dame dit :

— Oh mais quel bel enfant !

Alice lui sourit et la remercia.

— Il a quel âge ? Trois mois ?

Alice dit :

— Oui, trois mois et quelques jours.

L'espace d'un instant, elle se sentit envahie par une immense vague de tristesse : elle se trouva atroce, elle se vit en Gorgone sacrifiant l'innocence, qu'avait-elle fait à cet enfant ? À ce bébé qui n'avait rien demandé à personne, qui demandait juste qu'on l'aime et qui aimait en retour. Alice sentit qu'elle allait pleurer et puis elle pleura. Des sanglots silencieux mais irrépressibles. La vieille dame le remarqua. Elle lui tendit un mouchoir en lui disant :

— Ça va aller… Ça va aller… Les enfants ça peut vraiment être épuisant… C'est normal de craquer, vous savez…

Alice se moucha. Elle dit :

— Oui… Vous avez raison, ça va aller.

Puis elle descendit du bus juste avant son arrêt habituel. Elle fit un détour pour passer dans un supermarché où elle n'allait jamais. Sans ses roues, la nacelle commençait à peser lourd, elle lui sciait le bras et son dos lui faisait mal. Elle posa la nacelle dans le caddie du supermarché, le bébé avait ouvert les yeux, de jolis petits yeux bruns. Alice lui sourit et dit d'une voix qu'elle voulut la plus gentille possible :

— Et alors ? Et alors ? Ça va ? On a fait un gros dodo ? On fait quelques courses et on rentre à la maison.

Elle pria pour que l'enfant ne pleure pas et il ne pleura pas. Il eut l'air un peu étonné, il la regarda fixement pendant qu'elle achetait trois boîtes de lait en poudre premier âge (Nan Optipro 1, 800 g, 15,80 euros), elle acheta un biberon (Avent, 10,20 euros), des lingettes (Aloe Vera, 2,78 euros pour 2 × 72 pièces) et des couches (Ultra Dry Stretch 7-18 kg Economy Pack 100 pièces pour 14,89 euros). Elle paya, l'enfant la regardait toujours.

Marcher jusqu'à son appartement avec le sac de courses dans une main et la nacelle dans l'autre fut une torture. Quand elle arriva chez elle, elle transpirait, elle ne sentait plus ses doigts. Elle posa la nacelle sur la table, détacha le bébé et le prit contre elle.

Il sentait bon, cette bonne odeur chaude qu'ont les bébés. Les petites mains se crispèrent contre elle. Elle l'amena sur son lit pour le changer et, le changeant, elle vit qu'il s'agissait bel et bien d'une petite fille. Alice se demanda comment elle pouvait bien s'appeler et elle se dit que le mieux, pour les quelques jours qui venaient, pour Achille qui ne manquerait pas de poser des questions, c'était de lui trouver un prénom temporaire. Elle réfléchit et puis elle dit :

— Agathe, petite Agathe… Ça va Agathe ?

Agathe se laissait faire gentiment. Elle attrapa une lingette et voulut la mettre en bouche.

— Non, non… dit Alice en lui donnant un petit hochet en plastique qu'elle avait trouvé au fond de la nacelle.

Alice prépara un biberon avec du lait en poudre et de l'eau minérale et le proposa à Agathe, qui but avec plaisir, et le plaisir de ce bébé fit plaisir à Alice.

Puis, Agathe s'endormit dans les bras d'Alice, qui la déposa sur son lit entourée par des oreillers pour éviter qu'elle ne tombe durant son sommeil. Sur son téléphone, elle vérifia l'adresse : radical7582@guerilla. info mais aucun message n'avait été envoyé. Elle se mit à avoir peur que le père d'Agathe (elle s'habituait à l'appeler Agathe) ait prévenu la police. Si c'était le cas, la police allait sans doute poser des questions aux autres parents : « Avaient-ils remarqué quelqu'un ? Avaient-ils noté quelque chose d'inhabituel ? » Sans doute, la police irait vérifier les images des caméras de surveillance des rues avoisinantes. Alice se dit qu'elle avait été stupide de ne pas faire attention aux caméras de surveillance. Ce serait comme pour les terroristes qui quittent les lieux d'un attentat : on finit toujours par les retrouver. Ou bien les parents d'Agathe discutaient encore entre eux et ils n'allaient pas tarder à lui écrire. Dans ce cas, sa réponse était déjà prête : *J'ai votre fille, elle est bien traitée. Je vous la rendrai pour 50 000 euros.*

Elle avait hésité pour la somme. 50 000 ce n'était pas tellement, c'était à vue de nez le prix de la Touran du père additionné au prix de la voiture de la mère (dans la tête d'Alice, ce devait être une Mini Cooper). Si elle avait demandé plus d'argent, ils auraient hésité, l'envie de prévenir la police serait devenue plus forte. À 50 000, ils hésiteraient moins. Et de son côté, 50 000 euros c'était deux ans de tranquillité financière, c'était emmener Achille en vacances, voir les pyramides pour de bon. C'était l'emmener au restaurant, c'était lui faire des spaghettis avec de la viande dedans, c'était arrêter de calculer sans cesse. Et puis, si elle avait encore besoin d'argent après ça, elle recommencerait, elle enlèverait un autre bébé, ce n'était pas si difficile, finalement. De cette façon, Achille aurait une enfance confortable. S'il avait des difficultés à l'école, il pourrait avoir des professeurs particuliers, elle pourrait l'inscrire au tennis, elle ferait de lui quelqu'un de parfaitement adapté à ce monde où l'argent était la seule garantie de sauver sa peau.

Alice trouvait son plan simple et efficace.

Alice trouvait son plan parfait.

À la fin de l'après-midi, personne ne lui avait écrit. Ça commençait à devenir inquiétant. Elle alla sur le site internet de la police mais il n'était nulle part fait mention d'une disparition de bébé au Clos du Cheval d'Argent. L'heure avançait, elle allait devoir aller chercher Achille à l'école.

Elle mit Agathe dans sa nacelle et, espérant ne croiser aucun voisin, elle descendit et elle alla prendre le bus.

À l'école, quand il vit le bébé, Achille demanda :

— C'est qui ?

— Je dois m'en occuper pendant quelques jours. Des amis sont partis en voyage et ils ne pouvaient pas l'emmener.

Elle se rendait bien compte que l'excuse était complètement nulle. Surtout qu'elle n'avait pas le moindre ami qui lui laisserait un bébé avant de partir en voyage. Mais Achille se contenta de demander :

— Il s'appelle comment ?

— Agathe, c'est une petite fille.

— Elle mange quoi ?

— Du lait. Elle est encore petite.

Pendant le trajet en bus, penchée sur son téléphone, Alice vérifia encore plusieurs fois sa boîte mail temporaire mais elle restait désespérément vide. À la maison, elle donna un bain à Agathe sous le regard curieux d'Achille. Elle lui donna un biberon de lait tiède, la petite fille le but en fermant les yeux et puis elle s'endormit et Alice, comme elle l'avait fait le matin, la mit sur son lit entourée par des coussins. Durant la nuit, Agathe se réveilla. Elle pleurait. De tout petits sanglots, saccadés, cristallins. Dans un demi-sommeil, Alice espéra qu'elle n'était pas malade. Si elle tombait malade, elle ne pourrait en aucun cas l'emmener chez le médecin et puis elle se souvint que cet enfant n'avait que trois mois et qu'à trois mois, les bébés ont faim pendant la nuit. Elle lui prépara un biberon, elle le lui donna. Agathe but et puis elle roucoula un peu d'une manière qu'Alice trouva vraiment très très jolie. Alice lui déposa un baiser sur le front. Agathe s'endormit. Alice vérifia encore sa boîte mail, toujours rien.

«Mais ils sont cons ou quoi?» se dit Alice, en ne comprenant pas du tout l'attitude de ces parents. Des idées très sombres se mirent à lui tourner dans la tête: et s'ils ne lui écrivaient pas parce que la police était prévenue et était sur une piste? Et s'ils ne lui écrivaient pas parce qu'ils n'avaient pas trouvé le mot sur le pare-brise? Et s'ils ne lui écrivaient pas parce qu'ils avaient payé un détective privé qui était là, en ce moment, devant sa porte? Elle tendit l'oreille, elle avait eu l'impression d'entendre quelque chose, non, finalement ce n'était rien, le vent peut-être ou bien la portière d'une voiture qui claquait dans la nuit. Elle s'endormit mais son sommeil était habité par une peur proche de la panique et elle se réveilla épuisée. À côté d'elle, Agathe gazouillait en jouant avec un coin de coussin. Alice lui sourit, Agathe sourit à son tour, Alice eut envie de pleurer parce que ce sourire venait de lui toucher le cœur. Elle lui fit un biberon, Agathe le but. Achille se leva à son tour et la première chose qu'il demanda fut «comment avait dormi le bébé des amis?».

Un peu plus tard, alors qu'il déjeunait, Alice lui demanda:

— Tu serais d'accord d'aller à l'école tout seul, tu sais comment faire maintenant?

— Oui, c'est facile, dit Achille.

— Et tu pourrais rentrer tout seul aussi.

— Oui.

Alice se sentit incroyablement fière de son fils. Il

était si courageux. Si déterminé. Si intelligent. Elle l'embrassa.

— Je t'aime, dit-elle.

— Je t'aime aussi, dit Achille. Et il l'embrassa et il embrassa Agathe et, son grand cartable sur le dos, il partit à l'école.

Alice vérifia encore sa messagerie.

Son souffle se coupa un bref instant.

Cette fois, il y avait un message.

Un message qui disait : *Bonjour Radical7582. J'ai trouvé votre mot sur mon pare-brise. Il y a peut-être une erreur, je ne vois pas de quoi vous parlez.*

Alice eut l'impression de tomber dans un trou d'air. Elle s'assit. S'était-elle trompée de voiture ? Était-ce une ruse ? Elle en eut soudain par-dessus la tête. Elle écrivit : *L'enfant qui a disparu devant la crèche du Clos du Cheval d'Argent ! C'est ça dont je vous parle !*

Elle se demanda si la réponse mettrait encore vingt-quatre heures à arriver mais elle arriva presque instantanément : *J'ai bien déposé la fille de ma sœur à la crèche hier matin. J'ai téléphoné à la crèche et ils m'ont dit que tout allait bien. Personne ne parle d'un enfant qu'on aurait enlevé. Je voudrais savoir si c'est toi, Stéphane, et une de tes blagues bêtes. Franchement, en ce moment, je ne suis pas tellement d'humeur…*

Alice se prit la tête entre les mains.

Si elle s'était trompée de pare-brise et qu'elle avait enlevé le bébé de quelqu'un d'autre, alors :

– cette personne n'avait pas reçu le mot, par conséquent :

– cette personne n'avait pas reçu la mise en garde et la demande de rançon, par conséquent :

– cette personne aurait ameuté la crèche et la police et il y aurait eu, dans les heures qui avaient suivi, des annonces, des flashs, des avis de recherche ;

– mais il n'y avait rien eu.

Ça ne tenait pas debout du tout ! Et le type qui lui répondait avait véritablement l'air de ne pas comprendre de quoi il s'agissait. Elle décida de ne plus répondre. Elle verrait bien.

Les heures passèrent, Agathe qui s'était réveillée l'appelait depuis la chambre. Elle alla chercher une girafe en plastique dans la chambre d'Achille et l'apporta à la petite fille. Elle joua avec elle un moment puis, n'y tenant plus, elle prit son téléphone et écrivit : *C'est inutile d'essayer de jouer au plus malin. Donnez-moi 50 000 euros si vous voulez revoir votre fille.*

La réponse vint après cinq minutes : *Je suis désolé… Je ne comprends pas de quoi vous parlez… (Stéphane, tu ferais mieux de m'inviter à bouffer, ça me fera plus de bien que ces conneries.)*

Alice se mordit l'intérieur de la lèvre. Soit ce type jouait vraiment bien la comédie, soit il ne savait vraiment pas de quoi il s'agissait. Et s'il ne savait pas de quoi il s'agissait, elle ne comprenait pas du tout d'où venait ce bébé, cette petite Agathe qui était endormie sur son lit. Pendant qu'elle réfléchissait et se mordait l'intérieur de la joue, un nouveau message arriva : *Mon ami Stéphane vient de me jurer qu'il n'était pas l'auteur de ces messages… Vous avez vraiment enlevé un bébé devant la crèche ?*

Alice se crispa.

Il était con ou quoi ce type ?

Oui… C'est le vôtre ou pas ? écrivit-elle.

Non… Et si quelqu'un avait enlevé un bébé devant la crèche, je serais au courant, tout le monde en aurait parlé !

Alice était effondrée.

Ce type disait la vérité.

Et personne ne réclamait ce bébé.

C'était comme si ce bébé n'était à personne.

À ce moment-là, Agathe s'éveilla. C'était l'heure du biberon.

Deuxième partie

1

En attendant la gloire

Tom avait commencé à lire des romans pour qu'on le laisse tranquille à la récréation.

À ce moment-là, il avait six ans et, deux ans plus tôt, des psychologues avaient déclaré à ses parents qu'il « n'avait pas les capacités » pour réussir dans l'enseignement classique.

Tom était un « incapable ».

Là où d'autres parents se seraient révoltés contre les résultats des tests, là où d'autres parents auraient exigé un deuxième avis, là où d'autres parents auraient mis en doute l'interprétation qui avait été faite par les médecins de la maladresse des lignes tracées, de l'imprécision des formes dessinées, de l'approximation des raisonnements poursuivis par le petit garçon, les parents de Tom, eux, avaient accepté le diagnostic. Les parents de Tom l'avaient accueilli sans rébellion, au contraire, avec une sorte de soulagement dans la mesure où cela vérifiait leur intuition : ils le savaient, ils l'avaient toujours su, ils le sentaient depuis le premier jour : leur enfant était « différent ».

Les parents de Tom aimaient Tom.

Le père de Tom avait eu une enfance remplie d'une souffrance sourde, dense et sombre dont Tom ne savait pas grand-chose (la mort brutale d'une mère dans des circonstances tragiques). Plus tard, ce père était devenu chercheur en mathématiques, il vivait replié sur lui-même, au milieu de l'univers rigoureux et abstrait des nombres, loin de ce monde sans pitié qui lui avait pris sa mère, volé son enfance et qu'en retour il méprisait et craignait à la fois.

Le père de Tom aimait Tom.

Il l'aimait comme si son fils avait été un artefact bizarre, une création étrange, une œuvre unique, expérimentale, à la fois singulière et invendable, une créature fragile, plus ou moins inadaptée au monde des humains, et le fait qu'il soit jugé « incapable » était, finalement, dans l'ordre des choses. C'était la confirmation que le monde réel, ce monde imparfait, ce monde qui était le brouillon d'un monde, ce monde qui était comme un algorithme mal pensé n'était pas préparé à accueillir des « gens comme eux ».

La mère de Tom aimait Tom.

Issue d'une lignée luxembourgeoise vaguement aristocratique qui avait tout perdu à force d'oisiveté et d'incompétence, la mère de Tom était une artiste.

Une artiste qui ne pratiquait aucun art en particulier : elle ne peignait pas, elle n'écrivait pas, elle ne sculptait pas, elle ne dansait ni ne chantait. Mais, même si concrètement elle ne faisait rien, elle était malgré tout une artiste dans la mesure où elle était l'incarnation même de l'Art. Les choses concrètes, matérielles et palpables constituant la réalité lui apparaissaient grossières et assommantes. Elle ne trouvait d'intérêt que dans la représentation de la réalité à travers un air d'opéra, les couleurs d'un tableau ou les lignes d'un roman sophistiqué, d'un auteur germanique de préférence et mort si possible.

La mère de Tom aimait son fils car, dès les premiers instants, elle avait vu en lui l'aboutissement des milliards d'années d'évolution du vivant, la perfection faite homme, non pas un demi-dieu mais bel et bien un dieu, d'une époustouflante beauté, d'une inconcevable intelligence et dont la destinée serait de marquer l'Histoire d'un sceau définitif. Il était l'ouverture du *Tannhäuser* de Wagner, il était *La Montagne magique* de Thomas Mann, il était le *Portrait d'Adele Bloch-Bauer* de Gustav Klimt.

Par conséquent, pour la mère de Tom (comme cela avait été le cas pour le père de Tom), que Tom soit mis au ban de la normalité par des psychologues qui n'étaient finalement que les gardiens de la conformité était la chose la plus naturelle qui soit. Être incompris, comme l'avaient été Einstein, Galilée, Darwin ou plus simplement Jésus, était le propre des génies.

C'est donc très naturellement que Tom se considéra lui-même promis à un destin extraordinaire.

Évidemment, à ce moment, personne, à l'exception de ses parents et de lui-même, personne ne le savait encore, mais ce n'était pas grave, c'était même plutôt agréable de n'être considéré que comme un enfant parmi les autres enfants. Comme une sorte de super-héros, Tom avait décidé de ne révéler à personne le secret de son exceptionnelle nature. Parmi les autres adultes ou les autres enfants, dans les magasins où il faisait les courses avec ses parents, à ces Noëls que l'on passait toujours au Luxembourg dans la maison de ses grands-parents, dans l'autobus qu'il prenait parfois, on lui parlait comme à un enfant, on ne lui portait pas plus d'attention qu'à n'importe quel autre enfant, mais il s'en fichait : tous ces gens, un jour, dans quelques années, comprendraient que cet enfant qu'ils avaient croisé, c'était lui, c'était Tom.

C'était Tom Peterman.

C'était *le* Tom Peterman.

Mais, en attendant l'avènement de son destin, Tom devait faire face à deux réalités : tout d'abord, première réalité, malgré tout ce que pouvait lui dire sa mère, il n'était pas beau : il était petit, il était frêle, il était d'une pâleur maladive et la forme particulière de ses oreilles, grandes et décollées, lui valaient de nombreuses moqueries : «Ça va Dumbo ?», auxquelles, faute de mieux, il ne répondait que par des haussements d'épaules. Ensuite, seconde réalité : le diagnostic des psychologues l'avait condamné à être orienté dans ce qu'ils appelaient à l'époque «l'enseignement spécial», c'est-à-dire une école peuplée d'enfants qui, comme lui, n'avaient pas été jugés capables de suivre un enseignement classique.

Tom avait six ans et les autres enfants qui se trouvaient avec lui dans la cour de récréation étaient, pour la plupart, vraiment effrayants : il y avait cette grande fille obèse, brute silencieuse, entité malfaisante pouvant, sans aucune raison, décharger sur une victime choisie au hasard une rage d'origine inconnue. Il y avait ce garçon placé par un juge de famille d'accueil en famille d'accueil qui chaque fois changeait de nom, qui ne comprenait rien, jamais, mais dont le charisme ombrageux lui avait permis d'avoir toute une brigade sous ses ordres et leur mission imaginaire était, à la récréation, de voler le bonnet ou les moufles de Tom. Il y avait cet enfant boiteux, baveux, coulant, visqueux, bègue et blême, puant et tragiquement câlin qui concevait pour Tom une affection exaltée au point d'en devenir embarrassante. Après quelques mois de calvaire, Tom essaya de convaincre son institutrice qu'il « aimait bien rester à l'intérieur » et qu'il n'avait « pas besoin de récréation ». Dans cette demande, l'institutrice crut voir la confirmation que Tom était un garçon « bizarre », un enfant avec des « problèmes » d'autant plus graves qu'ils étaient difficilement détectables et que, finalement, les psychologues ne s'étaient pas trompés. Il continua donc de devoir aller à la récréation et le conseil de gestion pédagogique écrivit à ses parents en leur signalant que leur enfant avait sans doute besoin d'un véritable suivi psychologique qui pourrait, le conseil de gestion pédagogique l'espérait, prescrire des médicaments. Les parents de Tom furent enthousiastes, ravis, flattés que leur fils soit si inadapté et ils l'envoyèrent chez un psychanalyste. Là, dans un bureau décoré de masques africains, Tom dut raconter ses rêves à un homme vêtu de chemises en lin et col Mao. Pour faire plaisir à ses parents, presque par loyauté, il inventa des rêves invraisemblables, équivoques, ambigus, dont les scénarios étaient faits de bribes tirées des conversations qu'il surprenait entre ses parents, mélangées à des extraits de bandes dessinées ou de publicités pour du déodorant :

— J'ai rêvé qu'il y avait la fille de la voisine qui avait oublié ses clés. Mais ses clés étaient en forme de zizi et comme je ne voulais pas parler, elle voulait m'ouvrir la bouche avec les clés en forme de zizi. Et puis, je partais en hélicoptère et j'étais obligé de tuer des gens à la fin, quand tout le monde était mort, je dansais au bord d'une piscine.

L'homme avait l'air vraiment intéressé par Tom et cet intérêt excita Tom au plus haut point. Cet intérêt, d'abord, c'était la preuve qu'il était bel et bien différent, qu'un spécialiste de la psyché humaine s'intéresse à lui, cela vérifiait la nature super-héroïque de sa personnalité et de son intelligence. Cela certifiait que l'intuition de ses parents était fondée sur des faits attestés par un membre du corps médical. Mais dans cet intérêt, il y avait plus que ça. Dans cet intérêt suscité chez le psychanalyste en col Mao, Tom trouva pour la première fois la satisfaction de plaire à un spectateur, le plaisir d'être intéressant, le bonheur extraordinaire de captiver un public, le ravissement de séduire une audience.

Lors du second rendez-vous, le psychanalyste lui demanda :

— Alors Tom, avec tes mots, pourrais-tu m'expliquer pourquoi tu ne veux plus aller à la récréation ?

Tom sentit qu'il fallait trouver quelque chose qui soit en accord avec les attentes qu'on mettait en lui et il répondit :

— Je voudrais pouvoir lire. Je voudrais pouvoir lire des livres.

— Tu aimes la lecture ?

— Oh oui !

(Il mentait, à cette époque, la lecture l'ennuyait.)

— Qu'est-ce que tu aimes dans la lecture ?

— Je crois… Je crois que je me sens tranquille quand je lis…

(Mensonge.)

— Tu veux dire que cela t'apaise ?

— Oui, exactement !

(Mensonge.)

— Comme une sorte de refuge qui ferait disparaître tes angoisses ?

— Voilà, c'est ça… C'est un refuge qui fait disparaître mes angoisses.

(Encore un mensonge, il n'avait évidemment aucune angoisse.)

Plus tard, lorsque comme le voulait la procédure, les parents de Tom, Tom et le psychanalyste se retrouvèrent dans le bureau pour faire un «bilan», le psychanalyste déclara :

— Je crois qu'on pourrait autoriser Tom à rester en classe pendant les récréations. Il est fragile et angoissé, les interactions avec les autres sont des épreuves qui créent du stress. Avec le temps, il parviendra à mettre en place des stratégies personnelles qui l'aideront à faire face. En attendant, la lecture permettra de faire baisser son niveau d'anxiété.

Le conseil de gestion pédagogique de l'école prit acte de la recommandation du psychanalyste qui, du fait de ses cols Mao, de ses masques africains et de la hauteur de ses honoraires, était entouré d'une aura de prestige et d'une réputation devant lesquelles on ne pouvait que s'incliner. Dorénavant, les récréations de Tom se passèrent au calme, seul dans la classe. C'était assez ennuyeux, c'était même assez triste, surtout lorsqu'il faisait beau, mais cette solitude et cette tristesse valaient mieux que l'insécurité régnant dans la cour, que la jungle de la récréation et ses créatures hostiles. Mais comme Tom avait invoqué la nécessité de la lecture pour éviter les récréations, il fut bien obligé de lire.

La bibliothèque des parents de Tom était assez peu fournie. Son père mathématicien et sa mère artiste évanescente n'achetaient jamais de livres. Par contre, ils en recevaient parfois, des livres qu'ils n'ouvraient pas mais qu'ils exposaient dans une bibliothèque du salon. Pour les parents de Tom, avoir des livres chez soi était un indispensable marqueur social. Peu importait qu'ils soient lus. Pour Tom, ce fut la réserve dans laquelle il puisa ses premières lectures : il y eut *Cent ans de solitude* de Gabriel García Márquez, *Portnoy et son complexe* de Philip Roth, *Fahrenheit 451* de Ray Bradbury, *Le Maître des illusions* de Donna Tartt, *Une chambre à soi* de Virginia Woolf, le premier tome du cycle de *Fondation* d'Isaac Asimov. *L'Amant* de Marguerite Duras, *Neige de printemps* de Yukio Mishima, *La Montagne magique* de Thomas Mann et puis encore quelques autres. Le matin, il glissait un de ces livres dans son cartable et, à l'heure de la récréation, lorsque toute la troupe de ses camarades défectueux s'en allait vers la récréation et ses misères, il restait seul, assis à son banc et il lisait :

« Du fond des étroites rues, les autos filaient dans la clarté des places sans profondeur. La masse sombre des piétons se divisait en cordons nébuleux. Aux points où les droites plus puissantes de la vitesse croisaient leur hâte flottante, ils s'épaississaient, puis s'écoulaient plus vite et retrouvaient, après quelques hésitations, leur pouls normal. L'enchevêtrement d'innombrables sons créait un grand vacarme barbelé aux arêtes tantôt tranchantes, tantôt émoussées, confuse masse d'où saillait une pointe ici ou là et d'où se détachaient comme des éclats, puis se perdaient, des notes plus claires. À ce seul bruit, sans qu'on en pût définir pourtant la singularité, un voyageur eût reconnu les yeux fermés qu'il se trouvait à Vienne, capitale et résidence de l'Empire. »

Ce qu'il lisait ce jour-là, c'était *L'Homme sans qualités* de Robert Musil. C'était un livre de poche aussi épais qu'un petit bidon d'essence avec une couverture rébarbative représentant une sorte de masque inexpressif. Alors qu'il aurait pu le faire, il ne se contentait pas de le feuilleter. Il aurait pu le feuilleter pour faire semblant de lire, personne ne lui demandait de compte rendu, personne ne l'interrogeait sur ce qu'il lisait. Dans la mesure où il était seul dans cette classe, il aurait tout aussi bien pu ne rien faire du tout, juste regarder le mur ou même dormir, la tête cachée entre ses bras croisés. Mais il ne voulait ni regarder le mur ni dormir : ces livres, il voulait vraiment les lire. Et s'il voulait vraiment les lire, c'était pour deux raisons. D'abord, il y avait en lui un trait de caractère qui le suivrait durant une bonne partie de sa vie, un trait qui lui serait tantôt utile, tantôt préjudiciable, un trait que l'on pourrait qualifier de « conscience professionnelle » ou de « sens des responsabilités » : il avait l'impression que la tranquillité de la classe avait bel et bien un prix et que ce prix, c'était de s'en tenir à ce qu'il avait dit au psychanalyste, il voulait éviter la cour de récréation pour lire des livres. Mais la seconde raison était plus intéressante : s'il lisait ces livres au lieu de se contenter de les feuilleter ou de dormir la tête dans les bras, c'était parce qu'il était véritablement curieux de ce qui pouvait se trouver à l'intérieur. Derrière ces couvertures austères, derrière ces titres mystérieux, au-delà de ces phrases dont le sens lui échappait la plupart du temps, il avait l'intuition que se trouvaient là des choses merveilleuses, des choses qu'il avait du mal à définir mais qui, il le savait, il le sentait, feraient grandir son âme.

« Siddhartha, le bel enfant du brahmane, le jeune faucon, grandit en compagnie de son ami, Govinda, fils lui aussi d'un brahmane, à l'ombre de la maison et du figuier, sur la rive ensoleillée du fleuve, auprès des bateaux, dans la verdure de la forêt de Sal », écrivait Hermann Hesse dans *Siddhartha*. « Appelez-moi Ismaël. Voici quelques années – peu importe combien – le porte-monnaie vide ou presque, rien ne me retenant à terre, je songeai à naviguer un peu et à voir l'étendue liquide du globe. C'est une méthode à moi pour secouer la mélancolie et rajeunir le sang. Quand je sens s'abaisser le coin de mes lèvres, quand s'installe en mon âme le crachin d'un humide novembre, quand je me surprends à faire halte devant l'échoppe du fabricant de cercueils et à emboîter le pas à tout enterrement que je croise, et, plus particulièrement, lorsque mon hypocondrie me tient si fortement que je dois faire appel à tout mon sens moral pour me retenir de me ruer délibérément dans la rue, afin d'arracher systématiquement à tout un chacun son chapeau… alors, j'estime qu'il est grand temps pour moi de prendre la mer. Cela me tient lieu de balle et de pistolet », était-il écrit par Melville en ouverture de *Moby Dick*. « Le 15 mai 1796, le général Bonaparte fit son entrée dans Milan à la tête de cette jeune armée qui venait de passer le pont de Lodi, et d'apprendre au monde qu'après tant de siècles César et Alexandre avaient un successeur », disait Stendhal dans *La Chartreuse de Parme*.

Tom avait neuf ans et, le plus souvent, il ne comprenait pas ce qu'il lisait. Les intrigues compliquées, les enchevêtrements psychologiques, les descriptions d'époques disparues, la grammaire surannée, le vocabulaire désuet, tout ça lui échappait en très grande partie. Mais, comme des feux au milieu de la nuit, comme des étoiles aperçues à travers le brouillard, les mots et les phrases et les histoires se matérialisaient parfois dans son esprit avec la force d'objets véritablement solides ou d'émotions véritablement vécues. C'était, chaque fois, une expérience étonnante qui le bouleversait autant qu'elle l'excitait : avec le chien de *Construire un feu* de Jack London, il avait soudain véritablement faim et véritablement froid. Avec le cancrelat de *La Métamorphose* de Franz Kafka, il entendait vraiment battre la pluie contre les fenêtres tandis qu'une tristesse ténébreuse, pareille à une marée d'équinoxe, l'envahissait tout entier, comme elle envahissait Gregor Samsa et, dans *L'Éducation sentimentale* de Flaubert, son cœur s'enflammait authentiquement avec celui de Frédéric quand celui-ci avait rendez-vous avec Madame Arnoux.

C'est à ce moment-là que Tom avait pris la décision de devenir écrivain.

Évidemment Tom ne savait pas du tout ce que «être écrivain» pouvait signifier concrètement mais il avait l'intuition qu'être écrivain était une profession relativement cool : on inventait des histoires, les gens vous aimaient, quoi que vous disiez, on vous écoutait parler lors d'émissions de télévision, votre nom se retrouvait dans les journaux confirmant en cela la nature exceptionnelle de votre personnalité. Et puis c'était une activité qui semblait régler une fois pour toutes la question du revenu qui allait, Tom le sentait, se poser tôt ou tard dans sa vie.

Être écrivain, c'était un métier pour lui.

Écrivain, c'était ça qu'il serait et quand il le serait, la vie allait être formidable.

Mais une série de catastrophes s'abattirent sur Tom. D'abord, il devint un adolescent. Il avait été un enfant laid, pâle et maigre. Il fut un adolescent laid, pâle, maigre et acnéique. Ensuite, quand il eut quinze ans, son père mourut d'une crise cardiaque. Il s'écroula devant une cinquantaine d'étudiants de première année à qui il donnait un cours d'introduction à la géométrie algébrique. Sa dernière phrase fut : «Dans le cas d'une courbe elliptique, la jacobienne est isomorphe…» puis d'un seul coup, il était devenu pâle, ses yeux s'étaient creusés et il était tombé sur le rétroprojecteur. Sa mère fit une brève dépression : durant quelques mois, elle se laissa complètement aller, elle errait, hirsute, sale, presque nue, dans les couloirs de la maison et puis un jour, ce fut terminé. Elle se doucha, elle alla chez le coiffeur. Tom comprit qu'elle était passée à autre chose. D'ailleurs, un an plus tard, elle se remaria avec un petit homme parfumé à l'eau de Cologne *4711*, qui occupait un poste de cadre dans une société d'assurances et qui roulait dans une énorme Audi dont la carrosserie gris métallisé était toujours absolument impeccable. Cet homme avait lui-même une fille d'une dizaine d'années. Une Aurélie, une enfant effacée, sans fantaisie, d'une intelligence appliquée faisant d'elle une excellente élève dont les résultats, évidemment, contrastaient avec ceux de Tom. Le petit homme parfumé manifestait à l'égard de Tom tous les signes extérieurs de l'affection paternelle : il se souciait de ses études, il lui posait des questions sur ses amitiés, sur ses centres d'intérêt (Tom n'en avait pas vraiment), sur ses hobbies (Tom n'en avait pas non plus). Mais derrière ces manifestations se cachait assez mal une haine pure et simple, un mépris à l'égard de cet adolescent à la fois laid, médiocre et issu d'un coup tiré par un autre homme dans le ventre de sa femme.

Ces années-là, aussi mornes qu'une barque dérivant sur un océan vide, firent presque douter Tom de la nature exceptionnelle de sa personnalité. Passé dans l'enseignement traditionnel, il souffrait des lacunes accumulées dans l'enseignement spécial et il fut un élève dépassé et hagard. Les filles, bien entendu, se mirent à l'intéresser. Pas toutes les filles, seulement les grandes filles, belles et inaccessibles. Les grandes filles avec de longs cheveux lisses, avec des regards qui ne se posaient jamais sur lui, les grandes filles qui ignoraient cet adolescent trop petit, trop maigre, trop pâle, trop boutonneux et jamais drôle. Cet adolescent informe, larvesque, qui les observait furtivement depuis la place du fond de la classe qu'il occupait par instinct. Il tombait assez régulièrement amoureux d'une manière qu'il est important de qualifier d'éperdue. Ainsi s'était-il désespérément enflammé pour une Sophie, une Catherine, une Céline, une Laetitia, une Audrey, une Delphine, une Nathalie, une Vanessa et une Angélique. Le soir, après l'école, il rêvait de romances : il s'imaginait être aimé par l'une d'elles qui aurait compris quel genre de garçon lumineux il était vraiment. Il élaborait des petites mises en scène sentimentales où Delphine, ou Laetitia ou Vanessa, le rire clair, les cheveux lisses ondulant au ralenti, courait vers lui dans la cour de récréation et se jetait dans ses bras avant de l'embrasser avec passion. Malheureusement, ces filles ne s'intéressaient qu'aux garçons qui ressemblaient déjà à des hommes. Des garçons qui avaient déjà mué, des garçons épargnés par l'acné, des garçons touchés par la grâce d'un corps viril et d'un caractère plein d'assurance, des garçons, surtout, dont certains venaient à l'école à moto. C'était dans leurs bras à eux que sautaient Nathalie, Aurélie ou Céline, pas dans ceux de Tom qui pourtant, il en était persuadé, avait tellement mieux à leur offrir. Quoi exactement ? Il ne le savait pas. Peut-être simplement la proximité avec la singularité de son esprit, peut-être la chance pour elles d'aimer un garçon si intelligent, si sensible et promis à un avenir si extraordinairement brillant. Ne pas être vu par ces filles, ne pas être reconnu comme celui qui aurait pu les combler comme jamais elles ne l'avaient rêvé, plongeait Tom dans d'incroyables abîmes de désespoir, au fond de trous d'une désolation sans limite. La nuit, emporté par des tsunamis de tristesse, de rage, d'amertume, il ne trouvait pas le sommeil et, quand il le trouvait, les rêves qu'il faisait étaient si sombres, si déprimants, qu'il se réveillait avec l'impression d'avoir connu la mort plutôt que le repos.

C'est à ce moment-là, pour que les filles fassent enfin attention à lui, qu'il se souvint de la décision qu'il avait prise lorsqu'il était enfant : il allait écrire.

Ce qu'il écrirait serait si grand qu'il deviendrait célèbre.

Et quand il serait célèbre, les filles se ficheraient de son physique ingrat et aussi du fait qu'il n'avait pas de moto.

Elles viendraient à lui.

Elles l'aimeraient et il les aimerait en retour.

Et la vie, enfin, serait formidable.

Alors il se mit au travail.

Il travailla avec rage, avec obstination, poussé par le désir impérieux de s'extraire de sa condition d'anonyme et par l'impatience d'accéder à une véritable existence sociale qui le rendrait visible aux yeux du monde en général et des filles en particulier. Il était temps de révéler sa nature super-héroïque. Il travailla en copiant ce qu'il avait lu et qui lui avait plu. Il travailla en injectant de l'obscurité et de la bizarrerie dans ses histoires parce que, pour lui, l'obscurité et la bizarrerie étaient les caractéristiques les plus susceptibles de faire de lui un « auteur culte ». Il travailla en ne doutant pas de la spécificité absolument géniale de ce qu'il faisait. Ce ne pouvait être qu'absolument génial car il était absolument génial, sa mère comme son père le lui avaient fait comprendre lorsqu'il était un enfant.

Un jour, il envoya une histoire courte à une revue

qui publiait des textes de lecteurs. C'était l'histoire d'une bande de punks partouzant dans les sous-sols de la ville et livrant un culte au cadavre d'une enfant momifiée. On ne le publia pas et il ne reçut aucune réponse. Cela ne le découragea pas. Au contraire, il en tira la conclusion que cette revue était médiocre et que ses rédacteurs n'avaient pas compris à qui ils avaient affaire. Il en vint à les plaindre. L'école organisa un concours de nouvelles, il y participa. Il écrivit une histoire où un yaourt extraterrestre prenait possession de l'esprit de ceux qui en mangeaient (c'était un plagiat, il avait vu ça dans un film). Il ne gagna pas. Il ne reçut même pas une mention. Le prix fut attribué à une fille qui parlait de l'affection qu'elle avait pour un golden retriever. Là non plus il ne se découragea pas. Il se prit à imaginer les biographies posthumes qui lui seraient consacrées et dans lesquelles, avec humour, on parlerait de ces professeurs n'ayant pas été sensibles à son esprit indépendant et marginal. Avec le temps, il accumula une quantité de cahiers à l'intérieur desquels se constituait ce qu'il considérait comme « une œuvre » et l'importance de cette œuvre qu'il évaluait essentiellement à la quantité des pages, lui donnait bel et bien l'assurance qu'il n'avait jamais eue. Les filles pouvaient bien l'ignorer, les professeurs pouvaient le considérer comme le dernier des cancres, dans le secret de ces pages de plus en plus nombreuses, il marquait la littérature d'un sceau qui serait éternel et bientôt, à la fois stupéfaits et admiratifs, ils sauraient tous que ce garçon qu'ils avaient si peu considéré était celui qui était devenu une référence artistique et intellectuelle incontournable.

Tom était impatient. Il aurait voulu que cette reconnaissance, que ce succès, que cette gloire, ce soit maintenant, tout de suite. Il parvint à convaincre son beau-père de la nécessité d'un ordinateur et d'une imprimante et, une fois l'ordinateur installé et l'imprimante branchée, il recopia ses histoires, il les imprima et il les envoya aux éditeurs qui lui apparaissaient comme les plus prestigieux : Gallimard, Grasset, Seuil, Actes Sud, Minuit, Albin Michel. Il ne connaissait pas les autres. Il attendit et tandis qu'il attendait, il imaginait les interviews qu'il aurait à donner à des journalistes remplis d'admiration. Dans son esprit, la scène se passait durant une conférence de presse organisée dans le salon d'un grand hôtel parisien où, calmement, il désignerait celui ou celle qui pourrait lui poser une question. Voici une grande journaliste, très belle, avec de longs cheveux lisses.

— Bonjour Tom, je suis Cindy du *New York Times*. Avec votre recueil de nouvelles *Un automne sur la face cachée de la lune*, déjà best-seller dans dix-sept pays, vous bouleversez les codes littéraires classiques. Quelles sont vos influences ?

— Bonjour Cindy, merci pour votre question. Il y a évidemment des auteurs que j'apprécie : Goethe, Schiller ou dans une moindre mesure Dostoïevski mais je ne crois pas qu'on puisse réellement parler d'influence…

Dans la petite mise en scène de Tom, il ne savait pas vraiment quoi dire après ça (d'autant qu'il n'avait jamais lu Goethe ni Schiller et que Dostoïevski lui était tombé des mains). Mais ce n'était pas grave. Imaginer les objectifs des photographes posés sur lui, les micros tendus et, dans le fond de la salle, le visage un peu penaud de son beau-père prenant toute la mesure du génie de son beau-fils, lui suffisait.

Hélas, les réponses à l'envoi de son manuscrit tardèrent à arriver. Il se mit à douter : avait-il bien affranchi les enveloppes ? Ne s'était-il pas trompé dans l'adresse ? Il était impossible que les lecteurs « professionnels » de ces maisons d'édition passent à côté de ses textes. Mais c'est pourtant ce qui arriva : après une dizaine de mois d'attente, il reçut des lettres de refus, polies mais définitives. Des lettres disant qu'on « le remerciait pour l'envoi du manuscrit mais que celui-ci, malheureusement, ne rentrait pas dans la ligne éditoriale de la maison ». Cela ébrécha à peine son moral mais cela l'agaça car il allait devoir attendre plus longtemps que prévu la gloire qui lui était promise. Il alla chez un libraire et, regardant les livres sur les tables, prit note des noms de maisons d'édition dont il n'avait jamais entendu parler : Les Éditions du Champ de Mars, Edwige Hoffmann Éditions, Les Éditions de l'Hurluberlu, Les Éditions Bilboquet, TSR Éditions. Il trouva leurs adresses et leur envoya son manuscrit accompagné d'un mot disant : *Bonjour, je me permets de vous envoyer ces quelques nouvelles, en espérant qu'elles retiendront votre attention.* Entre-temps, l'année scolaire touchait à sa fin, c'était sa dernière année. Depuis plusieurs mois, il était amoureux d'une Charlotte, encore une grande fille, des cheveux lisses et sombres comme une coulée de goudron, une peau immaculée de Vénus botticellienne, des yeux d'un bleu germanique, un corps de championne de barres asymétriques. Tom avait développé une stratégie d'approche compliquée qui l'avait élevé au rang de « meilleur ami à qui on dit tout ». De récréation en récréation, il recueillait la parole de Charlotte, qui lui racontait « que si elle était sortie avec Nico c'était pour attirer l'attention de Max mais que Max était déjà avec Luna et que donc elle restait avec Nico ». Nico était un grand beau brun issu d'une famille particulièrement aisée. Il faisait du snowboard en hiver et du kitesurf en été. Ses résultats scolaires étaient excellents et il prévoyait, l'année suivante, de s'inscrire dans une prestigieuse école de commerce établie à Londres. À la fin des cours, Nico retrouvait Charlotte et il l'embrassait longuement, des baisers écumants et sans pudeur auxquels la jeune fille s'abandonnait de bonne grâce. Tom haïssait Nico de toute la puissance de son âme d'écrivain, l'idée qu'il fasse l'amour à Charlotte lui soulevait le cœur autant qu'elle le fascinait.

Et puis, vers juin, il reçut une lettre des Éditions de l'Arbre pâle qui disait : *Cher monsieur, vos nouvelles ont intéressé notre comité de lecture. Nous serions ravis de pouvoir les publier. Pourrions-nous nous rencontrer ? Êtes-vous sur Paris ?*

La lettre était signée *Yves Lacoste, directeur éditorial* et était suivie d'un numéro de téléphone. En lisant cette lettre, Tom avait été pris d'un léger vertige. C'était comme si soudain les dieux de l'Olympe lui avaient tendu la main pour le hisser jusqu'à eux. C'était l'instant qu'il avait toujours attendu. Celui où sa vie changeait pour de bon. Il appela Yves Lacoste, l'homme avait une voix grave et un accent du Midi. Tom fut d'ailleurs un peu déçu par cet accent du Midi, il n'avait pas imaginé qu'un éditeur sérieux puisse avoir un accent du Midi. Mais l'homme était enthousiaste, il complimenta longuement Tom sur l'originalité de son imagination et sur la maturité de son style. Tom tremblait de plaisir mais restait modeste en répondant des choses comme « J'ai juste écrit ça pour m'amuser, je ne me rends pas vraiment compte de ce que ça vaut... » Un rendez-vous fut pris pour juillet à Paris dans les bureaux des Éditions de l'Arbre pâle pour « parler du contrat et faire connaissance avec l'équipe ». Il était impatient de retrouver Charlotte pour lui annoncer la nouvelle. Quand elle apprendrait que son « meilleur ami à qui elle disait tout » était en réalité un véritable écrivain publié dans une véritable maison d'édition, elle craquerait certainement, elle trouverait que Nico autant que Max étaient des garçons fades et communs, que ce qui la faisait vibrer, c'était les artistes mystérieux et auréolés de gloire comme Tom était en passe de devenir. Et le lendemain arriva et Tom annonça la nouvelle à Charlotte. Charlotte lui dit : « Ah super, je suis contente pour toi. » Et ce fut tout.

En juillet, il alla à Paris pour rencontrer Yves Lacoste. Les bureaux de l'Arbre pâle se trouvaient dans le douzième arrondissement, ce n'était pas vraiment des bureaux, plutôt une sorte de petit appartement aménagé. Tom fut reçu dans la cuisine, à travers une porte entrouverte, il voyait une chambre et un lit défait. Yves Lacoste lui expliqua qu'après avoir travaillé comme éditeur dans une « grande maison », il avait voulu lancer une maison d'édition « plus petite mais plus exigeante où il pourrait publier les talents de demain ». La maison existait depuis cinq ans, elle avait déjà un succès à son actif, un roman qui s'appelait

L'Ogre, écrit par Éric Dubois, un cheminot d'une cinquantaine d'années. Il en avait vendu près de six mille
exemplaires grâce à une sélection pour le prix Fnac
(qu'il n'avait finalement pas eu). Yves Lacoste complimenta encore Tom dans les mêmes termes que la
dernière fois (originalité de l'imagination et maturité
du style), il dit qu'il allait beaucoup miser sur la promotion (il parla d'une attachée de presse qui était la
meilleure de Paris). Il voulait que le livre sorte pour la
rentrée littéraire de septembre, il sentait que c'était le
bon moment, qu'avec un peu de chance, comme pour
L'Ogre, ce serait un succès.

Durant l'été, Tom fut gagné par un degré de
confiance en lui qu'il n'avait jamais connu. Une dis-
pute éclata avec le mari de sa mère lors de laquelle il
n'hésita pas à le traiter de «connard en Audi» puis,
vers la moitié d'août, alors qu'une insupportable cani-
cule faisait rissoler tout le pays, il se rendit ivre chez
Charlotte et l'embrassa. Contre toute attente, elle lui
rendit son baiser. Les parents de la jeune fille n'étaient
pas là et elle lui proposa de rester chez elle pour la nuit.
Ils firent l'amour. Pour Tom, c'était la première fois.
L'esprit en feu, il ne dormit pas : il était un écrivain,
son livre serait un succès, il aurait la meilleure attachée
de presse de Paris et Charlotte l'accompagnerait sur les
chemins glorieux de sa promotion. Le matin, pourtant,
quand il voulut une nouvelle fois embrasser Charlotte,
elle se détourna et lui dit qu'elle ne voulait pas que
«ce qui s'était passé abîme leur amitié». Il sentit se
fissurer son cœur mais il se contenta de dire : «Oui,
bien entendu, je comprends, tu as raison.» Il n'y aurait
eu la perspective de la publication de septembre, il se

serait purement et simplement pendu. Le vingt août, il reçut dix exemplaires de son livre. La couverture était illustrée par un dessin représentant un rat mort, il se demanda si c'était très vendeur, Yves Lacoste le rassura en lui affirmant que ce qu'il fallait, c'est que son livre soit «un véritable choc». Le vingt-six août, Tom acheta un exemplaire du *Magazine littéraire* «spécial rentrée littéraire» proposant sur dix pages une sélection des romans ayant marqué la rédaction. Le sien ne s'y trouvait pas. Il acheta le magazine *Lire*, il ne s'y trouvait pas non plus. Il acheta les journaux *Libération*, *Le Monde*, *Le Figaro*. Il acheta *Le Nouvel Observateur*, *Les Inrocks*, *Marianne*, *Le Point*, *Télérama*. Tous ces journaux, tous ces magazines parlaient de la rentrée littéraire mais aucun ne faisait mention d'*Un automne sur la face cachée de la lune*. Tom appela Yves Lacoste, qui lui répondit que c'était normal. Que la presse était obligée de d'abord parler des livres des «grands éditeurs», que c'était dans la logique commerciale des groupes de presse, que c'était toujours comme ça, qu'«on était de moins en moins curieux», que «les gens n'aimaient pas prendre de risques», que les Éditions de l'Arbre pâle étaient très en avance sur leur temps, que c'était donc plus difficile mais que ça finirait par marcher, qu'il suffisait d'être un peu patient.

Tom donna un exemplaire de son livre à sa mère qui le trouva «très beau». Son beau-père le lut aussi et il dit: «Tu as vraiment beaucoup d'imagination.» Comme Tom avait terminé l'école, la question de la «carrière» se posa. Son beau-père lui conseilla de s'inscrire dans une filière commerciale qui «ouvrait des portes», sa mère lui dit de faire «comme il voulait»,

Tom décida de prendre une année de réflexion et, comme son beau-père refusait de continuer de «l'assister» financièrement, il trouva un petit boulot dans le centre d'appel d'une société de marketing (il fallait téléphoner à des clients potentiels pour leur faire acheter des appareils électroménagers ou des salons en cuir). Durant tout le mois de septembre, il se rendit chez différents libraires pour voir si son livre s'y trouvait et lorsqu'il voyait la couverture avec le rat mort, même si le livre était rangé en littérature jeunesse, même s'il n'y en avait qu'un seul exemplaire, même s'il était sur la tranche, c'était toujours comme si le soleil se levait sur sa vie.

En octobre, un journaliste du *Courrier picard* consacra une dizaine de lignes au livre de Tom. Yves Lacoste lui envoya une photocopie de l'article et lui téléphona en lui disant fièrement : «Ça y est, ça démarre !» Le journaliste écrivait : «Avec *Un automne sur la face cachée de la lune*, le jeune auteur Tom Peterman signe un recueil de nouvelles cocasses et surréalistes teintées d'humour noir.» Les ventes connurent un sursaut : un libraire d'Amiens commanda cinq exemplaires et la Fnac de Compiègne cinq autres.

En novembre, Charlotte l'invita à une soirée. Il y alla avec l'espoir de pouvoir refaire l'amour avec la jeune fille mais Nico était là. Il y avait une autre fille, Pauline, pas vraiment jolie, pas très grande avec des cheveux crépus. Manifestement, Tom lui plaisait. Elle passa la soirée à lui poser des questions sur son livre. Une semaine plus tard, elle le rappelait pour lui proposer qu'ils se revoient. Tom en avait assez d'être célibataire et il accepta. Ils allèrent au cinéma voir un film allemand qui avait reçu une Palme d'or. C'était terriblement ennuyeux mais Pauline adora. Ils allèrent dîner dans une pizzeria. Elle lui raconta qu'elle étudiait la psychologie et qu'elle avait une petite chambre pas loin de l'université. Il la raccompagna. Ils firent l'amour. Le lendemain matin, elle l'embrassa. Tom comprit que cette fois, ça y était : il avait une « petite amie ».

L'année passa. Yves Lacoste lui annonça qu'ils avaient vendu « environ quatre cents exemplaires mais qu'il fallait attendre les retours ». Encouragé par Pauline, Tom s'était mis à l'écriture d'un nouveau livre. Il ne voulait plus écrire de nouvelles, il voulait écrire un roman. Il avait l'idée d'une histoire dans laquelle une famille de milliardaires russes se retrouve sur une île déserte après le naufrage de leur yacht. Il avait déjà le titre : *Le Sable dans les yeux*. Il fit lire les premières pages à Pauline, elle adora. Il fit lire les premières pages à Yves Lacoste, il adora aussi. « C'est bien, tu vas beaucoup plus loin que dans ton premier livre, il faudra le présenter aux grands prix d'automne. »

Enchanté à l'idée de recevoir un grand prix en automne, Tom travailla comme un fou. Il se levait à l'aube pour pouvoir écrire avant d'aller travailler au centre d'appel et le soir, il relisait les pages qu'il avait faites, peaufinant le style, cherchant des images, réfléchissant aux rebondissements. Après huit mois de fièvre créatrice, il avait terminé.

2

Devenir un homme

Le Sable dans les yeux sortit deux ans après *Un automne sur la face cachée de la lune*. Entre-temps, Tom s'était installé avec Pauline dans un petit appartement. Pauline travaillait à plein temps comme psychologue dans un centre scolaire et Tom était toujours employé dans son centre d'appel, où il supervisait à présent une équipe d'une dizaine de personnes. Ce n'était pas mieux payé mais superviser une équipe, c'était moins stressant que de devoir téléphoner à longueur de journée à des gens de mauvaise humeur. Le couple n'avait pas beaucoup d'argent, une fois le loyer payé, il restait tout juste de quoi s'acheter à manger. Ils sortaient rarement, ils ne partaient pas en vacances, ils s'habillaient dans les grandes chaînes de vêtements low cost mais ils n'étaient pas malheureux. Ils étaient jeunes, à peine la vingtaine et, à cet âge, cette façon de vivre était plutôt la norme. De toute façon, Tom savait que c'était temporaire, il savait que *Le Sable dans les yeux* fonctionnerait bien, que ce serait un livre dont on parlerait, que comme Yves Lacoste le lui avait dit, il avait de bonnes chances d'être sélectionné sur les listes des grands prix d'automne et que les droits d'auteur qu'il dégagerait les mettraient à l'abri. Quand il disait ça, Pauline l'embrassait en souriant, elle lui disait qu'elle avait confiance en son talent, qu'il était un grand écrivain, qu'il y aurait de l'argent, qu'il serait invité à New York, à Berlin, à Barcelone, que ce serait formidable. Tom souriait modestement, comme si tout ça ne l'intéressait pas tellement mais dans son esprit se succédaient les images de foules impressionnées l'acclamant à travers le monde.

Comme cela avait été le cas pour *Un automne sur la face cachée de la lune*, *Le Sable dans les yeux* sortit en septembre. Cette fois, Yves Lacoste s'offrit vraiment les services d'une attachée de presse : Magalie de L'Agence Magalie. Magalie était une très jolie jeune femme, assez grande, avec des cheveux lisses et une frange qui lui barrait le front d'un horizontal géométrique. Des vêtements manifestement choisis avec soin soulignaient la minceur d'un corps sur lequel elle avait l'air de travailler avec la détermination d'un ouvrier du bâtiment. Quand il l'avait rencontrée à l'occasion de la signature d'une pile de services de presse, Tom avait senti qu'elle l'attirait. Malheureusement, de son côté, Magalie semblait indifférente. Elle lui dit qu'elle avait bien aimé le roman de Tom mais qu'il serait difficile à défendre dans la mesure où l'histoire se terminait par un suicide collectif précédé d'un viol intrafamilial et que, ces dernières années, ce qui fonctionnait c'était plutôt les romans qui se terminaient bien. D'autre part, elle lui avait dit qu'elle espérait que les critiques ne relèveraient pas le fait que cette famille de milliardaires russes parlait tout le temps français et qu'ils s'échouaient sur une île décrite comme «tropicale» mais que Tom situait «au large des îles Sandwich du Sud», où il n'y a en réalité que des glaciers.

— Peut-être qu'il faudrait voir ça comme une sorte de conte, lui avait dit Magalie.

— Oui, c'est ça, c'est une sorte de conte, avait répondu Tom en regrettant de ne pas s'être un peu plus documenté.

À quelques jours de la sortie, comme il l'avait fait pour son premier livre, Tom acheta *Le Magazine littéraire*, la revue *Lire*, *Les Inrocks*, *Télérama* et tous les autres journaux consacrant des articles ou des dossiers à la rentrée littéraire. On parlait des nouveaux romans d'auteurs connus, on présentait une poignée de jeunes auteurs et autrices en qualifiant leur roman de «véritable découverte», de «révélation», d'«émerveillement». On ne parlait pas de lui. Il s'inquiéta. Heureusement, le quatre septembre, une semaine après la sortie de son roman, Magalie l'appela pour lui dire que France Culture voulait l'inviter dans le cadre d'une «spéciale jeunes auteurs». L'émission s'intitulait *Hors les sentiers* et elle avait pour vocation de parler des «auteurs dont on ne parlait pas». La nouvelle surexcita Tom et enchanta Pauline. Une semaine plus tard, il était devant la Maison de la radio. Il mit un peu de temps à trouver l'entrée. Un vigile ne voulut pas le laisser rentrer car son nom n'était pas sur le planning. Il téléphona à Magalie. Magalie téléphona au journaliste et le journaliste finit par venir le chercher, un peu énervé car Tom s'était simplement trompé d'entrée. L'émission était enregistrée, il y avait cinq autres « auteurs dont on ne parlait pas » : une jeune fille, Anne-Pascale Berthelot, qui avait écrit un roman appelé *Déjection*, une autre qui avait fait un recueil de poésie intitulé *Mon cœur en berne* et trois hommes, dont un qui avait consacré un roman à son arrière-grand-père tué par les nazis dans un maquis du Larzac. Le journaliste présenta Tom comme étant l'auteur d'un « conte cruel et déjanté » et il lui demanda :

— Alors, qu'est-ce que ça espère, un jeune auteur, quand il sort un roman parmi les six cent quatre-vingts romans de la rentrée ?

— Je… Je ne sais pas… Je ne pense jamais au succès, avait menti Tom.

Plus tard, vers octobre, il y eut quelques articles : un journal belge lui accorda trois étoiles sur cinq et le journal *Le Parisien* dans la rubrique « On a aussi aimé », avait jugé que Tom Peterman était un « auteur à suivre ». Les listes de grands prix d'automne sortirent les unes après les autres, on y retrouva les jeunes auteurs qui avaient été annoncés dans les dossiers spéciaux et aussi le roman *Déjection*, qu'on qualifiait de « coup de poing ». Une nouvelle fois, Tom se sentit triste mais il ne montra rien. Il feignit l'indifférence de celui qui est au-dessus de la vulgarité des prix littéraires qui sont, avait-il dit à Pauline, « de toute façon complètement truqués ».

Puis, vers janvier, Yves Lacoste lui dit que les ventes avaient bien progressé : il s'était écoulé pas loin de mille cinq cents exemplaires du *Sable dans les yeux*. Tom reçut ses droits d'auteur par virement bancaire : 800 euros. Comme Pauline lui avait annoncé qu'elle était enceinte, il acheta une petite voiture d'occasion.

Un enfant naquit. C'était une petite fille vraiment très jolie, avec des grands yeux noirs comme des olives, une peau d'une blancheur opaline et des cheveux si doux qu'ils semblaient tissés dans de la soie. Ils l'appelèrent Chloé «comme la Chloé de *L'Écume des jours* de Boris Vian». Dans la mesure où la crèche coûtait une fortune, Pauline passa à mi-temps pour s'occuper de la petite. Et puis, ils durent déménager : de leur petit appartement d'étudiants, ils passèrent à un appartement deux chambres d'une cinquantaine de mètres carrés. Ce n'était pas très grand mais c'était beaucoup plus cher. Une association proposa à Tom d'animer des ateliers d'écriture. Ça se faisait le soir, au-dessus d'une bibliothèque de quartier. Ça rapportait 100 euros par soirée. À raison de deux soirées par mois, ça faisait 200 euros en plus pour le jeune ménage. Tom n'aimait pas ça. Il s'était préparé en lisant quelques livres : *Animer un atelier d'écriture pour tous* d'Évelyne Plantier («Animer un atelier d'écriture, c'est aller à la rencontre les uns des autres, apprendre à se découvrir soi-même en apprivoisant les mots»), *109 jeux d'écritures* de Pierre Frenkiel et enfin *Atelier d'écriture, 10 séances* de Laure D'Astragale («Pour apprendre à écrire une histoire en dix semaines chrono!»). Le premier soir, une dame de l'association l'accompagna pour le présenter aux participants. La plupart étaient des femmes à la retraite qui cherchaient à s'occuper d'une manière ou d'une autre. Il y avait une très jeune fille qui lui confia qu'elle souffrait de problèmes psychologiques (elle ne précisa pas lesquels) et que l'écriture allait lui permettre de les surmonter. Enfin, il y avait un homme d'une cinquantaine d'années, chef d'entreprise, qui voulait écrire un roman de science-fiction pour lequel il avait eu une « idée géniale » (des extraterrestres attaquent la Terre, on suit des survivants ayant trouvé refuge dans les abris antiatomiques de la Maison-Blanche). Tom appliqua les recettes qu'il avait apprises dans les livres et donna des consignes de « jeux d'écriture » : écrire un texte sans la lettre « e », décrire un lieu, décrire un personnage, décrire sa chambre, etc. Chacun lisait à tour de rôle. Tom essayait de trouver un commentaire constructif pour chacun d'eux, c'était épuisant et déprimant à la fois car les textes étaient vraiment mauvais. Il rentrait chez lui avec la sensation d'avoir été vidé de toute son énergie. Un soir, la jeune fille avec des problèmes psychologiques lut un texte qu'elle avait intitulé *Mon corps mis en pièces* où il était question de violences gynécologiques, elle finit par fondre en larmes, des sanglots l'agitèrent tout entière pendant de longues minutes, elle quitta la bibliothèque et ne revint plus. Un autre soir, le chef d'entreprise lut un texte interminable décrivant l'assaut sur le vaisseau mère des extraterrestres. Après quarante-cinq minutes, Tom dut l'interrompre. L'homme ne revint plus non plus.

En plus des ateliers d'écriture, Tom allait aussi dans les écoles à la rencontre des élèves. Ce n'était pas compliqué, il avait suffi à Tom de remplir un formulaire en ligne sur le site du ministère et les professeurs intéressés pouvaient l'inviter dans leur classe. Tom gagnait une centaine d'euros par rencontre et il pouvait compter sur une ou deux invitations sur le mois. Là encore, ça faisait 200 euros en plus. En tout, avec les ateliers d'écriture, ça faisait 400 euros, c'était presque ce que Pauline avait perdu en passant à mi-temps mais avec le loyer de l'appartement deux chambres, ça restait un peu trop juste. Deux fois par mois, au volant de la petite voiture d'occasion, Tom partait à la recherche de l'école qui l'avait invité. Il était reçu par un professeur de français dans la «salle des profs». On lui proposait un rapide café, on le présentait à un directeur qui n'en avait rien à foutre et puis on l'accompagnait dans la classe. Les ados étaient aussi mal à l'aise que lui. Ils pouffaient nerveusement en faisant des commentaires tout bas, ça terrorisait Tom, il avait l'impression d'être de retour à l'école et que, comme durant son enfance, on se moquait de ses oreilles. Les élèves avaient préparé des questions sur le métier d'écrivain, c'était toujours les mêmes : «D'où vous vient l'inspiration ?», «Comment vous choisissez le titre ?», «Avez-vous des rituels d'écriture ?», «Combien vous gagnez ?». Parfois, ils avaient lu son livre, le professeur avait alors prévenu : «Ils n'ont pas tellement aimé, ils n'ont pas l'habitude de ce genre d'histoire.» Sur le chemin du retour, dans sa petite voiture d'occasion, Tom était plus déprimé que jamais et quand Pauline lui demandait comment ça s'était passé, il répondait toujours quelque chose comme : «Très bien, dans ce genre de rencontres on reçoit toujours autant qu'on donne.»

Le temps passa.

Les années après les années.

Tom continua les ateliers d'écriture et les rencontres en classe. Quand il eut trente ans, il avait publié trois nouveaux romans : *Les Yeux de givre*, *La Maison du chien fou* et *La Mécanique du mal*. Il en vendait dans les deux ou trois mille à chaque fois. *La Maison du chien fou* reçut le Prix des bibliothécaires de la ville du Mans (le prix consistait en une sélection de produits régionaux) et *La Mécanique du mal* fut en lice pour le Prix des lecteurs du journal *La Provence*. La maison d'édition de l'Arbre pâle connut un gros passage à vide financier, pendant plusieurs mois Yves Lacoste ne put payer les quelques centaines d'euros de droits d'auteur qu'il devait à Tom et puis Éric Dubois, le cheminot qui avait publié *L'Ogre* quelques années plus tôt, publia un livre racontant une histoire d'amour entre le capitaine d'un porte-conteneurs et une migrante nigériane (*Les Marées du cœur*). Le livre fut un succès (cent quarante mille exemplaires). Les droits furent achetés par une maison de production qui voulait en faire un film avec Daniel Auteuil. Tom perdit son travail dans le centre d'appel mais il trouva un autre travail identique chez un fournisseur d'accès qui, hélas, payait un peu moins bien. Tom accepta quelques rencontres supplémentaires dans les écoles. Il demanda une bourse d'écriture au Centre national du livre. Il reçut 5 000 euros. C'était une grosse somme et il put remplacer sa vieille voiture d'occasion par une autre voiture d'occasion.

Il vécut son quarantième anniversaire comme un choc. Aucun de ses livres n'avait vraiment fonctionné, il n'avait jamais été sélectionné pour l'un ou l'autre grand prix de l'automne, il ne s'était jamais retrouvé dans les dossiers « spécial rentrée » des revues littéraires et il n'était plus non plus un jeune auteur. Il était bel et bien un auteur moyen venant grossir les rangs des auteurs moyens. Il écrivait obstinément, il écrivait du mieux qu'il le pouvait, il se relisait des nuits entières, au fond de lui quelque chose y croyait encore mais quelque chose d'autre n'y croyait déjà plus. À l'aube de ses quarante-cinq ans, il avait une quinzaine de romans à son actif, tous publiés à l'Arbre pâle mais une bonne partie avait été pilonnée faute de demande.

Autour de lui, le monde avait changé. Pauline avait cessé de systématiquement lire ses livres. Il avait cessé de lui faire lire ses manuscrits. Lors d'un Noël, sa mère déballa le dernier roman d'Anne-Pascale Berthelot, qui venait d'être couronné par le prix Femina pour *La Belle au bois dormant s'est éveillée* (présenté comme un moment décisif dans la réappropriation de la littérature par la parole féminine, trois cent cinquante mille exemplaires, un phénomène d'édition en Allemagne et aux États-Unis). Sa mère, se souvenant de l'émission à France Culture enregistrée vingt ans plus tôt, lui demanda :

— Tiens mais c'était pas une amie à toi ?

— Oui, j'aime beaucoup cette fille. Elle est étonnante !

À peine ces paroles prononcées, il se sentit plus minable que jamais, il se servait de la gloire d'une autre pour essayer de briller en société.

— Et toi, tu écris encore ? avait dit son beau-père.

— Oui… Mais c'est moins commercial.

Parfois, au retour de son travail, au volant de la voiture qu'il avait achetée avec la bourse du CNL et qui commençait à sérieusement vieillir, coincé dans les embouteillages, il pensait à toutes ces années qui s'étaient écoulées et à ce qu'avait été sa

« vie d'écrivain » : quinze romans, quinze rentrées littéraires. Certains romans avaient eu des articles : une demi-colonne dans *Libération* pour *Partir, revenir, oublier*, un billet élogieux dans *Le Figaro* pour *La Femme aux cheveux rouges*, une invitation sur France Bleu Franche-Comté pour *La Saison des tempêtes*. Certains de ses livres avaient été traduits : un éditeur tchèque lui était fidèle, un éditeur allemand avait traduit *Un automne sur la face cachée de la lune* mais vu le manque de succès, il n'avait pas suivi avec d'autres titres. En trente années de publication, Tom avait été invité à d'innombrables « salons du livre », « fêtes du livre », « festivals du livre », « rencontres », « manifestations », « colloques », « débats », « tables rondes » ou bien encore « forums ». Avec docilité, avec cette conscience professionnelle qui le caractérisait depuis toujours, avec, surtout, l'espoir que « quelque chose » finisse par se passer, il répondait positivement à presque toutes les invitations. En trente années de publication, Tom passa un nombre incalculable d'heures dans des trains, des gares, des aéroports ou des autobus pour rejoindre des villes ou des villages, parfois des hameaux qui, pour des raisons souvent obscures, avaient décidé de l'inviter : Fête du livre du Var, Fête du livre de Bron, Fête du livre de Saint-Étienne, Fête du livre de Saint-Paul-Trois-Châteaux, Festival du livre de Nice, Fête du livre de Merlieux-et-Fouquerolle et sa nuit de lecture à la bibliothèque de Coucy-le-Château (« Apérilivres et Apérijeux pour les plus jeunes »), Fête du livre de Nantes, Fête du livre de Saint-Pierre-de-Clages, Fête du livre de la ville d'Autun, Salon du livre de Douai, Foire du livre de Brive, Salon du livre de Paris, Foire du livre de Bruxelles, Salon du livre de Troyes, le Livre sur la place de Nancy, Salon du livre de Tournus, Festival de la correspondance de Grignan, Marché aux livres de Liévin, Armantières en bulles, Des livres et nous à Peyrehorade, Autour du livre à Chaligny, Encres vives à Provins, Printemps du livre à Contamine-sur-Arve, Escale du livre de Bordeaux, Salon du livre de Figeac, Les bouquinales d'Hazebrouck, Étonnants Voyageurs à Saint-Malo, le Chapiteau du livre à Saint-Cyr-sur-Loire, Trouville sur livre à Trouville, Journée du livre à Felletin, Abracadabulles à Olonne-sur-Mer, Salon des écrivains de Rambouillet, Lettres d'automne de Montauban, la Ville au livre de Creil, les Passeurs de livres de Grasse et tant d'autres que Tom avait oubliés.

C'était souvent la même chose : lorsqu'un salon ou une fête ou un festival avait l'ambition d'être ou de devenir un « événement de prestige pour la commune », l'association en charge invitait un ou plusieurs « auteurs vedettes », ceux qui avaient eu des grands prix, ceux qui vendaient beaucoup, ceux qui passaient dans les talk-shows. Ces auteurs-là étaient logés dans le bel hôtel de l'endroit, le théâtre de la ville organisait une « soirée rencontre », les notables et le maire assis devant, le reste du public à l'arrière. Les seconds couteaux comme Tom étaient relégués dans des hôtels Formule 1 aux draps de lit aussi rêches que du papier brouillon, dans l'Ibis Budget en face de la gare ou dans des auberges sans nom, humides, parfois malodorantes de la périphérie (à côté du car-wash, après le passage à niveau). Le midi, il devait se mettre à la recherche des « restaurants partenaires » où il pouvait payer son

menu avec les tickets-repas offerts par l'organisation (boissons non comprises). Idem pour le soir et
comme Tom était d'un naturel timide, il ne connaissait que rarement les autres auteurs invités. D'ailleurs,
les autres auteurs, souvent issus de grandes maisons
d'édition, voyageaient en groupe. Il était donc le plus
souvent laissé à lui-même, c'était souvent en automne,
il faisait souvent froid ou pluvieux, il errait affamé
le long de rues où des poids lourds passaient à toute
vitesse, le frôlant dangereusement. Il hésitait avant de
rentrer dans cette pizzeria ou ce snack à durum dont
l'unique employé ressemblait à un taliban. Rien ne lui
demandait plus de courage que, dans une ville inconnue, entrer seul dans un restaurant. Il y mangeait en
faisant mine de lire un livre, mais en réalité incapable
de se concentrer tant le tragique de la situation lui
renvoyait une calamiteuse image de lui-même. Il priait
pour que personne, en cet instant, ne le reconnaisse,
mais c'est en cet instant que « le groupe d'auteurs
appartenant à une grande maison » faisait son entrée
et lui lançait : « Mais il est seul, notre ami de l'Arbre
pâle ! Mais viens donc ! »

C'est dans ces moments-là loin de chez lui, alors
qu'il était confronté de manière aiguë à sa position
de poids moyen, ni connu ni inconnu, pas vraiment
un perdant mais sans jamais avoir connu le goût du
triomphe, qu'une jalousie au goût de mort venait lui
tordre le cœur. Assis derrière ses livres dans l'indifférence des visiteurs, il était soudain bousculé par une
équipe de télévision, caméra, ingé son, journaliste,
réalisant un sujet sur un auteur dont les livres rencontraient la gloire : voilà Anne-Pascale Berthelot, comme

Tom elle a un peu vieilli mais la reconnaissance lui a donné cette aura si particulière qui fait tourner les têtes à ceux qu'elle croise. Dans la lumière des projecteurs, elle avance avec sérieux, avec gravité. Depuis la polémique de son ouvrage *Les Muqueuses de la république*, où elle dresse un portrait-charge des hommes de pouvoir français présentés comme des prédateurs sexuels, elle considère que la littérature est une arme et pas un jeu. Tom aurait tant voulu, lui aussi, être suivi par une équipe de télévision, il aurait tant voulu que dans les travées du Salon du livre de Paris, l'on se retourne sur lui et que l'on chuchote : «C'est Tom Peterman, celui qui a été reçu par le Président ! » Immanquablement, la jalousie était suivie par de la tristesse : dans cette ville du Sud, au retour d'un important festival où il avait dû lire un texte devant une poignée de dames âgées qui l'avaient confondu avec un autre, en attendant une navette devant le conduire à la gare, il passe devant la terrasse d'un palace cinq étoiles. Il y reconnaît, attablé devant deux expressos, Joël Vasseur, le prix Renaudot. Alors que la terrasse est bondée et que des gens debout semblent attendre qu'une place se libère, Joël Vasseur occupe à lui seul une table de quatre. Concentré, tirant sur sa cigarette électronique, face à un Mac dernier modèle, il prend des notes dans un élégant carnet en cuir. Il semble incroyablement à sa place, incroyablement à l'aise. Il a cet air à la fois détendu et tourmenté qu'affectent les auteurs à succès. Cet air grave, cet air à sourcils froncés de l'homme portant le lourd fardeau d'une connaissance supérieure, la charge de secrets redoutables et de la pénible responsabilité d'en être le dépositaire. Tom savait que, en réalité, tout ça faisait partie d'une attitude savamment étudiée, travaillée sans témoin devant le miroir de sa chambre comme le font avec des pas de danse les jeunes gens qui sortent le samedi. Les écrivains répètent l'attitude de l'écrivain pendant des mois et des années. En l'observant, Tom acquit la certitude que, pendant qu'il écrivait à cette terrasse, Joël Vasseur se disait, à chaque instant, à chaque ligne : « Le prix Renaudot écrit. » Parfois, il jetait un coup d'œil autour de lui, pour voir si les clients s'émouvaient de ce spectacle : « Le prix Renaudot écrivant. » Tom aurait tant voulu le prix Renaudot, il aurait tant voulu posséder cette aisance sociale, il aurait tant voulu que les gens soient si convaincus de son génie qu'on le couronne d'un prix et qu'on le laisse, comme cet homme, occuper à lui tout seul une table de quatre sur la terrasse bondée d'un palace. Mais ce n'était pas le cas : lui il attendait la navette et il s'y assoirait seul, son petit sac entre les jambes, pour reprendre le train du soir. Pourtant, lui aussi, comme Joël Vasseur, comme Anne-Pascale Berthelot, il avait passé des heures interminables à creuser le sillon de l'écriture, à choisir avec soin les tournures de phrases adéquates, à élaborer des personnages, des intrigues, à parcourir les chemins si ardus de la fiction. Peut-être aurait-il dû, comme le prix Renaudot de l'année, écrire *Le Passement de jambes de Zidane*, un sujet qui attirait plus l'attention que son dernier livre à lui, *Animal à sang froid*, un huis clos dans un refuge de montagne entre une prostituée albanaise et un curé amateur d'alpinisme.

En trente années de publication, Tom, comme les autres auteurs, avait été le témoin de l'arrivée d'Internet et puis de celle des « réseaux sociaux ». Leur apparition s'était accompagnée de tourments inédits : Tom ne pouvait s'empêcher de rentrer son nom TOM PETERMAN dans la barre de recherche Google, en particulier dans les moments où un de ses livres venait de sortir. Il y parcourait les critiques anonymes sur le site Babelio qui souvent étaient d'une dureté absolue : de son *La Maison du chien fou*, une certaine Babilette67 disait : *Roman sans génie. Banal. Et poussif. Les clichés s'enchaînent, le ton est morne, l'originalité aux abonnés absents. C'est déplorable d'en être arrivé là.* De sa *Rivière sans barrage*, G@rpouille écrivait : *L'histoire n'a que peu d'atouts pour nous faire réellement vibrer. Pas une once de poésie ou d'humour vrai.* De *Rendez-vous sous l'étoile filante*, Kasper Geniot estimait que c'était : *Un mauvais moment de lecture, à oublier très très vite.* Dès la sortie d'un nouveau livre, Tom, comme beaucoup d'autres auteurs, ne pouvait s'empêcher d'aller sur le site d'Amazon pour y vérifier sa position dans le classement des ventes : *La Rivière sans barrage*, sans doute à la faveur d'une mention dans le journal gratuit *Métro*, se hissa jusqu'à la deux cent vingtième place qu'elle parvint à tenir durant quarante-huit heures avant de retomber à la place deux mille cinq cents.

À présent Tom avait près de cinquante ans et déjà toute une nouvelle génération était là : des auteurs de trente, parfois de vingt ans, soignant déjà la morgue et l'air maladif qui conviennent à ceux qui ont un « talent hors du commun », l'air tourmenté de ceux payant par une souffrance indicible le don de clairvoyance des « vrais écrivains ». Ces jeunes auteurs étaient comme les vieux auteurs, ils avaient d'ailleurs des avis sur tout : sur la littérature, sur le cinéma, sur la musique, sur la politique, sur l'économie, sur la morale, sur « les gens », sur la société au sens large, sur le cours de l'Histoire. Ils distribuaient ces avis à la télévision et à la radio. Souvent, ils devenaient chroniqueurs de l'été pour de grands journaux.

Sans que Tom comprenne comment c'était arrivé, en quelques années, l'importance d'Instagram, de Twitter ou de YouTube devint considérable. Un succès ne pouvait se faire sans l'aide des « bookstagramers », des « instabookers », des « booktubers » qui prenaient en photo (avec un filtre élégant simulant la surexposition) les livres qu'ils lisaient, posés sur une table en chêne blanchi à côté d'une tasse de café ou bien sur le sable fin d'une plage d'été.

Tom ne comprenait rien à ces codes, Tom se sentait incroyablement vieux. Il lui semblait qu'il avait bien plus que ses cinquante ans. Il avait l'impression que le monde avait décidé de continuer son chemin sans lui, qu'il ne servait à rien, qu'il n'avait peut-être même jamais servi à rien, que les certitudes de son enfance, celle de son talent, celle de son destin, n'avaient été que des illusions bizarres, que tout ce qu'il avait écrit aurait bien pu disparaître que ça n'aurait rien changé, que dans tout ce qu'il avait dit, il n'y avait jamais rien eu de véritablement original et que tout ce qu'il avait pensé avait déjà été pensé avant lui. Peut-être les psychologues de son enfance avaient-ils eu raison, « il n'avait pas les capacités » ou bien pire : peut-être n'était-il finalement qu'un homme parmi d'autres dont le destin, comme celui du commun des mortels, était d'être oublié.

3

Le charme du chaos

C'EST MOI QUI AI VOTRE ENFANT – PAS DE POLICE !
– ÉCRIVEZ-MOI À RADICAL7582@GUERILLA.INFO – TOUT
IRA BIEN.

Tom avait trouvé le message sur le pare-brise de la
voiture de sa demi-sœur, la fille du mari de sa mère.

Sa belle-sœur lui avait demandé s'il était d'accord
pour lui rendre ce «petit service» : déposer la petite
à la crèche. Elle avait un aller-retour à faire pour
Francfort avec un avion qui décollait à l'aube. Son
mari n'était pas encore rentré de Marseille, où il supervisait la construction d'une extension du port en tant
qu'ingénieur en chef. Elle avait dit : «S'il te plaît, je ne
te demande jamais rien… Et puis t'as le temps, non ?»

Oui, il avait le temps. La société qui employait Tom
depuis près de vingt ans avait confié le service d'appel
dont il était responsable à une intelligence artificielle
qui faisait ça très bien et le nouveau responsable était
un gamin de vingt-trois ans, spécialiste de la program-
mation en Python 3.5. En conséquence de quoi, depuis

un an, Tom n'avait plus de travail et vu son âge et son secteur d'activité, il n'était pas près d'en retrouver un.

Le chômage de Tom, ça avait été un bouleversement pour les finances du ménage, qui devait à présent tenir sur le seul salaire de Pauline et l'allocation de Tom qui, en vertu des nouvelles normes européennes censées « dynamiser le marché de l'emploi », n'allait pas tarder à disparaître. Heureusement que leur fille Chloé avait terminé ses études et travaillait à présent comme comptable dans une société vendant des plateaux-repas à des maisons de repos. Tom trouvait que le métier de sa fille avait l'air d'un ennui mortel : toute la journée à remplir des tableaux Excel de chiffres représentant le nombre de plateaux rentrant et sortant. Il trouvait qu'un aussi joli bébé qui dormait les poings serrés dans une chambre décorée de dentelle rose, qu'une aussi jolie petite fille qui aimait dessiner des princesses et des licornes, qu'une aussi jolie jeune fille qui voulait devenir « soigneuse de dauphins » soit finalement devenue comptable et travaille, assise, huit heures par jour, face à un ordinateur, à gagner l'argent d'actionnaires qui n'hésiteraient pas à mettre fin à son contrat si ça augmentait leurs dividendes, il trouvait que tout ça, c'était une belle illustration de l'absurdité de la marche de l'existence.

Quand il avait accepté d'aller chercher et déposer la fille de sa demi-sœur à la crèche, Pauline n'avait rien dit mais il avait bien senti que ça ne lui plaisait pas. Pauline n'avait jamais aimé la demi-sœur de Tom, elle la trouvait arrogante, froide et arriviste. Elle trouvait qu'avec « tout son argent », elle aurait pu leur donner un « coup de main », surtout quand Chloé avait voulu passer une année aux États-Unis pour apprendre l'anglais mais qu'ils avaient dû renoncer, faute de moyens. Pauline n'avait donc rien dit mais elle s'était enfermée dans une de ces longues bouderies silencieuses dont elle était spécialiste.

Et l'atmosphère du petit appartement qu'ils occupaient depuis plus de vingt ans était devenue encore plus pesante que d'habitude.

Ça faisait longtemps qu'entre Tom et Pauline il n'y avait plus grand-chose, une espèce d'habitude d'être ensemble. Par optimisme, il essayait de considérer cette habitude comme de l'affection mais au fond de lui il savait bien que ce n'était rien d'autre que de l'habitude, que c'était comme un chemin que l'on emprunte chaque jour depuis des années sans jamais en changer, par manque d'imagination, par paresse, par absence de courage.

Tom avait compris depuis longtemps qu'il n'avait jamais vraiment aimé sa femme, que s'il était avec elle, ce n'était qu'à cause d'une série de circonstances dont il n'avait jamais été le moteur mais auxquelles il ne s'était pas opposé. Il savait qu'il n'avait jamais vraiment désiré cette petite femme aux cheveux frisottants d'un vrai désir brûlant et impérieux et qu'au fond de lui, le feu qui s'était allumé pour Charlotte des dizaines d'années plus tôt ne s'était jamais éteint. Et puis, depuis quelque temps, des mois, peut-être plus, il avait l'impression que si Pauline, de son côté, l'avait bel et bien aimé un jour, cet amour-là était parti, petit à petit, usé comme l'est toujours l'amour, par le quotidien, ses petites épreuves cruelles et sa façon de réduire à néant toute forme de magie conjugale.

Tom avait donc déposé la fille de sa demi-sœur à la crèche (Jeanne, trois mois). Pour l'occasion, elle lui avait prêté sa luxueuse VW Touran couleur miel (option sièges cuir Vienna et pack business multimédia). Il avait tendu l'enfant à la dame qui s'occupait de l'accueil et il était sorti en ne pouvant s'empêcher d'évaluer le prix mensuel de la crèche à deux fois ses allocations de chômage.

C'est à ce moment-là qu'il avait trouvé le mot, plié en quatre sur son pare-brise, coincé sous l'essuie-glace : C'EST MOI QUI AI VOTRE ENFANT – PAS DE POLICE ! – ÉCRIVEZ-MOI À RADICAL7582@GUERILLA.INFO – TOUT IRA BIEN.

Il avait regardé à gauche et à droite, un peu étonné, il n'y avait que quelques parents qui sortaient de la crèche. Il ne comprenait pas ce que ce mot avait à voir avec lui, ça ressemblait à une blague ou bien à une publicité tellement subtile qu'elle en devenait incompréhensible.

Sans très bien savoir quoi faire d'autre, il avait mis le mot dans sa poche et il était rentré chez lui.

Il n'était même pas 9 heures du matin quand il arriva dans le petit appartement qu'il occupait avec sa femme depuis tant d'années. Un petit appartement situé au second étage d'un immeuble sans charme et dont les fenêtres du salon donnaient sur un magasin d'électroménager et celles de la chambre sur une série de garages loués aux habitants du quartier.

Ce n'était pas un très bel appartement, des années plus tôt ils avaient considéré cet endroit comme un lieu temporaire, en attendant d'avoir l'argent pour quelque chose de plus grand, peut-être même une maison. Mais l'argent n'était jamais venu et ils n'avaient jamais eu les moyens de louer autre chose, alors ils avaient fini par mettre leur rêve en poche et ils se contentaient de ce qu'ils avaient en se disant que ça aurait pu être pire.

Pauline était déjà partie. La vaisselle du petit-déjeuner traînait dans l'évier de la cuisine. Depuis qu'il avait perdu son travail, elle considérait que c'était à lui de s'occuper de ça et du ménage et des courses. Ils n'en avaient jamais vraiment parlé mais l'accord tacite était évident.

Quand Tom eut fini la vaisselle, quand il eut fait le lit et aéré la chambre, il posa son ordinateur portable sur la table de la salle à manger. C'était là qu'il écrivait. C'était là qu'il avait toujours écrit. Il avait toujours rêvé d'avoir un bureau à lui, un endroit calme et silencieux, un petit univers privé, il l'aurait voulu presque vide, au dernier étage d'une grande maison avec une vue sur la forêt. Mais ce bureau, cette vue, ce calme, c'était encore un rêve auquel il avait renoncé.

Sur l'écran de l'ordinateur, il y avait son roman en cours. C'était une histoire d'amour entre deux personnes prises au piège d'un train accidenté dans le tunnel sous la Manche. Il avait le premier chapitre, quand Charlie, le héros, se réveille dans le noir complet. L'impact a eu lieu. Le wagon est retourné, il semble être le seul survivant. À travers le monologue intérieur du personnage, on comprend qu'il est un plasticien se rendant à Londres pour présenter son exposition controversée de sculptures constituées à partir de fœtus de mouton. Ce plasticien est obsédé par l'image de la mort depuis que, enfant, il fut témoin du meurtre de ses parents par un jardinier. Tom prévoyait qu'au second chapitre, il rencontre une jeune femme dans le wagon-restaurant. Il avait imaginé que cette jeune femme, Aseel, soit une migrante syrienne illégale excisée par un bourreau de Daesh. Le défi que s'était posé Tom, c'était que tout le livre se passe dans l'obscurité au milieu des cadavres de sorte que Charlie et Aseel doivent « s'aimer au-delà des apparences ». Tom aimait bien son idée mais il devait faire face à beaucoup de questions comme par exemple celle de la crédibilité du premier baiser dans le noir complet, au milieu d'un wagon rempli de corps.

« Charlie était parvenu à ramper en direction du wagon-restaurant. Il savait que là, il trouverait sans doute de quoi survivre, par exemple les sandwichs au poulet du menu warm-up à 10,70 euros qu'il avait aperçus au moment de l'embarquement. »

Tom regarda sa dernière phrase pendant de longues minutes. Il se leva. Il se fit un café le regard perdu sur une tache d'humidité de la cuisine. Cette tache l'inquiéta. Il espéra qu'il n'y avait pas d'infiltrations. Il ne voulait pas demander au propriétaire de faire des travaux. Il avait un loyer de retard, ça allait poser des problèmes. Il revint à son ordinateur, il regarda encore sa phrase, il avait le pressentiment que son histoire se présentait mal mais il n'avait pas le choix : que ça se présente mal ou pas, il devait aller jusqu'au bout. Il n'avait pas d'autre idée et il avait besoin de la seconde tranche de l'avance, 1 500 euros, qu'il recevrait d'Yves Lacoste à la remise du manuscrit. Il écrivit : « Charlie s'orientait à tâtons dans le wagon sens dessus dessous quand sa main toucha une autre main. Ce n'était pas une main de cadavre car cette main-là était chaude. » Tom relut.

Il ne trouvait pas sa phrase terrible. Il serra les dents. Il repensa à une photographie de William Faulkner penché sur une petite machine à écrire. La légende de la photo disait : « William Faulkner travaillant aux dernières pages du *Bruit et de la Fureur*. » Tom aurait tant voulu qu'il existe, dans une encyclopédie future, une photographie le représentant occupé à écrire, concentré et fiévreux et accompagné d'une légende : « Tom Peterman travaillant aux *Ténèbres du cœur*. » (*Les Ténèbres du cœur*, c'était le titre auquel il pensait pour son roman.) Mais jamais une telle photographie n'existerait et *Les Ténèbres du cœur*, comme chacun de ses autres livres, serait oublié aussitôt publié. Tom soupira. Il était vieux, il était pauvre, il avait raté sa carrière, il avait raté son couple et il y avait des taches d'humidité sur le mur de la cuisine.

Il sortit le mot de sa poche : C'EST MOI QUI AI VOTRE ENFANT – PAS DE POLICE ! – ÉCRIVEZ-MOI À RADICAL7582 @GUERILLA.INFO – TOUT IRA BIEN.

Pris d'un doute, il appela la crèche :

— Bonjour, c'est moi qui ai déposé la petite Jeanne ce matin… Oui, son oncle… Je voulais savoir si tout allait bien ?

— Tout va bien, monsieur, elle a bien mangé et maintenant elle dort.

— Ah… Et sinon, à la crèche… Tout se passe bien ?

— Oui monsieur. Tout va très bien…

Tom se rassit devant son ordinateur. Encore une fois il lut sa dernière phrase, il la modifia : « Alors que Charlie s'orientait à tâtons dans l'obscurité, sa main toucha soudain une autre main. Une main qui se referma sur la sienne, cette main était chaude comme l'enfer. » Il préférait comme ça. C'était plus tendu. Mais il se demandait si «une main chaude comme l'enfer» était une image qui fonctionnait bien.

Il décida de prendre le temps de la réflexion et il mit Netflix. Il regarda un documentaire sur les prisons haute sécurité américaines, puis un documentaire sur les animaux les plus dangereux du monde, puis un documentaire sur les légendes du sport, puis un documentaire sur Auschwitz, puis un documentaire sur les majorettes puis il se rendit compte que la journée était presque terminée, que Pauline allait bientôt rentrer et qu'il ne fallait pas qu'elle le surprenne à ne rien faire. Il se leva, il sortit des blancs de poulet du congélateur, les fit dégeler au micro-ondes, il allait servir ça avec des brocolis et du riz complet. Pauline voulait perdre du poids, il essayait de cuisiner en conséquence.

Et puis, elle arriva. Elle avait l'air fatiguée. Ça faisait des semaines qu'elle avait l'air fatiguée. Trente ans à s'occuper de problèmes d'adolescents dans un collège, forcément ça fatigue. Ce fut d'ailleurs la première chose qu'elle lui dit :

— Je suis fatiguée.

Il dit :

— J'ai préparé du poulet… Avec du riz.

Et pour lui-même, il se dit : «C'est comme ça être un vieux couple… J'assiste au spectacle triste et fascinant du quotidien d'un vieux couple… Et ce sera le même spectacle triste et fascinant demain, après-demain et pendant les trente prochaines années.» À peine s'était-il dit ça qu'il se demanda comment Pauline et lui en étaient arrivés là. Il n'y a pas si longtemps ils étaient jeunes, Pauline voyait en lui un écrivain promis à un brillant avenir et lui, également convaincu par ce brillant avenir, s'était dit qu'il finirait par aimer Pauline comme il avait aimé Charlotte. Aucune de ces deux choses ne s'était réalisée. C'était sans doute ça, être un vieux couple : savoir qu'il n'y a plus rien à attendre mais continuer malgré tout parce qu'il est trop tard pour les changements.

Ils mangèrent presque en silence, chacun sur son smartphone. Tom passait en revue son fil Twitter. Il était abonné aux comptes de toutes les grandes maisons d'édition, à celui de quelques blogueurs littéraires et à celui de quelques auteurs. Les auteurs relayaient les critiques qu'ils avaient eues dans tel ou tel journal en remerciant les journalistes, les blogueurs parlaient de leur « véritable coup de cœur » et les éditeurs tentaient de créer un « buzz » autour des livres à venir (*Dans* Ferme ta veste !, *Marcel LeKrodec revient de manière poignante sur le choc qu'il éprouva lorsqu'il apprit qu'il fut un bébé-éprouvette, un texte majeur du mois de juin, à paraître aux Éditions Herbes humides*).

Pauline posa son téléphone et le regarda d'un air grave.

— J'ai rencontré quelqu'un, dit-elle.

Tom la regarda.

Une partie de lui n'était pas certaine d'avoir entendu.

Une autre partie de lui avait entendu mais n'était pas certaine d'avoir compris.

Une dernière partie avait entendu et compris.

Il sentit sa gorge se serrer. Il avala sa salive.

En essayant de rester calme, il demanda :

— Quoi ?

Pauline eut l'air de faire un effort. Elle parla avec des mots qui semblaient avoir été préparés depuis longtemps et avec soin.

— J'ai rencontré quelqu'un. Ça fait près d'un an qu'on se voit. Ce n'était pas prévu. On est tombés amoureux. J'ai bien réfléchi. Je crois que toi et moi, nous sommes arrivés au bout de quelque chose. En tout cas, c'est mon impression. Tom, je vais partir. Je te laisse l'appartement. Je suis désolée. Je ne veux pas te faire souffrir. Je voudrais… Je ferai tout pour que ça se passe bien.

Tom ne sut pas quoi dire. Sa tête lui tourna pendant un instant. Il crut qu'il allait s'évanouir ou bien vomir mais rien ne se produisit. Il n'avait pas du tout envie que Pauline s'en aille. Il n'avait pas du tout envie que sa vie change. Il détestait l'inconnu qui se trouvait juste derrière le départ de Pauline.

— Mais… Comment je vais faire ? Je ne vais pas réussir à payer l'appartement tout seul !

L'argument était minable. Il se sentit minable.

— Je vais continuer de payer ma part du loyer… Jusqu'à ce que tu aies les moyens de t'en sortir.

— C'est qui ? demanda Tom d'un ton soudain plus agressif qu'il ne l'aurait voulu.

— Tu ne le connais pas. Il est chirurgien.

— Mais je m'en fous qu'il soit chirurgien ! Pourquoi tu me dis ça ?

— Je ne sais pas, j'ai pensé que tu voulais le savoir.

— Et tu l'as rencontré comment ?

— Je l'ai rencontré au cours de taï-chi.

— Tu fais du taï-chi ?

— Je fais du taï-chi depuis trois ans. Je t'en ai souvent parlé. Le fait que tu ne t'en souviennes pas est assez symptomatique de l'état de notre couple.

Les images de Pauline et d'un chirurgien tous les deux dans les uniformes de lin réglementaires aux cours de taï-chi et en train de flirter le mirent dans une colère qu'il ne comprit pas.

— C'est dégueulasse ce que tu fais là ! T'aurais pu m'en parler ! On aurait pu en parler !

— C'est ce que nous faisons. Nous en parlons.

— Non… On ne discute pas ! On ne discute pas du tout ! Tu me mets devant un fait accompli !

— Il s'agit de moi, Tom.

— Et tu comptes partir quand ?

— Je vais partir ce soir. Je pars maintenant.

Elle se leva. Elle prit sa veste et se dirigea vers la porte. Tom, dans un soudain éclat de désespoir, se leva et lui barra le passage.

— Non ! Attends. Il faut qu'on discute ! dit-il. J'ai aussi mon mot à dire !

Pauline le regarda d'un air désolé.

— Tu sais, j'ai toujours su que tu ne m'aimais pas. J'ai attendu en me disant que ça allait venir, que tu finirais par m'aimer mais ce n'est jamais arrivé. Ce n'est pas grave. Personne n'est coupable.

— C'est faux. Je t'ai aimée. Je t'ai toujours aimée ! Attends, s'il te plaît ! gémit-il, toujours devant la porte.

Pauline planta ses yeux dans les siens. Comme à contrecœur, elle lui dit :

— J'ai toujours su que c'était Charlotte que tu voulais. Je passerai prendre mes affaires dans quelques jours.

Tom sentit que ses forces l'abandonnaient pour de bon. Pauline le contourna et quitta l'appartement.

Il resta planté au milieu du salon pendant un long moment. Il ne savait pas quoi faire. Il ne savait pas quoi penser. Il regarda les restes du poulet et des brocolis dans l'assiette que Pauline n'avait pas débarrassée. Il débarrassa l'assiette, en se disant que c'était probablement la dernière fois qu'il débarrassait l'assiette de Pauline. Il regarda un morceau de poulet dans lequel elle avait mordu. La trace de ses dents était visible. Il pleura et c'est en pleurant qu'il fit la vaisselle. Puis, après avoir pleuré et rangé la cuisine, il décida qu'il allait se saouler. L'alcool apaiserait le choc. Il ouvrit une bouteille de vin. Il but. C'était un vin sud-africain bon marché un peu acide mais les douze degrés d'alcool firent le boulot et rapidement, il fut saoul. Il titubait mollement dans la cuisine. Il se cognait sans douleur aux murs de l'appartement. À haute voix, il dit : « J'en ai rien à foutre ! » Il se traîna jusqu'à la chambre et se laissa tomber sur son lit. Il étreignit désespérément l'oreiller de Pauline avant de s'endormir tout habillé et vaguement nauséeux.

Ses rêves, baignés d'une indéfinissable tristesse, lui parlèrent de naufrages et de taï-chi.

Il se réveilla le lendemain après une nuit pénible et avinée. L'ivresse de la veille s'était dissipée et tout lui revint en tête avec la violence d'un coup de feu : sa vie était un échec sur toute la ligne. Il vieillirait seul, il serait un de ces vieux auteurs aigris vivotant d'atelier d'écriture en atelier d'écriture et critiquant sans arrêt tout ceux qui rencontraient un peu de succès. Une image se forma brièvement dans son esprit : il était vieux, il était sale, il sentait mauvais, il marchait sous une pluie d'octobre en parlant tout seul, au bout d'une main tremblante, il portait quelques courses minables dans un petit sac en plastique.

C'était ça qu'il allait devenir. C'était évident.

C'est à ce moment qu'il se souvint du mot qu'il avait trouvé la veille sur le pare-brise de la voiture de sa demi-sœur. Il le trouva fripé dans la poche de son pantalon : C'EST MOI QUI AI VOTRE ENFANT — PAS DE POLICE ! — ÉCRIVEZ-MOI À RADICAL7582@GUERILLA.INFO — TOUT IRA BIEN.

Il se leva, il avait mal à la tête. Une bizarre impression de vide régnait dans son appartement. Il se dirigea vers son ordinateur, rentra l'adresse mail indiquée sur le mot et écrivit : *Bonjour radical7582. J'ai trouvé votre mot sur mon pare-brise. Il y a peut-être une erreur, je ne vois pas de quoi vous parlez.* Et il pressa sur « envoyer ».

Après ça, il fut soudainement envahi par le désir d'appeler Pauline. Pendant un moment, il eut l'impression qu'il allait pouvoir inverser le cours des choses, que s'il trouvait les mots justes, elle reviendrait et la vie pourrait recommencer comme avant. Peut-être même mieux qu'avant. Il prit son téléphone et commença à composer son numéro. Et, pendant qu'il composait le numéro, un plan apparut dans son esprit : il allait lui parler avec sincérité, avec douceur, avec calme. Il allait s'excuser pour le manque de tendresse dont il avait fait preuve ces dernières années. Il allait, surtout, lui répéter qu'il l'aimait. Pendant une fraction de seconde, il fut convaincu que ça allait fonctionner mais l'instant d'après il imagina le téléphone de Pauline posé sur une table de nuit, dans la chambre cossue d'une maison de chirurgien. Il vit sa femme, endormie et heureuse, dans les bras d'un autre. Des bras qui étaient forcément plus bronzés et musclés que les siens. Il grimaça de douleur et il se souvint de la dernière chose qu'elle lui avait dite en quittant l'appartement : « J'ai toujours su que tu ne m'aimais pas. J'ai toujours su que c'*était Charlotte que tu voulais.* » Son doigt s'arrêta sur le dernier numéro : elle avait raison !

Elle lui manquait mais elle avait raison !

Elle avait totalement raison !

Ce qui lui manquait, c'était l'habitude d'être avec elle, c'était sa présence, c'était sa compagnie mais ce n'était pas vraiment elle.

Il déposa son téléphone et consulta ses mails.

Radical7582 lui avait répondu : *L'enfant qui a disparu devant la crèche du Clos du Cheval d'Argent ! C'est ça dont je vous parle !*

Tom eut l'impression qu'on lui faisait une blague. Son ami Stéphane par exemple, un de ses rares amis, un graphiste avec qui il avait fait du jogging pendant quelques mois, était capable de ce genre d'embrouille. Un jour, il était parvenu à lui faire croire qu'il était un agent de la DGSE sous couverture.

Tom répondit : *J'ai bien déposé la fille de ma sœur à la crèche hier matin. J'ai téléphoné à la crèche et ils m'ont dit que tout allait bien. Personne ne parle d'un enfant qu'on aurait enlevé. Je voudrais savoir si c'est toi, Stéphane, et une de tes blagues bêtes. Franchement, en ce moment, je ne suis pas tellement d'humeur…*

Tom attendit un moment mais il n'y eut plus de réponse.

Il inspira profondément, il ne savait pas du tout quoi

faire, il avait l'impression de se trouver suspendu juste au-dessus d'un océan de vide. Alors, il se dit qu'il allait faire le ménage dans l'appartement.

À fond.

Que tant qu'à déprimer, autant que ce soit dans un appartement en ordre.

Il passa deux heures à ranger et puis à récurer la chambre, le salon, la salle à manger. À grand bruit, il déplaça les meubles pour capturer la poussière accumulée là depuis des années, il nettoya les fenêtres (intérieur et extérieur) et il frotta longuement le lavabo de la salle de bains, la baignoire et la douche. Il récolta une pleine poignée des cheveux noirs et frisés de Pauline. Il hésita à les jeter. Il ne les jeta pas. Il les mit dans un pot de confiture vide. Il se dit que c'était un peu bizarre de faire ça mais il le fit quand même.

Quand le ménage fut terminé, il se rassit devant son ordinateur et relut la dernière phrase de son roman : « Alors que Charlie s'orientait à tâtons dans l'obscurité, sa main toucha soudain une autre main. Une main qui se referma sur la sienne, cette main était chaude comme l'enfer. » Il savait qu'il devait avancer, il avait vraiment besoin d'argent, il ne pouvait pas se permettre de ne pas avancer, il essaya d'écrire la suite : « Charlie sursauta et demanda : — Il y a quelqu'un ? » Tom se prit la tête dans les mains : c'était complètement nul. Un nouveau message arriva sur sa boîte mail : *C'est inutile d'essayer de jouer au plus malin. Donnez-moi 50 000 euros si vous voulez revoir votre fille.*

Il alla se faire un café, il revint s'asseoir et écrivit : *Je suis désolé... Je ne comprends pas de quoi vous parlez...* (Stéphane, tu ferais mieux de m'inviter à bouffer, *ça me fera plus de bien que ces conneries.)* Il prit son téléphone et composa le numéro de son ami Stéphane.

— Allô ?

— Pauline m'a quitté.

— Ah merde ! Pour le chirurgien qu'elle a rencontré au taï-chi ?

— Oui ! Exactement ! Comment tu sais ça ?

— Mais elle n'a pas arrêté d'en parler quand je suis venu chez vous le mois dernier… Je m'étais dit qu'il y avait quelque chose…

Tom se demanda comment il avait pu passer à côté de tout ça. Il se détesta.

— Est-ce que c'est toi qui te fais passer pour un certain Radical7582 qui aurait enlevé un enfant ?

— Ah non… Juré… Bon, tu viens à la maison… On noiera ton chagrin…

— OK. Je te rappelle. Merci.

Après avoir raccroché, Tom écrivit un nouveau message : *Mon ami Stéphane vient de me jurer qu'il n'était pas l'auteur de ces messages… Vous avez vraiment enlevé un bébé devant la crèche ?* La réponse fut immédiate :

Oui… C'est le vôtre ou pas ?

Non… Et si quelqu'un avait enlevé un bébé devant la crèche, je serais au courant, tout le monde en aurait parlé !

Pendant un moment, Tom attendit une réponse mais rien ne vint.

Il attendit encore un peu en relisant sa dernière phrase : « Charlie sursauta et demanda : — Il y a quelqu'un ? » Sans aucune conviction, il écrivit la suite : « Une voix de femme lui répondit : — Je… Je suis coincée… Mes jambes…» Tom se demanda sous quoi Aseel pouvait bien être coincée dans le wagon-restaurant de l'Eurostar. Il pensa à un frigo mais il ne savait pas si des frigos étaient susceptibles de se détacher dans les wagons-restaurants de ces trains. Il allait devoir se documenter. En attendant, il avait faim. Il restait un peu de jambon, un peu de fromage. Dans un sachet en papier, quelques tranches de pain pas complètement sec. Il se fit une tartine.

Il vérifia ses mails.

Toujours pas de réponse de Radical7582.

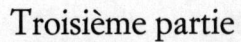

Troisième partie

1

Toucher le fond

Si, durant les dix jours qui suivirent, le désespoir avait dû se choisir un prénom, cela aurait été le prénom d'Alice. Alice n'avait plus répondu à l'homme qui lui avait écrit (depuis une adresse tpterm@gmail.com). Ça n'aurait servi à rien dans la mesure où la petite Agathe n'était manifestement pas la fille de cet homme, Alice s'était trompée, elle ne savait pas comment une telle chose était possible mais c'était ce qui était arrivé : elle n'avait pas enlevé le bon bébé et elle ne savait pas du tout à qui pouvait bien être le bébé qu'elle avait enlevé. Cette situation était comme la punition grotesque que le destin lui envoyait dans la gueule pour avoir commis quelque chose d'aussi immoral qu'un enlèvement d'enfant.

Lorsqu'elle avait reçu le dernier message de tpterm@gmail.com (*Non… Et si quelqu'un avait enlevé un bébé devant la crèche, je serais au courant, tout le monde en aurait parlé !*), elle avait d'abord pleuré. Elle avait pleuré sans être capable de se retenir, comme l'aurait fait une petite fille. Elle avait pleuré comme elle l'avait fait quarante ans plus tôt quand son père était mort du cancer et qu'elle avait compris que la vie ne serait jamais comme elle l'avait cru : une aventure faite d'insouciance et de douceur. Elle avait pleuré comme lorsque Nathan, le père d'Achille, avait quitté son appartement huit ans plus tôt quand elle lui avait annoncé sa grossesse. Elle avait pleuré comme lorsque son premier et seul client, Michel, l'avait traitée de « salope » et qu'elle s'était sentie : vieille, fragile, salie, ratée, finie et définitivement mise au ban du cours normal des choses. Et quand elle avait pleuré, elle s'était laissé aller à ces sanglots, sans aucune retenue, avec la sensation presque agréable de complètement lâcher prise, le moment d'exquise apesanteur d'une chute juste avant de se fracasser contre les pavés. Elle s'était couchée sur le carrelage de la cuisine, le visage dans les mains, en position fœtale, le corps secoué de spasmes qui auraient pu être ceux de l'agonie. Elle connaissait l'expression « toucher le fond », mais jusqu'à ce matin-là, effondrée dans sa cuisine, elle n'en avait jamais vraiment pris la pleine mesure, elle n'avait jamais senti, au plus profond de ses os, jusque dans sa moelle, ce que « toucher le fond » pouvait vouloir dire. Et tandis qu'elle hoquetait si misérablement sur le sol de sa cuisine, tandis que les larmes et la morve se mélangeaient sur son visage défait, dans son esprit il n'y avait de place que pour une seule idée : pour elle, c'était la fin de l'histoire. C'était une idée terrible parce que cela voulait dire que pour Achille aussi ce serait la fin de l'histoire : ils allaient devoir déménager, ils loueraient quelque part une chambre insalubre, ils ne mangeraient plus à leur faim et cette mauvaise alimentation aurait des conséquences à long terme sur la santé d'Achille. Pour ce petit garçon, l'angoisse liée à la misère et à l'insécurité l'empêcherait de devenir l'élève qu'il aurait pu être, les statistiques étaient claires : le niveau de réussite dans les études était supérieur chez les enfants issus de parents cadres que chez les enfants issus de milieux modestes. Achille, son merveilleux fils si vif, si doux, si tendre, si curieux décrocherait : il ferait de mauvaises rencontres, il dealerait de la drogue dans des parkings crasseux, il irait en prison, il y survivrait en suçant des queues de taulards et puis il vieillirait à son tour dans la misère, et le souvenir qu'il garderait de son enfance serait celui de la précarité et de ses mille humiliations et le souvenir qu'il garderait de sa mère, ce serait celui d'une vieille paumée pleurant sur le carrelage d'une cuisine.

Puis, venu de la chambre, elle avait entendu Agathe pleurer. Elle s'était relevée, un peu chancelante, elle avait respiré un grand coup pour tenter de reprendre pied dans la réalité, elle s'était mouchée et était allée voir. Elle avait donné un biberon de lait tiède à la petite fille qui, buvant les yeux mi-clos, s'était apaisée.

— Qui est-ce que tu peux bien être, hein ? lui avait demandé Alice tout doucement. Et puis :

— D'où tu viens ?

Et enfin :

— Qu'est-ce que je vais faire de toi ?

À ce moment-là, cela faisait deux jours qu'elle avait enlevé cette petite fille et il n'y avait toujours aucun avis, nulle part, de disparition. C'était complètement anormal ! Lorsqu'un bébé disparaît, on donne l'alerte dans l'heure, dans la demi-heure ! On n'attend pas deux jours ! On en parle dans les journaux, on fait des flashs à la radio, la photo circule sur Facebook avec des demandes de partage de l'info. Ici, il n'y avait rien.

C'était comme si Agathe n'existait pas.

Pourtant, elle, Agathe, existait bel et bien et, en cet instant, après avoir pris son biberon, elle gazouillait comme le font les bébés calmes et heureux. Alice l'avait trouvée si merveilleusement jolie que son cœur s'était serré. Et ce cœur qui se serrait fit un peu peur à Alice car il signifiait qu'elle commençait à aimer cette petite fille. Elle lui dit :

— On va attendre demain. Si demain on ne signale aucune disparition, on devra se quitter.

Après avoir dit cela, elle lui avait embrassé le front.

Ensuite, Alice avait passé la journée avec l'impression d'être à bout de forces, d'avoir été victime d'une espèce de glissement de terrain dans lequel son corps aurait été fracassé contre des rochers gigantesques. Elle avait eu l'impression, en cette deuxième journée d'enlèvement, que son âme elle-même avait été battue à grands coups de bâton et qu'à présent, il n'en restait pas grand-chose : une petite créature vaincue étendue sur le gravier des enfers et attendant le coup de grâce. À la fin de la journée, Achille était revenu de l'école et quand il avait vu le bébé, il avait dit :

— Oh, Agathe est encore là, tes amis ne sont pas venus la chercher ?

— Non. Ils sont à l'étranger. Ils ont eu des problèmes avec l'avion du retour.

Achille avait eu l'air heureux. Il avait embrassé Agathe sur la joue en disant :

— Je t'aime bien, moi, t'es très mignonne.

Alice s'était sentie comme la plus monstrueuse des mères et se demanda comment une mère aussi monstrueuse et un père aussi lâche avaient pu engendrer un petit garçon aussi formidable.

Comme elle n'avait pas fait de courses, il ne restait que des pâtes et du beurre et c'est ce qu'elle cuisina, honteuse d'être une mère qui ne peut offrir que ça à son enfant. Puis, plus tard, une fois Achille endormi, elle avait encore consulté Google, avec un petit reste d'espoir. Elle avait cherché de toutes les façons possibles, elle avait écrit : DISPARITION ENFANT, DISPARITION BÉBÉ, ENLÈVEMENT BÉBÉ, CRÈCHE PETITS PONEYS ENLÈVEMENT. Un enfant avait bien disparu mais c'était un garçon de sept ans prénommé Tony et c'était à Albertville. Sinon, au Texas, on était sans nouvelles d'une adolescente afro-américaine depuis trois ans (ses parents ne désespéraient pas). Mais c'était tout. Dans la foulée, Alice avait vérifié l'état de son compte en banque : 114 euros et on n'était que le huitième jour du mois. Il restait quatre paquets de pâtes, il restait dans les trois cents grammes de beurre, de l'huile, du sel, du poivre, un kilo de riz, cinq cents grammes de lentilles vertes. Ils n'allaient pas mourir de faim mais pour les fruits, les légumes et la viande, ça allait être juste. D'autant que des factures allaient tomber. Alice s'était sentie soudain terriblement fatiguée, elle avait eu l'impression qu'on lui avait posé une énorme plaque de marbre sur le dos. Elle était allée jusqu'à sa chambre, pour ne pas réveiller Agathe elle n'avait pas allumé la lumière, elle s'était couchée contre la petite fille. Agathe avait une respiration profonde et régulière ponctuée des légers gémissements venus du fond d'un rêve. Alice avait senti l'odeur chaude de lait et de bébé propre, une odeur qu'elle avait toujours adorée et qui, ce soir-là, lui remua le cœur avec toute la force du souvenir d'un bonheur perdu.

C'était comme ça que s'était passée la seconde journée de l'enlèvement.

Le lendemain, Achille avait embrassé sa mère, il avait embrassé Agathe, il avait demandé : — Alors, c'est aujourd'hui que les amis viennent la chercher ?

— Oui, elle s'en va aujourd'hui… avait répondu Alice, résolue à s'en tenir à sa décision de la veille : si la disparition n'était pas signalée, elle allait se séparer de l'enfant.

Pendant la nuit, elle avait réfléchi à la meilleure façon de faire et elle avait fini par conclure que le mieux, c'était de la laisser devant les marches d'un commissariat. Elle avait passé en revue les risques : elle se doutait qu'il y aurait des caméras de surveillance mais elle allait mettre son grand manteau noir avec un capuchon et puis, pour qu'on ne puisse pas la tracer, elle passerait la journée à prendre des bus et des trains et une fois que ce serait fait, elle se débarrasserait du grand manteau sombre dans une poubelle. Alors, seulement, elle rentrerait chez elle.

Achille était parti, Alice avait encore vérifié sur Google, sur les sites d'actualité, sur le site de la police l'éventuel signalement d'une disparition de bébé mais il n'y avait toujours rien. Elle donna un biberon à Agathe, elle l'habilla avec les vêtements qu'elle portait lorsqu'elle l'avait enlevée trois jours plus tôt, elle avait attendu d'être certaine de ne croiser aucun voisin et elle était sortie de chez elle avec dans une main le Maxi-Cosi d'Agathe et dans l'autre son grand manteau noir enroulé dans un sac en plastique. Elle avait pris un bus, elle en avait pris un autre. Elle avait essayé de ne pas croiser le regard attentif qu'Agathe gardait posé sur elle. Elle était descendue du bus à quelques rues du commissariat, elle avait enfilé son grand manteau noir et elle en avait rabattu le capuchon sur sa tête. Le Maxi-Cosi était lourd, ça lui faisait mal aux bras et mal au dos. Avec ce grand manteau, elle avait trop chaud, elle transpirait. Agathe faisait un petit bruit, un «buibuibuibuibuibuibui», elle venait sans doute de découvrir comment faire ce bruit avec sa bouche et elle en expérimentait toutes les modulations. «Comme les bébés sont merveilleux», avait pensé Alice alors qu'elle arrivait en vue du commissariat. Un petit commissariat de quartier situé dans une rue presque déserte. Elle avançait en essayant de prendre l'air de quelqu'un qui n'en a rien à foutre du commissariat, de quelqu'un qui va juste faire une petite course de rien du tout, de quelqu'un qui a un travail, une carrière, une famille normale, de l'argent sur un compte en banque et quelques placements, de quelqu'un qui peut partir en vacances, qui a une assurance-maladie, qui a un plan d'épargne pension, de quelqu'un qu'on appelle pendant la journée pour prendre de ses nouvelles et lui dire qu'on l'aime, de quelqu'un qui n'a jamais une facture en retard, de quelqu'un qu'on invite à des soirées parce qu'on apprécie sa compagnie drôle et légère et qui, à ce moment précis, passe tout à fait par hasard devant un petit commissariat, pour aller faire une course de rien du tout.

Arrivée à la hauteur du commissariat, une femme en uniforme bleu sombre en était sortie. Alice n'avait pas pu déposer Agathe et elle avait continué l'air de rien, droit devant elle.

Raté !

Puis, Alice était arrivée au coin de la rue, elle avait jeté un regard rapide derrière elle : la policière était partie, de nouveau la rue était vide. Elle avait fait demi-tour et s'était encore une fois approchée du commissariat. Elle ne marchait pas trop vite. Dans sa tête, comme une gymnaste s'apprêtant à réaliser une figure, elle avait répété le mouvement : plier les genoux, déposer le Maxi-Cosi, lâcher le Maxi-Cosi, adieu Agathe je t'aimerai toujours, tu vas me manquer, continuer sans courir.

« Buibuibuibuibui », c'était comme une petite chanson, il y avait presque une mélodie, la mélodie joyeuse d'un bébé fille que l'on promène un jour de printemps. Alice était arrivée à la hauteur du commissariat, cette fois il n'y avait vraiment personne, elle avait plié les genoux, elle avait déposé le Maxi-Cosi et, sans qu'elle sache comment cela s'était produit, son regard avait croisé celui d'Agathe. Le bébé avait souri, un de ces sourires de bébé qui vous défoncent le cœur et qui vous fragmentent l'âme en mille éclats de cristal. Elle avait repris le Maxi-Cosi, Agathe lui souriait encore.

Alice n'avait pas eu la force, elle se le dit à haute voix : « J'ai pas eu la force, j'ai pas eu la force. » Elle avait marché complètement sonnée par ce qui venait de se passer, par la stupéfaction de ne pas avoir eu la force de laisser la petite fille sur les marches du commissariat, par la terreur de ne pas savoir comment elle allait pouvoir gérer ça, par la conviction de la catastrophe imminente planant sur son existence. Son bras et son dos lui faisaient toujours plus mal, c'était fou ce que c'était mal conçu ces trucs pour transporter les bébés. En boitant un peu, elle était retournée à l'arrêt du bus, elle avait attendu, elle était montée dedans et elle était rentrée chez elle.

Le soir, Achille était rentré de l'école et quand il avait vu Agathe, il avait dit :

— Oh mais ils ne sont pas venus chercher le bébé ?

— Non, ils ne viendront pas… Ils ont eu un accident. Agathe va rester avec nous plus longtemps.

— Combien de temps ?

— Je ne sais pas encore. Longtemps.

Et puis dix jours étaient passés.

Dix jours qu'Alice passa complètement résignée à ce que ce soit la fin de son histoire, une fin à la fois tragique, médiocre et grotesque, une fin dans laquelle elle avait été prise à son propre piège : l'enlèvement de cet enfant qui aurait dû être sa dernière chance avait été son coup de grâce. Comme Agathe était là et qu'il était hors de question qu'elle la mette dans une crèche (de toute façon, elle n'aurait pas eu les moyens), elle avait dû refuser deux propositions de la société d'intérimaires : de l'accueil dans un car-wash et du repassage dans une blanchisserie. Elle savait qu'à cause de ces refus, elle allait perdre ses allocations de chômage, qu'elle se retrouverait sur la liste noire, qu'elle ne pourrait jamais remonter la pente. Après dix jours, il ne restait plus rien des 114 euros et comme la banque ne lui permettait pas de descendre en négatif, elle se dit que dès le lendemain, il faudrait qu'elle recommence à voler pour nourrir Achille et Agathe. La perspective de se faire prendre la terrorisait parce que ça attirerait probablement l'attention des services sociaux et que si les services sociaux venaient chez elle à l'improviste, ils ne manqueraient pas de demander d'où venait le bébé qui dormait sur son lit. On placerait Achille, on placerait Agathe et elle irait en prison, tout le monde aurait perdu, trois destins brisés par un système qui n'en avait rien à foutre, voilà ce qui se passerait si elle se faisait prendre.

Alice s'était dit que, dorénavant, elle était comme un rat dans une ville : elle allait agir en mode survie au milieu de millions de pièges mortels. Elle allait devoir être aussi invisible que possible, la silhouette si banale qu'on ne la remarque jamais, elle allait devoir être comme un fantôme, comme un courant d'air, elle allait devoir faire comme si elle était déjà morte.

Et puis, après dix jours, contre toute attente, elle avait reçu un message de tpterm@gmail.com. C'était un message qui disait : *Bonjour Radical, j'ai bien réfléchi avant de vous écrire ce message. En fait, j'ai failli ne pas le faire car je me disais que vous n'alliez certainement pas me répondre. Mais si je ne l'avais pas fait, j'aurais fini par le regretter tôt ou tard et il y a déjà assez de choses que je regrette pour en ajouter encore une. Bref, je vous écris parce que votre histoire m'intéresse. Je suis écrivain, en tout cas j'essaye de l'être, et je n'arrête pas de penser à vous, enfin à ce que vous avez fait. J'ai l'intuition que ça pourrait faire un bon livre. Si vous acceptiez de me rencontrer et si un livre devait paraître, nous pourrions partager les droits d'auteur. Je précise cela parce que j'imagine que ce qui vous a motivé dans votre action, c'est le manque d'argent.*

Signé Tom Peterman.

P.-S. : Bien entendu, je vous précise que je suis un homme digne de confiance et je vous donne ma parole de ne jamais prévenir la police.

Alice avait lu ce message le matin. Elle l'avait lu plusieurs fois, comme si, au-delà des lignes, un indice lui aurait permis de savoir si cet homme cachait quelque chose. Elle avait réfléchi pendant une bonne partie de la matinée et, vers midi, elle estima que la probabilité que ce soit un piège était de quatre-vingts pour cent. Le type avait dû prévenir la police, la police s'était rendu compte que l'adresse mail qu'elle avait donnée était intraçable et que la seule façon de «lui mettre la main dessus», c'était de lui tendre un piège, un piège aussi grossier que cette histoire d'écrivain. Malgré tout, Alice avait fait une recherche autour du nom «Tom Peterman» et elle avait trouvé qu'un écrivain portant ce nom existait bel et bien. Pas une célébrité, plutôt un écrivain au sujet duquel elle avait lu quelques critiques et avis plutôt mitigés. Mais l'homme existait vraiment. Il y avait même quelques photos de lui, sur le site des Éditions de l'Arbre pâle ou sur celui de la bibliothèque de la ville du Mans, qui lui avait remis un prix : Tom Peterman n'était pas vraiment laid mais il était loin d'être beau. Il affectait le regard profond et concentré que les écrivains prennent toujours sur les photos mais Alice trouva que ça se voyait qu'il faisait semblant.

Et puis il avait vraiment de grandes oreilles.

Bien entendu, elle ne pouvait pas être certaine à cent pour cent que le Tom Peterman qui lui avait écrit était le «vrai» Tom Peterman. La police, pour les besoins de son plan, avait peut-être choisi au hasard un nom d'écrivain peu connu en se disant que « ça faisait vrai ». Ou bien c'était peut-être le vrai Tom Peterman qui, pour des raisons tordues, acceptait de rendre service à la police, de toute façon, ça revenait au même et, à la fin de la journée, juste avant le retour d'Achille, Alice avait donc pris la décision de ne pas répondre.

Et puis il y eut la nuit.

Une de ces nuits faites d'un mauvais sommeil angoissé comme Alice en passait depuis des semaines. Un sommeil fragile, agité, inconfortable, un sommeil ponctué de rêves confus et de réveils affolés. À côté d'elle, sur le lit, Agathe dormait profondément, son visage absolument paisible légèrement éclairé par la luminescence du radio-réveil indiquant 3 h 44. À ce moment-là, une phrase sembla surgir au milieu du fouillis d'idées confuses propre aux insomnies : *Qu'est-ce que j'ai à perdre ?*

Cette phrase s'imposa à elle avec tant de force qu'Alice se redressa. Une fois redressée, les yeux grands ouverts et cette fois l'esprit parfaitement réveillé, la phrase résonna encore une fois dans son esprit : *Qu'est-ce que j'ai à perdre ?*

C'était peut-être un coup tordu des flics, c'était même probablement un coup des flics, il y avait quatre-vingts pour cent de chance que ce soit un coup des flics. Mais il y avait aussi vingt pour cent de chance pour que ce soit vrai et que ce type, ce Tom Peterman, ait vraiment envie d'en faire un roman et d'en partager avec elle les droits d'auteur. Vingt pour cent, c'était vraiment très mince mais depuis dix jours, c'était la première chose qui ressemblait à un tout petit peu à de l'espoir.

Alice quitta le lit et marcha dans la pénombre jusqu'à son ordinateur. En réponse au message de Tom Peterman, elle écrivit : *C'est combien les droits d'auteur sur un livre ?* Et elle retourna se coucher.

Le lendemain matin, une réponse était arrivée : *Les droits d'auteur sont, en général, de 10 % sur les ventes. Si nous partageons, ça fera 5 % chacun.*

Alice écrivit à son tour : *Oui mais 5 % de combien ?*

La réponse arriva : *C'est impossible à dire : il faut voir combien de livres se vendent. En dehors des grosses machines très commerciales, un livre se vend entre 1 000 et 10 000 exemplaires.*

Alice calcula rapidement : s'ils vendaient dix mille exemplaires d'un livre à 20 euros à raison de cinq pour cent de droits d'auteur, ça faisait 10 000 euros. 10 000 c'était pas mal. Avec 10 000 euros, elle tenait à l'aise toute une année. Mais avec 10 000 euros, elle n'était pas à l'abri. Et c'était 10 000 euros « juste une fois » et encore c'était 10 000 à la condition que le livre fonctionne. 10 000 euros, ce n'était vraiment pas assez.

Et l'espoir qui l'avait envahie l'abandonna et elle se retrouva comme les jours précédents : vide, triste, faible, terrassée par l'absence totale de solution. Mais la douleur était pire que les jours précédents, elle était rendue plus insupportable car durant quelques heures elle avait cru voir une issue.

Le soir, elle avait donné à Achille le dernier plat de pâtes avec le dernier morceau de beurre et le dernier fond de fromage. À Agathe, elle avait donné le dernier biberon de lait en poudre et elle lui avait enfilé la dernière couche. Demain, dans les réserves, il n'y aurait plus rien.

Demain, elle irait voler dans les magasins.

Et puis le soir était tombé et il lui avait semblé qu'il était plus sombre et plus froid que d'habitude. Pendant une seconde, elle eut la conviction d'être une prisonnière condamnée à perpétuité pour un crime dont elle ne connaissait même pas la nature. Plus que jamais, elle ressentit un profond sentiment d'injustice.

— Pourquoi moi ? dit-elle à haute voix alors qu'elle faisait la vaisselle. L'injustice de sa situation lui semblait scandaleuse.

Puis une assiette se brisa.

Et tandis qu'elle en ramassait les morceaux un à un sur le carrelage de la cuisine, elle eut une idée.

Une idée qui lui sembla si simple et si bonne que son cœur se mit à battre plus fort dans sa poitrine.

Une idée si parfaite qu'il ne fallait pas la faire attendre une seconde de plus : elle se précipita sur son ordinateur et elle écrivit : *D'accord, je veux bien vous rencontrer. Demain ? Chez vous ? 10 heures ?*

Alice attendit la réponse, les yeux fixés sur l'écran de son ordinateur. Elle eut l'impression que cette attente durait une éternité. Venu de sa chambre, un petit cri de bébé lui parvint, suivi immédiatement du silence. Agathe avait dû faire un cauchemar. «Quel genre de cauchemar pouvait bien faire un bébé ?» se demanda-t-elle. Et puis elle reçut une réponse : *Parfait, merci beaucoup pour votre confiance*, une adresse suivait. Elle la nota.

Comme la nuit précédente, elle dormit mal. Un sommeil de surface, elle s'endormait et se réveillait par intermittence. Elle vit arriver le matin comme un soulagement.

Lorsque Achille fut parti, elle mit Agathe dans le Maxi-Cosi et quitta l'appartement.

L'adresse que lui avait donnée Tom Peterman n'était pas très loin de chez elle, une demi-heure de bus. L'immeuble n'était pas terrible : manifestement, cet écrivain n'était pas riche. Ça la rassura, pour son projet il valait mieux que comme elle, il soit loin de la richesse. Elle sonna, à travers l'interphone une voix dit : « C'est au troisième » et la porte s'ouvrit. Elle monta les escaliers et sur le palier du troisième, un homme l'attendait.

— C'est vous ? demanda-t-il.

— Oui.

Il la fit entrer. Elle l'observa : il était un peu moins à son avantage que sur les photos. Il avait l'air plus fatigué. Il était nerveux. Ça se sentait qu'il était nerveux. Il n'arrêtait pas de parler :

— Je suis vraiment heureux que vous soyez là. C'est amusant, j'étais certain que vous étiez un homme. Parce qu'enlever un enfant c'est plutôt un truc d'hommes, non ? Enfin, non, c'est idiot ce que je dis. J'en sais rien, en fait. On est toujours tellement pleins d'a priori sur les choses, hein ? Bon, vous voulez un café ? J'ai fait du café. C'est la petite que vous avez enlevée ? Elle est jolie ! Vous n'avez toujours pas trouvé qui sont ses parents ? C'est quand même une histoire de fou, ça, une histoire de bébé qui vient de nulle part…

— Je veux bien un café, l'interrompit-elle. Et elle l'observa pendant qu'il s'affairait dans la cuisine à préparer un plateau avec du café et quelques biscuits. Il n'était pas très grand et il avait un corps qui avait l'air maigre. Ou alors c'était qu'il choisissait ses vêtements dans des tailles toujours un peu trop grandes. Ses cheveux bruns grisonnaient par endroits, quelques rides au niveau du front et du cou. Il devait être un peu plus jeune qu'elle. Peut-être deux ou trois ans de moins. Entre quarante-cinq et quarante-huit ans. Elle se dit qu'elle chercherait sa date de naissance sur Google. Il n'était pas beau mais pas franchement laid non plus. En tout cas, ce n'était pas une laideur qui frappait. C'était une laideur assez commune. Il déposa le plateau sur la table de la salle à manger, juste à côté d'un ordinateur portable et il s'assit en face d'elle. Il prit une grande inspiration, Alice comprit qu'il essayait de se calmer.

— Voilà, excusez-moi, je suis un peu nerveux, je suis désolé... Mais je suis vraiment ravi que vous soyez là ! Comme je vous l'ai dit dans mon message, je crois que votre histoire pourrait faire un bon livre : comment en vient-on à enlever un enfant, quelles sont les motivations, surtout quand on est une femme ? Ce serait une sorte de portrait que je ferais de vous. Vous me racontez votre vie et je l'écris, vous voyez ?

Alice but une gorgée de café, elle le trouva beaucoup trop léger.

— Oui, je vois. Mais je ne suis pas d'accord. Nous n'allons faire ça.

Elle vit que Tom avalait sa salive.

— Ah mais... Tout sera anonyme... Je vous le promets, personne ne saura que c'est vous... C'est juste que je crois que c'est vraiment une belle matière...

— Non. On ne va pas faire ça. On va faire autre chose.

Tom avait l'air complètement perdu.

— Je suis désolé. Je ne comprends pas. Vous voulez faire quoi ?

Alice le regarda dans les yeux et finit par lui dire :

— Ce qu'on va faire, c'est un braquage. Mais un braquage sans violence, sans arme, sans otage et sans victime. Un braquage tellement adroit que personne ne se rendra compte qu'il y a eu un braquage et si personne ne se rend compte qu'il y a eu un braquage, c'est parce qu'on ne va rien voler. On ne va rien voler, mais on aura quand même pris quelque chose qui ne nous appartenait pas, quelque chose qui va changer notre vie une bonne fois pour toutes.

2

La pratique de l'artisanat

Tom ne s'attendait pas à ça.

Vraiment pas.

La veille, quand «Radical» lui avait écrit pour lui dire qu'il était d'accord pour le rencontrer, ça l'avait à la fois excité et terrifié. Excité parce qu'il sentait que cette histoire d'enlèvement d'enfant «basée sur une histoire vraie» pouvait faire un livre formidable, que ce serait peut-être le livre qu'il voulait écrire depuis longtemps, le livre qui lui ouvrirait, il en était certain, les portes des grandes émissions de radio et de télévision. Les histoires d'enfants qu'on enlève ou que l'on tue attirent toujours l'attention. Il y avait, selon lui, dans ces histoires, des choses fouillant bien profond dans les tabous de la civilisation et fouiller dans les tabous, remuer ce qu'il ne fallait pas remuer, faire remonter jusqu'à la surface la vase opaque traînant dans le fond des âmes, c'était exactement à ça que devait servir un roman. D'ailleurs, depuis le *Médée* d'Euripide, tout le monde savait que ce qui touchait aux enfants, ça fonctionnait. Voilà pourquoi Tom était excité.

Mais il était aussi terrifié ! Il avait passé la nuit à imaginer à quoi pouvait ressembler ce « Radical » et, dans son esprit, s'était peu à peu dessinée l'image d'un homme prêt à tout, un homme dur ayant traversé mille épreuves infernales et qu'une vie de violence aurait marqué au fer, un homme aux cheveux ras et au visage probablement couvert par des cicatrices, souvenirs des rixes de bars et des bastons de prisonniers. Tom était terrifié par l'irruption possible de la violence dans sa vie. Il n'avait aucune habitude de la violence, il ne s'était jamais battu, il ne s'était même jamais vraiment engueulé avec qui que ce soit et assister au spectacle de la violence, même sur écran, lui était parfaitement impossible, en fait, il détestait les conflits au point que la plupart du temps, il était incapable de dire simplement « non » quand il n'était pas d'accord. À un moment, son angoisse devint si importante qu'il se demanda si recevoir chez lui, dans son appartement, en toute connaissance de cause, un kidnappeur d'enfant ne faisait pas de lui un complice. Avec effroi, il conclut que : oui, c'était de la complicité. Il se vit arrêté. Il se vit conduit menotté dans un fourgon de police, à l'aube, sous les regards atterrés des voisins (peut-être l'un d'entre eux filmerait-il la scène avec son téléphone pour la partager sur Facebook), il se vit jugé, écoutant debout, tête basse, la sentence du juge. Il imagina la réaction de Pauline et de sa fille et celle de ce connard de chirurgien qui consolerait sa femme en lui disant qu'elle avait bien fait de quitter un homme aussi pathé-tique que l'était Tom Peterman, peut-être même que le prof de taï-chi s'en mêlerait et qu'il ferait faire à Pauline des exercices de respiration abdominale pour la «libérer de la culpabilité» d'avoir été l'épouse d'un homme dérangé au point de se rendre complice d'un enlèvement d'enfant.

À l'aube, l'angoisse de Tom s'était transformée en panique. Frissonnant, la gorge nouée, les larmes juste au bord des yeux, il avait pris son ordinateur et il avait écrit à «Radical» qu'il renonçait au projet «pour des raisons personnelles» (il trouvait que la formule «raisons personnelles» était parfaite), il avait mis son doigt sur la touche d'envoi et puis, juste avant d'envoyer, par une de ces étranges ruses utilisées par l'esprit, il avait pensé à sa vie. À toute sa vie. À sa Vie avec un grand V: à son beau-père qui l'avait toujours considéré comme un enfant un peu raté et qui l'avait vu devenir un adulte effectivement raté. À sa mère qui l'avait toujours considéré comme un génie mais qui, aujourd'hui, à la longue, commençait à sérieusement douter. Il repensa à Charlotte qu'il avait aimée au point que trente années plus tard, son souvenir lui enflammait encore la poitrine, il repensa à Pauline qui l'avait aimé lui mais dont lui n'avait jamais su vraiment quoi faire. Il repensa à son désir fiévreux de devenir un écrivain reconnu, de comment il avait cru qu'il le deviendrait, comment il avait attendu, avec patience, que cela arrive, la reconnaissance, la gloire, les lecteurs, et il repensa à la manière dont il avait vieilli sans que cela ne vienne. Jamais. Il repensa à tous ces livres qu'il avait écrits, à toutes ces heures passées, penché sur son clavier, à travailler ces phrases et ces intrigues et à la façon dont tous ces livres, chaque fois, avaient

164

été comme des petits seaux de sable apportés dans un désert : des choses inutiles qui ne changeaient pas les lecteurs et encore moins le monde. Sa vie avec un grand V était un échec. Pas un drame, pas une tragédie... Juste un échec. L'échec d'avoir voulu quelque chose toute sa vie, d'avoir fait des sacrifices, d'avoir fait des renoncements, d'y avoir cru sincèrement, d'avoir été patient et de n'avoir rien eu en retour. Rien. Juste les quatre murs d'un appartement sans charme dont la cuisine se couvrait peu à peu de taches de moisi.

Renoncer à « Radical », c'était comme accepter une bonne fois pour toutes que tout était perdu.

Il n'avait pas envoyé le message.

Il l'avait effacé.

Et, surpris par cette soudaine démonstration de force de caractère, comme pour en souligner la qualité définitive, il avait tapé du poing sur la table.

Sur le moment, il s'était senti extraordinairement fier de lui. Il sentait que pour une fois, peut-être pour la première fois, il prenait sa vie en main : ce n'était ni les psychologues l'orientant vers l'enseignement spécial, ni Pauline le choisissant pour fiancé, ni les critiques, ni les jurés, ni les lecteurs, dédaignant ses livres, non ! Cette fois, c'était lui, lui, lui qui décidait de son destin ! Mais, à mesure que l'heure avançait et que la rencontre approchait, l'enthousiasme laissa de nouveau place à l'inquiétude et l'inquiétude à l'angoisse et l'angoisse à la panique. Il avait commencé à écrire un nouveau message puis il l'avait encore effacé, puis il l'avait écrit encore une fois et puis il avait vu l'heure : il était de toute façon trop tard.

Et Radical avait sonné à la porte de sa maison et en lui ouvrant la porte, il avait découvert que Radical était une femme.

Sa surprise avait été totale. Comprendre qu'il s'était complètement trompé sur la nature de Radical suscita une brève mais humiliante remise en question des capacités de son imagination mais il fut aussi soulagé de s'apercevoir que cette femme qui s'appelait Alice avait l'air absolument normale et inoffensive.

Alice devait avoir la cinquantaine, peut-être un peu moins, en tout cas il la trouva très belle. Elle avait l'air fatiguée, elle avait le visage de quelqu'un qui a beaucoup pleuré et peu dormi, une expression tendue par le stress qui avait dû la consumer ces derniers jours, mais sous la fatigue, derrière les yeux gonflés, au-delà des marques de l'angoisse, il y avait de la beauté qui survivait comme quelques fleurs derrière un buisson de ronces et Tom sentit qu'il rougissait.

Et comme il rougissait, il se dit qu'Alice voyait qu'il rougissait.

Et comme il crut qu'Alice le voyait rougir, il rougit encore plus et pour tenter de retrouver son calme, il partit faire un café dans la cuisine. Quand il revint, Alice s'était assise à la table de la salle à manger. À côté d'elle, dans son Maxi-Cosi, calme, indifférent, royal, le bébé dormait profondément.

— Elle s'appelle comment ? demanda Tom.

— Je ne sais pas, alors je l'ai appelée Agathe.

Tom s'était assis à son tour. En servant le café qu'il venait de faire, il se rendit compte que sa main tremblait, il aurait tant voulu être moins émotif. Il inspira profondément et parla :

— Voilà, excusez-moi, je suis un peu nerveux, je suis désolé… Mais je suis vraiment ravi que vous soyez là ! Comme je vous l'ai dit dans mon message, je crois que votre histoire pourrait faire un bon livre : comment en vient-on à enlever un enfant, quelles sont les motivations, surtout quand on est une femme ? Ce serait une sorte de portrait que je ferais de vous. Vous me racontez votre vie et je l'écris, vous voyez ?

Alice but une gorgée de café, elle hocha la tête comme si elle comprenait bien ce que Tom lui racontait mais qu'elle n'avait pas envie de parler de ça. Elle le regarda dans les yeux et répondit :

— Oui, je vois. Mais je ne suis pas d'accord. Nous n'allons pas faire ça.

Tom eut soudain l'impression d'être au pied d'une immense montagne, tout lui sembla compliqué, inaccessible, épuisant. Mais il ne voulait pas laisser échapper ce qu'il considérait depuis quelques jours comme la chance de sa vie et il tenta de la rassurer :

— Ah mais… Tout sera anonyme… Je vous le promets, personne ne saura que c'est vous… Je crois que c'est vraiment une belle matière…

Elle le coupa.

— Non. On ne va pas faire ça. On va faire autre chose.

Tom se sentit complètement perdu. Que pouvaient-ils bien faire d'autre ?

— Je suis désolé. Je ne comprends pas. Vous voulez faire quoi ?

Alice le regarda dans les yeux, elle marqua un temps et dit :

— Ce qu'on va faire, c'est un braquage. Mais un braquage sans violence, sans arme, sans otage et sans victime. Un braquage tellement adroit que personne ne se rendra compte qu'il y a eu un braquage et si personne ne se rend compte qu'il y a eu un braquage, c'est parce qu'on ne va rien voler. On ne va rien voler, mais on aura quand même pris quelque chose qui ne nous appartenait pas, quelque chose qui va changer notre vie une bonne fois pour toutes.

Tom se releva, épouvanté. C'était exactement ce qu'il avait redouté : il n'avait pas affaire à quelqu'un de « normal », il avait affaire à quelqu'un qui était une criminelle endurcie, quelqu'un qui devait traîner depuis des années dans les milieux les plus sombres du grand banditisme, une espèce de Mesrine version féminine usant de son apparence charmante pour recruter des hommes de main.

Sans s'en apercevoir, Tom s'était relevé en proie à un mélange de peur et de colère :

— Écoutez, non… Je crois qu'on ne s'est pas compris du tout ! Je ne suis pas comme ça ! Je voulais juste… faire un livre !

Dans son Maxi-Cosi, Agathe ouvrit les yeux. Il avait dû la réveiller en élevant la voix, il s'en voulut. Avec tendresse, Alice la prit dans ses bras.

— C'est d'un livre que je vous parle, Tom, dit-elle. Asseyez-vous, calmez-vous, écoutez-moi une seconde…

Tom était complètement perdu. Docilement, il se rassit et il écouta.

— Quand je vous ai demandé ce qu'on pouvait gagner en écrivant un roman, vous m'avez dit qu'à

moins de faire «une grosse machine commerciale»,
c'était quelques milliers d'euros.

— Oui… Enfin… C'est très variable quand même.
Certains livres très pointus se sont quand même bien
vendus. *Les Bienveillantes* s'est vendu à près d'un million d'exemplaires et…

— Ne parlons pas des exceptions, par exemple
vous, vous avez vendu combien d'exemplaires de
votre plus grand succès ?

— C'était pour *La Maison du chien fou*, j'avais reçu
le Prix des bibliothécaires de la ville du Mans. Il y
avait eu une belle commande des bibliothèques et
j'avais eu un encart dans *Livres Hebdo*. J'en ai quand
même vendu près de cinq mille…

— Donc vous avez gagné dans les 5 000 euros, c'est
ça ?

— Oui… Un peu plus avec la traduction en
tchèque. Et une troupe de théâtre a fait une lecture à
la mairie qui m'a rapporté dans les 200 euros de droits
d'auteur.

Alice hocha la tête.

— Vous voyez, ça ne va pas. J'ai besoin d'argent.
J'ai vraiment besoin d'argent. Je dois me mettre à
l'abri. J'ai un petit garçon, Achille, je ne sais pas ce
qu'il va devenir si je ne peux pas lui assurer un peu
de stabilité et des études correctes. Et maintenant j'ai
Agathe aussi. Personne ne la réclame, il faut bien que
quelqu'un s'en occupe. Et le monde devient un lieu
de plus en plus invivable, le monde est vraiment sans
pitié, vous savez, pour les gens comme moi et pour les
enfants des gens comme moi. Et mes enfants, justement, ils vont devenir quoi si je ne leur laisse rien ?

— Je… Je ne sais pas… Mais votre histoire, celle de l'enlèvement, celle que j'écrirais, se vendrait sans doute mieux que les autres histoires. Une histoire d'enlèvement d'enfant, ça pourrait marcher. Regardez avec Euripide, c'est…

— Je m'en fiche d'Euripide ! le coupa-t-elle. Euripide est mort et ses enfants sont morts. On ne faisait pas chier Euripide avec son solde négatif, sa facture d'électricité, ses loyers en retard, la vie ne l'avait pas conduit tout doucement vers la misère alors qu'il a travaillé toute sa vie dans un magasin de chaussures !

— Euripide n'a jamais travaillé dans un magasin de chaussures, je ne comprends pas…

— Ce que je veux dire, c'est que le livre qu'on va écrire sera une de ces « grosses machines commerciales » dont vous avez parlé. J'ai calculé : si on en vend dans les trois cent mille exemplaires, ça fait un total de 600 000 euros… 300 000 chacun. 200 000 net… Avec 200 000, en étant prudente, je serai à l'abri et les enfants aussi… Avec 200 000, on sera sauvés !

— Ah… C'est ça que vous appelez un braquage, une sorte de braquage culturel… Ouais bon c'est quand même pas si simple… D'abord, on n'est jamais certain que ça fonctionnera…

— C'est pas pour ça qu'il ne faut pas essayer… Vous savez, si vous m'avez écrit, c'est que vous êtes comme moi !

— Comme vous ?

— Vous êtes désespéré. Vous avez toujours voulu un peu de reconnaissance, un peu de gloire et vous ne les avez jamais eues. Après toutes ces années, vous voulez un succès et moi je veux de l'argent ! Et ce livre, c'est notre seule… C'est notre dernière chance… Si on n'essaye pas, on n'a plus qu'à se laisser crever…

Tom eut soudain très envie d'un grand verre de whisky. Il visualisa la bouteille de Glenfiddich à moitié pleine qui traînait dans la cuisine mais il se souvint qu'il était à peine 10 h 30 du matin. Il se servit une nouvelle tasse de café.

— Il y a un autre problème, dit-il. Un plus gros problème. Beaucoup plus gros…

— Lequel ?

— Je ne sais pas écrire de roman de ce genre. J'ai déjà essayé, j'en suis incapable. Après quelques pages, je bloque ou alors ça devient encore une de mes histoires bizarres dont personne ne veut.

Agathe eut un petit gémissement et Alice approcha un biberon des lèvres de l'enfant qui but avec bonheur.

— Bien… Mais vous connaissez la théorie… Je veux dire : ça fait des années que vous observez ce qui fonctionne et ce qui ne fonctionne pas… Je suis certaine que vous avez remarqué des points communs, des choses à faire et à ne pas faire, des recettes, quoi…

— Oui… Plus ou moins… Mais enfin… On ne peut pas appeler ça des recettes… Si ça existait, ça se saurait quand même…

— C'est moi qui vais l'écrire.

— Vous ?

— Moi. Avec vos conseils.

— Mais vous n'avez jamais écrit…

— Non, mais je sais que c'est notre seule chance. À vous comme à moi !

— Je… Je ne sais pas… Je…

Alice se leva. Elle berçait Agathe sur son épaule.

— Qu'est-ce que vous avez de mieux à faire, là… Maintenant ?

— Je suis dans un roman… Ça se passe dans un train. C'est une histoire d'amour entre un sculpteur et une migrante. Le train a eu un accident, ils sont coincés, ils vont devoir survivre en mangeant des cadavres mais ils vont s'aimer quand même. En fait, c'est plus un livre sur le choix que sur l'amour : manger le cadavre d'un vieux est peut-être plus moral que manger le cadavre d'un enfant, mais d'un autre côté, c'est peut-être moins bon pour la santé.

Alice le regarda. Agathe fit un rot.

— Vous croyez vraiment que ça va marcher ?

— Je ne sais pas… Yann Queffélec a fait un best-seller avec une histoire de viol… Et Patrick Süskind avec l'histoire d'un type qui fait du parfum en distillant des jeunes filles…

— OK… Mais votre conviction profonde par rapport à votre histoire de train : est-ce que vous croyez que ça va marcher ?

Tom se mordit la lèvre.

— Non. Ça ne marchera pas. Ça n'a jamais marché…

— Alors on essaye.

La tête de Tom lui tournait. Il se leva, il alla dans la cuisine et se servit un grand verre de Glenfiddich. Le goût du whisky lui enflamma la gorge. Il toussa. Il but encore. Il toussa encore.

— Bon d'accord, dit-il. On le fait.

Un sourire apparut sur le visage d'Alice. Un grand et beau sourire.

— Parfait ! On le fait !

— Et… Vous voulez commencer quand ?

— On va commencer maintenant. On commence tout de suite !

Tom but encore une gorgée. Ça lui faisait du bien. D'ailleurs ses mains ne tremblaient plus.

— Bien. Allons-y, alors.

3

Le feu et la glace

Alice était parvenue à convaincre Tom Peterman avec toute la force de son désespoir. À un moment, quand elle avait parlé de «braquage», il s'était crispé au point qu'elle avait pensé qu'il allait purement et simplement la mettre à la porte. Elle était restée calme et déterminée et ça avait payé : elle était parvenue à le convaincre. Ça faisait longtemps qu'elle n'avait pas réussi quelque chose et le goût extraordinaire de la réussite lui avait donné une espèce de vertige inattendu, un grand coup de sang qui lui avait tourné dans les veines à toute vitesse. Elle s'était dit : «C'est possible alors, la vie n'est pas finie, il existe encore un tout tout petit espoir.»

À ce moment-là, elle s'était assise devant l'ordinateur de Tom et elle avait dit :

— Bon, expliquez-moi les règles, pas les détails, juste les grandes lignes.

— Vous savez vous servir d'un clavier ?

— Je suis certaine que je tape plus vite que vous, à l'école j'ai eu un cours de dactylo.

— Bon… Très bien… Alors il faudrait d'abord se décider pour le genre… Dans ce qui fonctionne, dans ce qui se vend bien, il y a le roman policier, il y a le roman « dans l'air du temps » (aujourd'hui ce serait un roman sur le harcèlement, la domination masculine ou les relations toxiques), et il y a le feel good book. Le policier, c'est peut-être un peu compliqué parce qu'il faut trouver une bonne intrigue… Des rebondissements… Le feel good, c'est plus simple.

— C'est quoi le feel good book ?

— C'est un « livre pour se sentir bien ». En gros, on doit présenter la vie sous un angle positif, faire des portraits de personnages qui traversent des épreuves compliquées mais qui s'en sortent grandis. Ce sont des histoires dans lesquelles l'amitié triomphe de l'adversité, dans lesquelles l'amour permet de surmonter tous les obstacles, dans lesquelles les gens changent mais pour devenir meilleurs que ce qu'ils étaient au début…

— Aaaaah, il faut parler de résilience et de conneries comme ça ?

— Oui, par exemple, il y a pas mal de psychologie. Mais de la psychologie à trois sous, des notions pas du tout approfondies, des choses très basiques que le lecteur doit saisir en un instant, il y a souvent un petit côté « développement personnel » et puis faut pas hésiter à avoir la main lourde sur la spiritualité. La spiritualité, ça va donner au lecteur l'impression de faire partie d'un tout plus grand que lui, qu'il a accès à la transcendance, que des anges veillent sur lui ou des trucs de ce genre…

Alice créa un nouveau document, le curseur du traitement de texte clignotait lentement dans le coin supérieur gauche d'une page vide.

— Bon, je crois que je vois plus ou moins. On va appeler ça comment ?

— Il faut quelque chose de simple, quelque chose qui fasse comprendre immédiatement de quoi il s'agit, pas de jeu de mots, pas de titre énigmatique ou compliqué, quelque chose qui frappe immédiatement l'esprit du lecteur. Genre : *Ils s'aimaient, Je l'aime, La vie est belle, La vie est belle pour les gens qui s'aiment, Les amis c'est pour la vie, Les Belles Choses…*

— *Feel good* ! Et si on appelait ça *Feel good* ?

— Ça manque peut-être un peu de subtilité, non ?

— Peut-être… Mais c'est pour ça que c'est bien, non ?

Et Alice écrivit *Feel good*.

— Bon. Voilà. Et maintenant, ça fonctionne comment ?

— C'est maintenant que ça devient difficile. Généralement au début, le mieux c'est d'avoir un bon personnage, c'est-à-dire quelqu'un qui fait un peu rêver mais à qui le lecteur peut aussi s'identifier. Il faut que le lecteur comprenne rapidement de qui il s'agit. Un personnage simple qui ne va pas bien au début de l'histoire mais qui ira mieux à la fin. Ah oui, si ça peut être une femme c'est mieux. Les femmes sont de plus grandes lectrices que les hommes et elles pourront s'identifier plus simplement à un personnage féminin.

— Très bien. Une femme qui ne va pas bien au début de l'histoire. J'imagine qu'il lui faut un prénom assez commun.

— Oui.

— Genre « Nathalie » ? C'est assez commun, ça ?

— Parfait !

Alice commença à écrire. Et tout en écrivant, elle lisait à haute voix pour que Tom puisse entendre.

— « Ce matin-là, quand Nathalie s'éveilla, elle s'aperçut que le soleil était déjà levé depuis longtemps. Elle regarda sa montre, il n'était pas loin de midi… »

Tom l'interrompit :

— Non, ça tu ne peux pas faire ! (Ayant dit cela, il se rendit compte qu'il venait de tutoyer Alice. Alice n'eut pas l'air de s'en formaliser).

— Pourquoi ?

— Le début avec quelqu'un qui se réveille, c'est une erreur de débutant. La plupart des premiers romans ratés commencent par quelqu'un qui se réveille ou bien qui ouvre les yeux !

Un peu vexée, Alice reprit sa première phrase :

— « Quand Nathalie sortit de chez le médecin, elle avait encore du mal à croire ce qu'elle venait d'apprendre : elle était condamnée. Sonnée par la nouvelle, elle grimpa dans sa Fiat 500 bleu ciel, elle démarra et essaya d'appeler Étienne, son mari. Hélas, comme souvent, il était injoignable. »

Tom plissa les yeux, comme s'il était un œnologue à qui on faisait goûter un vin à l'aveugle :

— Oui, ça c'est bien… L'expression « être condamnée » est un peu cliché mais c'est sans doute ce qu'il faut : des clichés, des stéréotypes, des formules toutes faites, ce genre de choses qui vont donner aux lecteurs l'impression d'être en terrain connu.

— OK ! C'est bon ! J'ai compris, l'interrompit Alice. J'ai une idée d'histoire : Nathalie a trente ans, elle est mariée depuis dix ans à un riche architecte. Sa belle-mère est épouvantable et jalouse. Son mari est volage.

Un jour, un médecin lui apprend qu'elle souffre d'une maladie orpheline très rare et qu'elle va bientôt mourir. Elle se rend alors compte que durant toutes ces années, elle n'a pas été elle-même. Elle va quitter son mari, elle va dire ses quatre vérités à sa belle-mère et elle va se lancer dans une quête pour essayer de devenir celle qu'elle voulait être quand elle était petite fille.

— Oui ! C'est très bien ça ! C'est parfait ! Mais il faut trouver ce qu'elle voulait être quand elle était petite fille.

Alice regarda l'appartement de Tom : il n'était pas grand, il n'était pas très bien entretenu. Il y avait un lierre dans un coin et un ficus dans un autre mais ces deux plantes avaient l'air mal en point. Près de l'entrée, à côté de quelques paires de chaussures d'homme, il y avait une paire de chaussures à talons. Il y avait donc une femme dans la vie de cet homme.

— Vous êtes marié ? elle demanda.

Tom soupira.

— Non. Enfin, nous sommes séparés.

— Mais ses chaussures sont encore là ?

— Nous ne sommes pas séparés depuis longtemps.

— Et vous avez des enfants ?

— Oui… Une fille. Mais elle ne vit pas ici. Elle travaille. Bon, revenons à Nathalie, quelle est son histoire ?

— Nathalie… Bon, quand elle était petite, son père qu'elle adorait l'a emmenée en voyage à Florence et lui a fait découvrir les peintures des grands maîtres de la Renaissance. Elle a toujours voulu peindre car pour elle, la peinture c'est une recherche de la beauté, de l'harmonie et de la lumière. Elle répète souvent : « Ce que je veux, c'est mettre de la couleur dans le cœur des gens ! » Évidemment, comme elle a quitté son mari avec qui elle vivait une vie confortable, elle n'a plus d'argent mais elle va rencontrer un jeune peintre italien qui mène une vie de bohème sur les routes de France à la recherche de la lumière parfaite. À deux, ils vont visiter les églises de France, où ils seront émerveillés par les tableaux. Surtout ceux d'un mystérieux peintre oublié – ici il faut trouver un nom – et le soir, ils seront hébergés par des familles d'agriculteurs généreux, simples et sincères.

— C'est… C'est très bien ! Vraiment très bien ! Mais il manque quelques éléments… D'abord, que va devenir sa maladie orpheline ? Nathalie ne peut pas mourir à la fin, sinon ce n'est pas du tout un feel good book.

— C'est vrai. Elle va guérir. Les médecins diront que c'est un miracle mais en réalité, ce sera parce qu'elle se sera « dépassée », qu'elle aura « lâché prise », en marchant plus de trois mille kilomètres à travers la France. Grâce à cet effort, son métabolisme se sera modifié. Et puis, au fond d'elle, elle va comprendre que sa vraie maladie, c'était d'accepter une vie qu'elle n'avait pas choisie !

— Bien bien ! Très bien… Évite juste le mot « métabolisme ». Il y a autre chose : le jeune peintre… Il est un peu lisse… Il faudrait quelque chose en plus.

— Il a un lourd secret, dit Alice, il a été abusé par des prêtres quand il était enfant et…

— Non… Feel good book ! Pas de viol !

— Ah oui ! Pardon ! Son secret, c'est qu'il vient d'une grande et richissime famille de la noblesse toscane. La tradition familiale voulait qu'il devienne trader à Londres mais il a tourné le dos à ces fausses valeurs. À la fin, il reçoit un message d'un notaire lui annonçant que toute la famille vient de mourir dans l'incendie du château familial et il hérite de leur fortune. À ce moment-là, avec cet argent, il décide de restaurer les œuvres du peintre oublié et d'organiser une grande exposition au Louvre qui rencontrera un immense succès !

— Je me demande si tu ne vas pas un peu loin… C'est peut-être exagéré par certains côtés… Mais bon… Sinon, ça sonne pas mal…

— Quelques conseils avant que je commence ?

— Travaille tous les jours, essaye de faire entre dix mille et vingt mille signes minimum. Ne laisse aucun personnage de côté, pas de branche morte dans la narration, par exemple, comme tu parles du mari de Nathalie qui est architecte, il faut qu'il réapparaisse à un moment… C'est le système du *pay-in* / *pay-off*, c'est vraiment la base.

— Autre chose ?

— Tu m'envoies tes pages à la fin de chaque journée et on se fait un rendez-vous tous les deux jours.

Alice quitta l'appartement de Tom. Elle avait l'impression qu'un morceau de phosphore en fusion lui brûlait le ventre et l'esprit et cette brûlure était une sensation extraordinaire. Sans s'en rendre compte, avec Agathe qui dormait dans son Maxi-Cosi, elle alla jusqu'à son arrêt de bus. Elle avait la sensation fabuleuse que *Feel good* s'écrivait tout seul, devant ses yeux. Des phrases entières semblaient surgir du néant et venaient jusqu'à elle pour se mettre à flotter dans sa tête. De peur de les oublier, elle les répétait à haute voix :

— « Quand Nathalie quitta la maison, le soir tombait sur Neuilly. Son mari la mit en garde : « Tu devrais rester à la maison, tu ne sauras pas t'en sortir toute seule, tu n'en es pas capable et n'oublie pas que tu es malade. » Nathalie serra les dents, il ne savait pas à quel point elle était déterminée. »

— « Elle se réveilla à l'aube. Émile, le vieux paysan au visage tanné par le soleil et Yvonne, son épouse, petit bout de femme hyper tonique et souriant, l'attendaient dans leur modeste salle à manger où planait une délicieuse odeur de pain frais. »

Durant le trajet, des détails de l'histoire se précisaient : le mari de Nathalie était lâche, la lâcheté des hommes occupait une place de choix dans la grande bibliothèque des stéréotypes. Le jeune Italien amateur d'art s'appellerait Enzo, non, trop pizzaïolo, Francesco ? Andrea ? Luca ? Marco, non pas Marco, c'était un nom de plombier. Cristiano ? Non, trop footballeur ! Matteo ? oui ! Matteo c'était bien, ça sonnait comme il fallait, ça évoquait l'amour en pleine nature, des mains brunes posées sur une peau pâle, un accent de colombe roucoulant au sommet d'un campanile. Et le mari de Nathalie ? Il fallait un nom un peu antipathique, un peu mou, un peu bourgeois : Jean-Henri, non ! Trop gag ! Brieuc ? Non, trop daté ! Walter ? Oui, Walter, c'était bien, snob et anglo-saxon, un nom qui sentait la partie de chasse entre aristocrates, le siège en cuir, le polo rose pâle, le pantalon cricket and co. Et la mère de Walter ? Elle devait être la vraie méchante de l'histoire, la vraie méchante mais qui devra faire amende honorable à la fin en reconnaissant ses torts.

En arrivant chez elle, Alice ouvrit son ordinateur. Elle vit que Tom lui avait déjà fait parvenir ce qu'elle avait écrit le matin. Elle importa le tout dans son traitement de texte, elle sauvegarda sous le titre *Feel good* et elle créa ensuite un autre document intitulé : *Feel good : notes et idées*. Dans ce document, elle écrivit : « *À la fin, Nathalie pardonne à sa belle-mère* – importance du pardon. » Ensuite Alice nota toutes les idées qui lui étaient venues durant le trajet en bus. Il y avait déjà pas mal de matière : la scène où Nathalie apprend qu'elle est malade, une scène où sa belle-mère sous-entend que c'est la faute de Nathalie si elle est malade, une scène dans laquelle Nathalie pleure parce que son mari n'est même pas rentré de Stuttgart où il a un gros projet de centre commercial (« Écoute, c'est pas ma présence qui te fera guérir… Je serai là ce week-end. »). Alice fit quelques recherches sur les plus beaux villages de France, sur les églises pittoresques, sur les peintres de la Renaissance italienne, sur le vocabulaire propre à la peinture (surtout pour ce qui relevait de la couleur : rouge amarante, jaune safran, vert émeraude, noir fuligineux, blanc fade, morne, pâle ou blême).

Après une heure de travail, Agathe se réveilla. Alice voulut lui donner à manger mais elle demandait juste un peu d'attention. Plus tard, quand Achille rentra de l'école, elle lui demanda « s'il était d'accord de s'occuper du bébé pendant une heure ou deux parce qu'elle avait un travail à terminer ».

— C'est quoi comme travail ? demanda Achille.

— J'écris… J'écris un roman, dit Alice.

— Wouw ! dit Achille.

Elle travailla encore, elle trouvait que ça avançait bien. Elle cuisina, mit la table, débarrassa la table, mit Agathe au lit et puis Achille et puis travailla encore. Elle eut cinq mille puis six mille puis huit mille puis finalement elle atteignit les dix mille signes qui étaient son objectif du jour. Elle ne relut pas. Elle relirait le lendemain. Elle se coucha mais son esprit, sur sa force d'inertie, continuait à produire des phrases, des scènes et des dialogues. Le sommeil tarda à venir et lorsqu'il vint, elle rêva qu'elle écrivait, encore et encore, à la vitesse d'un chariot de fête foraine lancé sur ses rails. Le lendemain, quand Achille fut parti à l'école, quand Agathe fut confortablement installée entre quelques coussins et jouait avec des morceaux de carton, Alice se relut enfin.

Et ce fut comme une douche glacée. Ce qu'elle lut était un texte mauvais, confus, ridicule et sans âme. Même pour du feel good, même pour du commercial, ça ne tenait pas du tout la route. Elle se sentit envahie par une tristesse infinie. Ce fut une authentique vague de déception rance qui lui donna la nausée. Elle faillit fracasser son ordinateur contre le mur, d'ailleurs elle fut prise par le désir violent de fracasser tout ce qui était possible de fracasser dans son appartement : détruire la vaisselle, arracher les rideaux, déchirer les coussins, défoncer les portes, frapper à coups de pieds dans l'électroménager, briser les carreaux, détruire tout à mains nues : les lattes du parquet, les plinthes, les clenches, les lampes, les tables, les chaises, détruire la réalité tout entière, sortir de chez elle et brûler les voitures, les autobus, les commissariats de police, les banques, les grandes surfaces, tout ce monde qui ne voulait ni d'elle ni d'Achille ni d'Agathe, détruire à coups de dents ce monde qui était le témoin indifférent de leur naufrage. Elle se leva : dans la salle de bains, elle se passa de l'eau glacée sur le visage, elle vit son reflet dans le miroir et à haute voix elle dit : « Espèce de pauvre conne, tu ne sais rien faire, tu es nulle, tu n'as aucun talent, tout le monde s'en fout de toi ! » Puis, ayant dit cela, elle prit la décision d'écrire à ce Tom Peterman pour lui dire qu'elle arrêtait l'écriture du roman, qu'elle avait cru qu'elle en était capable mais que ce n'était pas le cas, elle n'était capable de rien, que le seul choix qui lui restait, c'était celui de se laisser crever dans un coin, à l'abri des regards, comme un animal malade. Elle revint dans le salon, s'assit devant son écran et machinalement, elle relut. C'était toujours aussi nul.

Elle se concentra : avant de tout arrêter, elle voulait dans un dernier sursaut comprendre exactement ce qui, *précisément*, était nul. Pourquoi ce sentiment d'inconsistance, de mollesse, d'inutilité se dégageait-il des pages écrites la veille ? Au milieu de sa pile de coussins, Agathe avait minutieusement déchiqueté son morceau de carton, il y en avait tout autour d'elle, comme s'il avait neigé, elle en mâchait des poignées entières. Agathe vit qu'Alice la regardait, un typique regard de bébé qui sent qu'il a fait quelque chose qu'il ne fallait pas et qui attend la réaction de l'adulte. Quand elle avait accouché d'Achille, Alice avait lu pas mal d'articles là-dessus : *Votre enfant a besoin de communication, il va chercher par tous les moyens à entrer en contact avec vous.* En regardant Agathe mâchouiller son carton, en se souvenant de cet article, une connexion s'établit entre des neurones pourtant très éloignés l'un de l'autre : son roman – Agathe – la communication – clic-clac-clic – connexion neurones à la vitesse de la lumière et soudain, dans une illumination générale des hémisphères, Alice comprit ce qui ne fonctionnait pas dans les pages écrites la veille : ses mots, ses phrases, son texte ne s'adressaient à personne. C'était comme un bébé essayant d'entrer en contact avec un mur, c'était écrit comme une rumination, c'était comme si tout ce texte avait été généré mécaniquement par une machine sans affects. À ces pages, il manquait une fréquence cardiaque, un regard, une adresse. Alice se mordit le poing :

— À qui est-ce que je m'adresse ? se demanda-t-elle.

Elle ferma les yeux, elle se concentra, elle essaya de visualiser la silhouette de la personne qui serait son lecteur type.

Une image mentale se forma lentement : elle était dans un endroit lumineux, un sol d'un blanc étincelant, de grandes vitrines de verre immaculé, c'était un aéroport ! Le lecteur type de son feel good book avait un certain pouvoir d'achat, il voyageait souvent pour son travail ou pour les loisirs, il lisait rarement, un ou deux livres par an, surtout quand les batteries de l'iPad étaient vides et qu'il n'avait plus le choix de faire autre chose. Un lecteur de plage, un lecteur de sieste, entre le déjeuner et l'apéro. Dans l'esprit d'Alice, l'image se précisa encore, elle vit la silhouette entrer dans une de ces boutiques d'aéroport où l'on vend des journaux, des sucreries et, au milieu des souvenirs, quelques livres. La silhouette était celle d'une femme, grande, plutôt élégante, les cheveux maîtrisés par un coiffeur à 100 euros la coupe. Cette femme regarde les crèmes de jour Sisley, les parfums Chanel mais elle n'achète pas car il lui en reste au fond de son sac Delvaux. Elle achète le *Elle* avec Léa Seydoux en couverture. Elle trouve que Léa Seydoux est une femme magnifique et courageuse. N'a-t-elle pas survécu à un tournage avec Abdellatif Kechiche ? Plus loin, il y a les romans, la pile des nouveautés de la rentrée de septembre, quelques auteurs dont elle a entendu parler dans le *Elle*, chez Ruquier, sur RTL et parmi ces livres, il y a ce livre : *Feel good*, une couverture illustrée d'un paysage toscan, un bandeau rouge indiquant : *Un portrait de femme poignant, une leçon de vie et de courage, un hymne au bonheur (déjà 400 000 lecteurs !)*. La femme prend le livre, elle lit la quatrième de couverture (*Atteinte d'une maladie incurable, Nathalie quitte son mari manipulateur pervers et sa belle-mère toxique pour retrouver le sens du beau et des vraies valeurs sur les routes de France. À travers l'amour et les rencontres, elle découvrira la femme qui sommeille en elle et qui n'a rien de l'épouse effacée qu'elle fut durant tant d'années*). Les mots de cette quatrième de couverture touchent quelque chose de profond chez la femme qui est en train de les lire. Ils font résonner une intuition qui se développe en elle depuis longtemps : cette vie qu'elle mène n'est peut-être pas celle qu'elle aurait voulue. Elle aurait mérité mieux. Elle sait qu'elle aurait mérité mieux. Elle sait « qu'elle le vaut bien ». Elle se dirige vers la caisse et c'est quand elle tend sa carte de crédit Visa Gold qu'Alice voit enfin son visage : cette silhouette, cette lectrice, cette femme élégante à qui son livre s'adresse, c'est Séverine.

Séverine.

Séverine.

Pour écrire son livre, elle allait devoir savoir très précisément ce que Séverine était devenue.

Elle allait devoir retrouver Séverine.

4

L'équation du bonheur

Durant ce qu'il appelait parfois pour lui-même sa
« carrière », Tom avait déjà participé à de nombreux
« projets » (dans son esprit, il mettait toujours des guil-
lemets aux mots « projets » et « carrière »). Il avait écrit
des textes à la demande de centres culturels ou de
théâtres ou de revues (souvent obscures) ou de journaux (souvent gratuits) sur tous les sujets possibles :
un texte sur la migration, un texte sur la « notion de
voyage », un texte sur le handicap, des textes sur le
départ, le deuil, la naissance, l'enfance, la résilience,
le troisième âge, le psoriasis, la ville, la forêt, le désert,
l'école, le sport, la politique, la religion en général et
Dieu en particulier, le cinéma, la science, la musique, la
radio, le son, les cinq sens, Franz Kafka, la maternité, la
paternité, les trains, les taxis, les animaux domestiques,
l'enfance, la mort, l'idée d'infini et même sur les jeux
vidéo. Il se doutait que tous ces textes, pour lesquels
on le payait en général une centaine d'euros, n'étaient
que rarement lus. Leur fonction était simplement de

remplir un espace dans une publication qui n'intéressait personne mais pour laquelle le centre culturel ou le théâtre ou «l'acteur culturel» quelconque recevait un maigre subside qu'il fallait bien justifier. Ça aurait été évidemment plus simple de lui donner directement ces 100 euros, sans qu'il doive écrire un texte en échange, mais ça aurait été faire une injure fondamentale au principe voulant que l'argent ne s'obtenait que contre un travail même si ce travail ne servait absolument à rien. C'était assez désespérant à faire mais pour Tom, ces 100 euros par-ci par-là, c'était important. Ces petites sommes, ça lui permettait de boucler le mois. Ça payait une facture d'eau, ça payait une assurance, ça payait une note de téléphone, un soin dentaire, un entretien de voiture ou n'importe laquelle de ces petites dépenses inattendues que vous envoie la vie avec la régularité des méchancetés dont est capable une personnalité bipolaire. Avec Pauline, ils n'étaient pas riches, mais sans ces commandes, ils auraient frôlé la pauvreté.

À côté des «petites commandes» inutiles, Tom avait aussi participé à des projets plus ambitieux : écrire les textes d'une exposition intitulée *Les érections de l'âme, poésies et photographies des populations en zone de guerre* (500 euros, deux jours d'exposition dans le foyer d'un centre sportif). Travailler avec le collectif «Les clowns de la poste», sur un spectacle «dénonçant la violence du néocapitalisme» (300 euros promis, 0 euro reçu à cause d'une comptabilité hasardeuse). Travailler durant toute une saison avec deux formatrices en peinture sur soie dans une unité psychiatrique s'occupant d'adolescentes souffrant de troubles alimentaires. Il fallait «mettre des mots sur une souffrance muette» (1 000 euros pour trente pages déclamées par des filles squelettiques lors du vernissage). Travailler avec Amalia Flores, chorégraphe mexicaine d'avant-garde voulant un texte pour un chœur de femmes chantant à la manière des messes grégoriennes («sauf que l'image de Dieu est ici remplacée par celle de l'abus», lui avait dit Amalia). (Il n'avait pas été au bout du projet, Amalia à la fois instable et tyrannique avait brutale-ment mis fin à leur collaboration.) Travailler pour un syndicat ouvrier sur le scénario d'un court-métrage censé mettre en valeur la beauté tourmentée des pay-sages industriels (une projection lors des «états géné-raux» du syndicat en question, le public, en grande majorité ivre, ne regarda pas, une bagarre éclata à cause d'une femme à qui quelqu'un avait supposément manqué de respect). Tom qui ne disait jamais «non» avait été entraîné dans une quantité de grands pro-jets avortés, il eut plusieurs fois rendez-vous dans les bureaux de maisons de production, il y écoutait alors, interminablement, des producteurs enthousiastes qui lui commandaient des synopsis, «pour voir», parce qu'ils avaient des «opportunités de partenariat» avec d'autres producteurs. On lui parlait de sommes faramineuses : un scénario produit pouvait rapporter 50 000 euros, 100 000 euros ou même plus. Il travaillait alors d'arrache-pied en rêvant de pouvoir un jour avoir un peu d'argent de côté, d'avoir une somme qui lui permettrait d'être «à l'abri» pour quelques années. Hélas, après avoir envoyé les trente pages réglemen-taires au producteur, on ne lui répondait plus ou, si on lui répondait, c'était pour lui expliquer que quelque chose, malheureusement, s'était mal passé dans le partenariat. Il y avait eu des projets de série télévisée (des centaines de pages bonnes pour la poubelle), des projets de bande dessinée (des jours passés dans des ateliers où flottaient les odeurs fades de l'encre et de la gomme, ça n'aboutissait jamais à rien, les dessinateurs devenaient souvent tatoueurs pour pouvoir survivre), des projets de comédie musicale (avortés), des projets de fiction radiophonique (avortés), des projets de magazine littéraire «punk et mordant» (avortés), un projet de «nuit des littératures nomades»: mise en voix par Roshwenn, une conteuse (ce n'était pas son vrai nom mais celui d'une fée celtique) (avorté).

Avec tant de projets inaboutis, tant de pages, de brouillons, de plans, de canevas, d'ébauches ou d'esquisses, Tom avait perdu l'habitude de s'attendre à quelque chose quand il se lançait dans une nouvelle entreprise.

Mais ce projet de collaboration avec Alice était malgré tout particulier. Alice semblait être portée par une énergie à la fois bizarre et puissante, elle lui avait fait penser à un de ces renards pris au piège capables de se ronger la patte pour s'en sortir. Elle semblait être capable de tout. C'était curieux, à part Alice, il n'avait jamais rencontré quelqu'un dont il aurait pu se dire: «Cette personne est capable de tout.»

Et puis, il y avait autre chose qui n'était pas «comme d'habitude». Cette fois, pour la première fois, c'était lui qui était à l'origine du projet. C'était lui qui avait senti que cette histoire d'enlèvement d'enfant ferait une bonne histoire, c'était lui qui avait eu l'idée d'écrire à Radical et il avait eu le courage de le faire. Tout ça, d'avoir eu l'idée et d'avoir eu le courage, ça lui faisait une petite sensation piquante, un léger pétillement dans les veines, un frisson de l'épiderme, une chaleur au niveau des joues, une petite sensation qu'il n'eut aucun mal à définir comme de la fierté. Évidemment, dans un second temps, Alice avait eu cette idée tordue de roman feel good, de « braquage culturel » et il avait trouvé ça complètement tiré par les cheveux, ça allait probablement aboutir comme ses autres projets en collaboration : une centaine de pages illisibles terminant au fond de son disque dur, au milieu de l'immense foutoir du dossier « projets divers ». Mais même si l'entreprise était vouée à l'échec, ce n'était pas vraiment important. Ce qui était important, c'était de se rendre compte qu'on pouvait agir sur sa vie. Qu'on pouvait « prendre l'initiative » et que ça faisait véritablement bouger les choses.

Il se disait tout cela le lendemain de sa rencontre avec Alice, il buvait un café, il était seul dans son appartement et il ne s'habituait pas vraiment à cette solitude. Lui qui avait toujours vécu en couple, cette solitude lui apparaissait comme quelque chose d'assez curieux, à la fois un peu triste et extraordinairement excitant. Comme si sa vie avait connu une mise à jour majeure, mais qu'il ne savait pas vraiment quoi en faire.

Il relut les dernières phrases qu'il avait écrites :

« Tenant fermement le marteau servant aux évacuations d'urgence, Aseel asséna une série de coups violents sur la vitre blindée du train qui se fissura. »

Tom soupira, cette phrase n'était vraiment pas

terrible. C'était une phrase qui sentait l'effort de l'auteur, une phrase qui sentait le tâcheron au travail, l'élève appliqué dos courbé et tirant la langue, une phrase mort-née. Il aurait été lecteur, il aurait fermé le livre à cet endroit. Pendant un court instant, il fut pris du désir violent d'abandonner cette histoire et de commencer autre chose mais il n'avait pas la moindre idée de ce qu'il aurait pu écrire d'autre. Il avait déjà pas loin de cinquante mille signes, c'était trop bête d'abandonner maintenant, c'était comme renoncer à atteindre le sommet après être arrivé au second camp de base. Et puis, surtout, il avait besoin de ces 1 500 euros d'avance que lui verserait l'Arbre pâle à la remise du manuscrit. Ça représentait trois mois de loyer.

« Mais après ? se demanda Tom. Comment est-ce que je vais faire après ? » L'argent des ateliers d'écriture et le tout petit chômage qui allait disparaître peu à peu ne suffiraient pas à couvrir les frais de base de sa survie. Et à son âge, il se demanda quel genre de travail il allait pouvoir trouver. Il était trop vieux pour faire des chantiers ou bien travailler dans les cafés. Sa voiture était trop vieille et trop moche pour qu'il bosse comme chauffeur Uber. Il y avait des millions de jeunes gens diplômés qui cherchaient du travail et il n'y avait aucune raison qu'on engage un type comme lui. Il fit un calcul qui le plongea dans l'angoisse : il avait quarante-sept ans, il était au chômage, ses livres lui rapportaient, dans le meilleur des cas, 3 ou 4 000 euros par an, ses ateliers d'écriture même chose, les visites dans les écoles un peu moins. 10 000 euros par an, ça faisait 833 euros par mois, avant impôt. Même s'il trouvait un loyer à 400 euros, c'était compliqué. Évidemment, la mort le libérerait de ses soucis d'argent, mais à moins de se suicider (il rejetait cette idée, du moins pour l'instant), sa mort naturelle ne surviendrait (selon les statistiques d'Eurostat) que dans une quarantaine d'années.

Quarante ans à tenir.

Et tenir serait de plus en plus compliqué : avec l'âge, sa santé deviendrait plus fragile, il aurait moins d'énergie, moins de force de travail. Et puis, d'un simple point de vue créatif, il savait qu'avec l'âge il écrirait moins, les vieux auteurs écrivent toujours moins. Pareil à un lac que les rivières n'alimentent plus d'eau fraîche, avec le temps les esprits s'assèchent toujours. Et comme il écrirait moins, il gagnerait encore moins, les écoles ne l'inviteraient plus, ses ateliers d'écriture seraient désertés, ce serait une longue descente vers la misère, la vraie, la noire, celle des vieux sans ressources qu'on entrepose dans les dortoirs sinistres de l'Assistance publique, les vieux qui encombrent, les vieux mal nourris, mal soignés, mal aimés et frappés par le personnel soignant.

Tom regarda les quelques plantes piteuses décorant son appartement : feuilles jaunâtres et molles, ça sentait l'agonie. Il alla chercher un verre d'eau, les arrosa et regarda l'eau disparaître dans la terre sèche.

Quelque chose dans son humeur morose se modifia un peu : il se rendit compte que d'avoir arrosé ces plantes, ça lui faisait du bien. Il était toujours morose mais un tout petit peu moins. Comme si d'avoir fait du bien à un être vivant lui avait fait, à lui, l'effet d'une caresse bienveillante qui parvint presque à le consoler : il était seul, il était pauvre mais il était capable de prendre des décisions qui changeaient le cours de sa vie : son projet avec Alice en était la preuve.

Après avoir arrosé la dernière plante, il repensa au roman feel good qu'Alice voulait écrire et il tenta de réfléchir comme s'il était un personnage de roman feel good. S'il était un personnage de ce genre de roman, son histoire commencerait juste maintenant, au moment où il croit que tout est perdu. Ce serait l'histoire d'un homme qui a touché le fond mais qui, en arrosant ses plantes, prend conscience que la vie vaut la peine d'être vécue. Le premier chapitre parlerait de ses bonnes résolutions :

« Ce matin-là, Tom prit une décision qui allait changer sa vie, il décida de laisser toutes ses idées noires de côté et de voir les choses sous un angle positif. Après avoir arrosé ses plantes, il prit six bonnes résolutions :

– Première bonne résolution : prendre soin de soi ;
– Deuxième bonne résolution : ne pas angoisser au sujet de choses sur lesquelles on n'a aucune prise ;
– Troisième bonne résolution : arrêter d'avoir peur ;
– Quatrième bonne résolution : ne pas remettre au lendemain ce qu'on peut faire le jour même ;
– Cinquième bonne résolution : favoriser les émotions positives et tourner le dos aux émotions toxiques ;
– Sixième résolution : ne pas oublier ses rêves. »

Tom se demanda ce qui se passerait s'il mettait véritablement en pratique ces résolutions : « arrêter d'avoir peur », « ne pas remettre au lendemain ce qu'on peut faire le jour même », « tourner le dos aux émotions toxiques »…

Il respira profondément, prit son téléphone et appela Pauline.

Ça faisait des jours qu'ils ne s'étaient pas parlé. Il lui avait téléphoné le lendemain de son départ et il avait eu une attitude qu'il jugeait à présent comme « assez minable ». Il avait misérablement essayé de la faire culpabiliser : « En tout cas, bravo, tu sais vraiment bien mentir, j'ai vraiment rien vu venir », avait-il dit avant de raccrocher.

Depuis, ils ne s'étaient plus appelés.

Tom était au milieu de son salon, il regardait ses plantes fraîchement arrosées, il était bien décidé à mettre ses résolutions en pratique. À la troisième tonalité, Pauline décrocha :

— Je voulais m'excuser pour la dernière fois, dit Tom, je ne voulais pas dire ça. Je voulais juste te dire que je te comprends. Je n'ai pas été très attentionné ni très aimant. Je crois que j'ai gâché beaucoup de choses. Je te souhaite d'être heureuse. Tu es quelqu'un de bien, tu le mérites.

Il y avait eu un silence. Et puis, Pauline avait répondu :

— Je... Je te remercie... Toi aussi tu es quelqu'un de bien.

Après avoir raccroché, Tom était resté un moment le téléphone en main. Il se passait quelque chose d'étrange : il se sentait bien.

Vraiment bien.

Ce n'était pas encore l'extase, mais c'était bien !

Il fallait continuer l'expérience : « ne pas oublier ses rêves ».

Un rêve...

Il lui fallait un rêve…

Et, immédiatement, un rêve lui revint : un rêve profond, doux, intense, un rêve inaccessible.

Il se mit devant son ordinateur, il alla sur sa page Facebook et chercha le nom de Charlotte.

Il n'eut aucun mal à trouver son profil illustré par un selfie pris aux sports d'hiver : longs cheveux lisses et noirs, des yeux d'un bleu surnaturel, aussi athlétique qu'une prof de CrossFit, elle n'avait pas changé. Au fond de sa poitrine, Tom sentit renaître l'ancien brasier. Bon sang, comme il avait pu en rêver de cette fille, des nuits de désespoir, des jours d'espérance, des heures à échafauder des stratégies qui auraient fait comprendre à Charlotte la nature des sentiments qu'il avait pour elle mais qu'il n'osait pas lui révéler. Une année scolaire entière fut engloutie par l'énergie qu'il dépensa dans cet amour platonique. Il y avait bien eu cette nuit où, contre toute attente, ils avaient fait l'amour mais même alors, il n'avait jamais osé lui dire qu'il l'aimait, qu'il l'aimait d'un amour si absolu qu'il aurait été capable, pour elle, de s'arracher la langue et de vendre ses yeux.

Tom lui fit une « demande d'amitié » et écrivit un message privé : *Salut Charlotte, ça fait longtemps, je ne sais pas si tu te souviens de moi : Tom Peterman, nous étions à l'école ensemble. Je suis tombé par hasard sur ton profil et je me suis dit qu'on pourrait peut-être aller boire un verre un de ces jours.*

Il hésita mais ses résolutions planaient lourdement au-dessus de sa tête : « ne pas remettre au lendemain ce qu'on peut faire le jour même », « croire en ses rêves », « ne pas avoir peur ».

Il envoya le message.

Et l'instant d'après, il se sentait l'âme d'un conquérant.

Il se sentait comme Neil Armstrong faisant son premier pas sur la Lune.

C'était incroyable !

Porté par ce sentiment de forces indomptables, il téléphona à Yves Lacoste. Il dit : « Bonjour Yves, il me faudrait 750 euros assez rapidement. » Ayant dit cela, il fut tenté d'ajouter : « Si c'est possible » mais il s'abstint. Avec sa voix de vieil homme du Sud, Yves Lacoste lui dit qu'il verserait ça le jour même.

Sans discuter.

SANS DISCUTER !

Bon sang, ces quelques résolutions avaient vraiment l'air de vouloir changer son karma pour de bon.

Il passa sa journée à avancer dans son roman : Charlie et Aseel parviennent à quitter le train mais Aseel s'entaille l'artère fémorale avec un éclat de verre. Heureusement son expérience de la guerre lui a appris à faire des garrots. La soif fait son apparition. S'ensuit une discussion sur la façon de boire sa propre urine et sur les problèmes d'intimité que cela pose.

Tom en était là, à imaginer que, faute de récipient, Charlie et Aseel en étaient réduits à se boire mutuellement l'urine à la source, quand Messenger lui indiqua que Charlotte lui avait répondu : *Oh salut Tom ! Bien entendu que je me souviens de toi ! Ça me fait d'ailleurs très plaisir d'avoir de tes nouvelles ! Si tu veux, on peut déjeuner ensemble demain (après ça, je serai à l'étranger pour quelques semaines).*

Tom n'en revenait pas. La vie était donc aussi

simple que ça ? Il répondit : *Demain c'est parfait ! Je me réjouis !*

La réponse arriva un instant après : *Alors vers 12 h 30. Ça ne te dérange pas de venir sur mon lieu de travail ?*

Un déjeuner sur son lieu de travail ? C'était un peu étrange mais pourquoi pas ? Il écrivit : *Parfait, donne-moi juste l'adresse.*

L'adresse suivit. Il la nota. À la tombée du soir, il ouvrit une bouteille de vin et but seul. Rapidement, il fut ivre et découvrit le bonheur inouï d'être ivre seul. Il mit du Hubert-Félix Thiéfaine, « Alligators 427 », version live et il chanta avec la foule. Il était un conquistador, il était un grand roi mongol chevauchant la steppe sur un cheval de feu, il était un guerrier des temps anciens capable de fendre à mains nues des morceaux de phosphore et surtout, il était aussi un putain de grand écrivain promis aux « plus hautes distinctions » et sa photo se retrouverait un jour dans les encyclopédies, accompagnée de la légende : « Tom Peterman écrivant. »

Il se coucha tout habillé en travers de son lit, le corps lourd mais le cœur en feu, il voyagea un moment au milieu d'une série de visions absolument délicieuses, dans certaines il était avec Charlotte dans un restaurant chic et elle riait des plaisanteries subtiles qu'il lui servait comme on sert de savants cocktails mais dans toutes les autres, il lui faisait rageusement l'amour sur un lit tendu de draps blancs au sommet d'un ancien monastère grec transformé en hôtel de luxe.

Le lendemain, il passa la matinée à se préparer au rendez-vous : il prit une douche interminable, il hésita :

devait-il se raser ou préférerait-elle une barbe de deux jours ? Il se rasa. Il trouva un échantillon de crème de jour sur l'étagère de Pauline et s'en enduisit le visage. Ça sentait la vanille, il espéra que ça ne réduisait pas ses chances d'éblouir la jeune fille, enfin la femme, en un mot Charlotte. Il hésita encore : pull ou chemise, jean ou pantalon classique, baskets ou chaussures en daim ? Il opta pour un mélange : pull bleu, pantalon classique, baskets. Il se regarda et estima que ça lui donnait l'air d'un artiste « qui a réussi mais qui a su rester modeste malgré le talent et les honneurs. »

Enfin, quand il fut l'heure il quitta la maison. Dans sa vieille voiture achetée avec la bourse du Centre national du livre, il conduisit jusqu'à l'adresse que lui avait donnée Charlotte. Il était nerveux, le courage de la veille l'avait partiellement abandonné. Il se sentait moins guerrier mongol, moins conquistador et plus tristement « lui-même ». Il pleuvait, il y avait des embouteillages et il se trouvait dans un quartier fait de tours de bureaux, anguleuses et agressives. Tout cet acier tranchant dressé autour de lui lui donnait l'impression d'avancer au milieu de couteaux plantés dans le sol. Il se sentit petit petit petit et vulnérable. À la radio, un ministre parlait de « sacrifices nécessaires » dans la Fonction publique, d'économies indispensables pour « sauver le système de sécurité sociale ». Il pensa à son chômage, il pensa à sa vieillesse et se sentit encore plus petit petit petit et plus vulnérable. La pluie redoublait : obstinée, glaciale, couleur d'hydrocarbure. Et quand il se gara devant la tour où travaillait Charlotte, il se sentit définitivement vaincu par les lois de la nature autant que par celles des hommes.

La pluie trempa son pull bleu, son pantalon classique et ses baskets. Elle éventa aussi l'odeur de vanille. Il sut qu'il ne ressemblait plus du tout à un artiste qui a réussi mais à un homme de quarante-sept ans écrivant des histoires sans intérêt et qui, en plus, a des problèmes d'argent.

À la réception, il donna son nom à une jeune femme au visage recouvert d'un impressionnant glacis de fond de teint couleur terre de Sienne, le regard cadré au eyeliner noir corbeau. Du bout d'un ongle aussi tranchant qu'un cutter, elle composa un numéro et dit : « Elle va arriver. »

Tom se demanda comment il devait se mettre pour attendre Charlotte : mains dans les poches ou hors des poches, concentré sur des messages imaginaires reçus par son téléphone, le regard perdu sur la pluie tombant derrière la baie vitrée. Il s'assit dans un grand fauteuil en cuir mais s'y enfonça beaucoup trop profondément, ramenant ses genoux à la hauteur de son menton. Il se releva et, en se relevant, il vit arriver Charlotte.

Elle n'avait pas changé. Un peu vieilli, quelques rides, un peu plus de chair, mais elle n'avait pas changé. Elle portait un pull blanc qui avait l'air d'être fait dans une matière incroyablement douce, une jupe en daim mi-cuisse et des bottines en cuir. Tom pensa à une fille qu'il avait vue dans un James Bond, mais il ne savait plus lequel. Avant qu'il ait pu dire un mot, elle avait passé ses bras autour de son cou et elle l'avait embrassé sur la joue. Elle avait dit : — Ça me fait tellement plaisir ! Viens dans mon bureau, j'ai commandé des sandwichs, tu aimes les sandwichs ?

— Oui, dit Tom, j'aime beaucoup les sandwichs !

Ils prirent l'ascenseur et, durant les quelques instants que dura l'ascension, elle lui dit :

— J'ai vu que tu écrivais ! C'est bien, c'est ce que tu as toujours voulu faire. Tu en parlais sans arrêt à l'école et tu as réussi. Ça doit être formidable ! C'est quel genre ?

— Je ne sais pas… C'est difficile à dire… Je crois que ce sont des histoires un peu bizarres…

— Hahaha, ça ne m'étonne pas de toi. Tu as toujours été bizarre, non ?

Tom trouva qu'elle avait l'air nerveuse, en tout cas, elle parlait beaucoup comme quelqu'un de nerveux. Puisque les portes s'ouvraient, Tom n'eut pas le temps de répondre à la question. Charlotte le fit entrer dans un petit bureau de quelques mètres carrés donnant sur l'avenue embouteillée, les autres tours et la pluie. Sur une table en plastique imitation teck, quelques sandwichs mous attendaient sous du cellophane.

— Et toi, tu fais quoi exactement ? demanda Tom.

Charlotte déballa un sandwich et mordit dedans :

— Eh bien ici ce sont les bureaux de GSP – Logistical Solution. On s'occupe de trouver des solutions pour des problèmes logistiques et nous faisons aussi de la consultance pour tout ce qui a trait à la logistique. Sinon, l'autre département s'occupe de faire de la consultance pour les consultants. Moi, je suis senior flux supervisor, c'est-à-dire que je contrôle les flux. Ce sont surtout des chiffres. Et puis des réunions, beaucoup de réunions, c'est pour ça que je t'ai demandé de venir ici, l'après-midi nous avons la réunion de l'après-midi qui nous permet de débriefer la réunion du matin.

202

Tom ne savait pas quoi dire, il ne comprenait rien à ce que lui racontait Charlotte. À son tour, il mordit dans un sandwich. C'était froid, un peu humide, ça avait la consistance d'un truc qui a déjà été mâché.

— Ça a l'air intéressant, finit-il par dire.

— Oh oui, ça va… Enfin, on a pas mal d'avantages au niveau des assurances santé et pension.

L'ordinateur de Charlotte émit un signal d'alerte. Elle s'interrompit pour regarder.

— Ah c'est une alerte Netflix. La nouvelle saison de *Two mothers one father* est disponible. Tu connais ?

— Non… Je…

— J'adore, c'est hyper drôle, hyper moderne, c'est l'histoire d'un couple de mères lesbiennes qui décident de vivre avec l'homme qui a fait le don de sperme qui leur a permis d'avoir un enfant. L'enfant est un ado autiste Asperger qui rêve de devenir chirurgien. Je regarde souvent des épisodes après la réunion du matin ou avant la réunion de l'après-midi.

— Ah tu as le temps ?

— Oui… Y a pas tellement de travail. Et puis ce sont des épisodes de vingt minutes, spécialement calibrés pour les gens qui travaillent.

Tom termina son sandwich. Charlotte lui expliqua qu'elle s'était mariée à un homme qui était consultant dans le domaine de l'événementiel mais qu'il était parti pour une fille qui n'avait pas trente ans et qui était «brand coach» pour une société de distribution de matériel sportif. Ils avaient deux enfants en garde alternée, «des ados qui leur coûtaient un argent fou et qui n'étaient même pas reconnaissants de tout ce qu'on faisait pour eux». Ces explications prirent du temps, près de quarante minutes. Charlotte lui raconta comment elle s'était inscrite sur des sites de rencontres mais que ça «matchait» rarement. Elle lui parla d'un groupe d'amis constitué autour de la passion des voyages avec qui elle partait souvent au Club Med, elle lui parla d'un site de ventes en ligne sur lequel il y avait «des affaires vraiment dingues», elle lui parla de l'avantage d'avoir une assurance dentaire, elle lui parla du régime DASH (tournant autour des fruits, des légumes, du lait et des produits laitiers sans graisses) qui l'avait transformée, elle lui parla d'un séjour en Thaïlande («des gens extraordinaires») et elle lui raconta l'histoire d'une amie qui avait perdu un téton à cause d'une cryothérapie qui avait mal tourné.

Et puis, il fut l'heure.

Charlotte accompagna Tom jusqu'à la sortie de l'immeuble de bureaux. La pluie avait cessé de tomber, les reflets des tours de bureaux donnaient aux flaques d'eau l'apparence de lacs de mercure. Comme elle l'avait fait une heure plus tôt, Charlotte serra Tom dans ses bras mais, cette fois, elle le serra un peu plus fort et un peu plus longtemps. Au-delà de l'affection qu'elle voulait mettre dans ce geste, Tom eut l'impression qu'il s'y trouvait aussi quelque chose qui ressemblait à du désespoir.

— Je voulais te poser une question, lui avait-elle dit en s'écartant d'un pas.

— Oui ?

— Tu te souviens, la nuit qu'on a passée ensemble ?

— Bien entendu.

— Tu étais amoureux de moi ?

— Oui. Très amoureux.

— Et maintenant ? Tu crois que tu es encore amoureux ?

Tom se sentit rougir. Avec la violence d'un crash aérien, toute son adolescence lui revint en pleine tête : la première fois qu'il avait vu Charlotte, un matin de rentrée des classes, dans un manteau rouge carnage, la pâleur neigeuse de son visage encadrée par des cheveux plus noirs que le vide galactique. Au milieu des autres élèves, sa beauté surnaturelle lui donnait l'air d'une reine elfe venue visiter un élevage de porcs. Il l'avait aimée immédiatement d'un amour à la brûlure douloureuse. Il avait consacré des nuits entières à lui composer des vers que le désespoir le poussait à déchirer à l'aube. Riant à ses blagues pas drôles, écoutant ses histoires sans intérêt mais s'y intéressant comme si ça avait été des chapitres inédits de *L'Odyssée*, la complimentant souvent sur son teint, ses cheveux, sa voix, son goût, il était devenu son ami. Et être son ami, ça l'avait autorisé à pouvoir être près d'elle durant les heures de récréation. Il se souvint comment cette proximité avec la chaleur du corps de Charlotte avait été troublante : être si proche du sexe de la fille qu'il aimait et ne pouvoir ni le voir ni le toucher le plongeait dans ces abîmes proches de la transe mystique.

Il se souvint des après-midi passés dans la chambre de la jeune fille quand, couché à côté d'elle sur son lit, elle lui décrivait minutieusement la manière dont les garçons la traitaient « pire qu'un chien » et comment, alors, Tom sentait très clairement sauter les coutures de son cœur. Il se souvint de quelle façon, laissé seul un instant dans cette chambre, il lui était arrivé de voler une chaussette sale, une culotte sale, un tee-shirt sale, car la saleté de Charlotte était pour lui comme de l'or pur. Il se souvint de toutes les fois où il avait été à deux doigts de follement lui déclarer son amour et comment, chaque fois, une terreur absolue, plus grande encore que celle que lui inspirait la mort, l'avait empêché de le faire. Et trente ans plus tard, voilà que cette fille lui demandait, devant les bureaux de GSP – Logistical Solution, après une pluie qui avait maculé les trottoirs de flaques de mercure, s'il l'aimait encore.

— Non. Aujourd'hui, c'est passé, dit-il.

Charlotte eut une expression un peu triste, comme si elle avait vu un petit oiseau mort dans un caniveau. Elle avait d'abord dit :

— Ah…

Puis, ayant dit cela, elle réfléchit et ajouta :

— C'est pas grave.

Plus tard, au volant de sa voiture, Tom connut un moment étrange : il savait qu'il était un auteur raté, il savait qu'il était pauvre et qu'il le serait bientôt encore plus, il savait que le livre qu'il écrivait serait, comme tous les autres, sans avenir mais malgré tout il se sentait heureux. Ce n'était pas d'avoir compris qu'il n'était plus amoureux de Charlotte, ça n'avait rien à voir avec ça. S'il était heureux, c'était parce que pour la première fois de sa vie, ayant accepté son absence de génie, il se sentait complètement libre.

5

La révélation

Séverine avait donné rendez-vous à Alice dans un café qui ne s'appelait pas un café mais un « lieu » dans la mesure où, en plus de proposer un large choix de cafés bio, de thés bio et d'une boisson appelée le « po cha » (un thé tibétain au beurre de yak), il y avait aussi des expositions de jeunes artistes (en ce moment, il s'agissait de photographies en noir et blanc et en gros plan de nœuds faits dans des morceaux de lin) et parfois, en soirée, des mix proposés par des DJ (une affiche colorée annonçait une soirée lounge avec le collectif Pepito et Yuk@).

Alice était venue avec Agathe, c'était un joli quartier où tout avait l'air plus propre que dans la plupart des autres quartiers et où, bizarrement, le climat avait l'air plus clément et l'air plus pur qu'ailleurs. C'était un quartier de petites boutiques charmantes dans les vitrines desquelles des robes de « créateurs » étaient exposées comme des musées exposeraient de précieux trésors mayas (d'ailleurs, comme dans les musées, les prix n'étaient pas affichés). C'était un quartier où des primeurs présentaient des fruits si beaux qu'ils avaient l'air d'avoir passé un casting sévère avant de mériter leur place sur des étals recouverts de velours et où des voitures aux carrosseries plus propres que des cabinets de chirurgien esthétique étaient garées avec la désinvolture de ceux qui se foutent bien d'avoir des contraventions.

Alice était à l'heure mais Séverine n'était pas encore là. Un peu mal à l'aise, elle s'était assise à une table puis, sur une carte qui lui apparut plus complexe que le codex d'une confrérie secrète, elle avait choisi (un peu au hasard) un « milky blue tea de Formose » (6 euros, servi dans une théière de la taille d'un dé à coudre) et elle avait donné à Agathe le biscuit en forme de cœur qui l'accompagnait.

La veille, elle avait écrit à Séverine via Instagram. Elle avait dit : *T'as pas envie qu'on se raconte nos vies, comme deux copines qui se retrouvent ?* Séverine avait répondu en début de soirée : *Avec plaisir, j'ai des rendez-vous le matin mais mon après-midi est libre.* Séverine avait accompagné sa réponse de l'émoji cœur, de l'émoji bisou et enfin de l'émoji soleil et elle lui avait donné l'adresse du « lieu ».

Finalement Séverine était arrivée. Elle avait embrassé Alice, elle avait fait un pas en arrière comme pour pouvoir apprécier l'allure de son amie d'enfance et elle avait dit : « Tu n'as pas changé ! Tu as une mine formidable ! Tu es magnifique ! » Alice savait qu'elle mentait. Elle savait que la vie s'était chargée de bien amocher la petite fille qu'elle avait été mais elle s'en foutait que Séverine lui mente. Alice était venue pour étudier

Séverine comme un zoologiste se penche sur une nouvelle forme de vie pour faire progresser la science. Que Séverine lui mente en prétendant, en dépit du bon sens, « qu'elle n'avait pas changé » était peut-être une des clés qui allait lui permettre de la comprendre. Séverine se pencha ensuite sur Agathe en disant :

— Ohhhhhh mais comme elle est belle ! C'est la tienne ?

Alice essuya la bouche de la petite fille et répondit :

— Non… Je l'ai enlevée !

Séverine eut un rire fait de cinq notes claires qui ressemblait au chant d'un oiseau exotique.

— Je te comprends, elle est… trop craquante !

Une serveuse arriva. Sans regarder la carte, Séverine commanda un thé « maori blue » et elle ajouta :

— Avec un bâton de cannelle à part et de la poudre de gingembre.

Puis, s'adressant à Alice, elle dit :

— J'adore le gingembre, en plus c'est un antioxydant, ça te détoxifie l'organisme…

Puis, paraissant se souvenir qu'elle avait en face d'elle une amie qu'elle retrouvait après quarante ans, elle demanda :

— Et toi, alors, comment vas-tu ?

Alice avait anticipé la question et avait préparé une réponse parfaitement neutre :

— J'étais dans la vente, maintenant je prends un peu de temps pour moi mais je crois que je vais bientôt me remettre à travailler, et toi ?

Le thé de Séverine arriva, elle trempa le bâton de cannelle dans la théière microscopique, se servit et mit une pincée de gingembre.

— Écoute, ça va, je touche du bois (elle toucha la table pour accompagner ses paroles). J'ai décidé d'arrêter de travailler il y a quelques années : une prise de conscience à l'approche de la quarantaine, j'ai eu envie de prendre du temps pour moi, c'est terrible comme le travail te fait perdre de vue les choses vraiment importantes…

Pendant qu'elle parlait, Alice observait ce qu'était devenue son amie d'enfance : elle avait un petit peu vieilli mais pas tellement. Les joues charnues de la petite fille s'étaient un peu asséchées, la peau semblait légèrement plus fine, de très discrètes rides d'expression étaient apparues çà et là mais c'était tout. Son corps avait l'air d'être habitué aux sports en plein air comme le golf ou le ski, elle avait le regard net de ceux qui n'ont pas connu des masses de problèmes, peut-être seulement le rhume d'un enfant ou un petit chien s'obstinant à ronger les coussins du fauteuil. Elle était bien habillée : elle portait une de ces robes de créateur qu'on trouvait dans les vitrines des petites boutiques devant lesquelles était passée Alice, ses ongles semblaient avoir été taillés par un maître joaillier, à ses oreilles deux diamants brillaient comme des étoiles et, enserrant son poignet gauche, il y avait une petite Rolex, bracelet doré, fond rose pâle, qui devait valoir pas loin d'une année du loyer de l'appartement d'Alice. Séverine continuait le résumé de sa vie :

— […] alors je suis allée passer quelques mois en Inde, dans un ashram, un très bel endroit dans le Kerala, tu devrais essayer, je te donnerai les coordonnées de l'agence qui organise tout ça si tu veux. J'ai rencontré des gens formidables, un designer allemand qui travaille pour Porsche qui vient là chaque année ou bien une directrice commerciale de chez Dolce & Gabbana qui a aussi décidé de tout laisser tomber.

— Et ton mari ?

— Alain est formidable. En 2008, avec la crise ça n'a pas été facile. Il travaille dans le secteur de la finance et ils ont été pas mal secoués mais il est toujours resté positif. C'est un passionné ! Et maintenant, tout est rentré dans l'ordre, il est entre Londres et Taïwan, c'est un vrai *workaholic*. Mais me concernant, il a très bien compris que j'avais besoin de me recentrer, de lâcher prise. Avec Alain on a de la chance, je crois que tous les deux, on est doués pour le bonheur.

— Et avec les enfants, vous faites comment alors ?

— Albert et Louna sont très autonomes. Et on a Alika, une femme formidable, très courageuse, qui vient du Laos, elle nous aide bien. Et surtout, elle leur parle anglais, Alain tient beaucoup à ce que les enfants parlent anglais, dans la vie professionnelle, l'anglais c'est très important.

— Je m'inquiète souvent pour les enfants, j'ai l'impression que le monde devient si dur, dit Alice.

Séverine trempa ses lèvres dans son thé et dit avec le sourire très doux de quelqu'un qui a été initié aux plus grands secrets de la sagesse :

— Mmmm... Non, je ne crois pas... Tout est dans le regard. Tu sais, moi je n'aime pas du tout avoir ce genre de pensées toxiques. Le monde est plein de belles choses, il suffit de vouloir les regarder. Franchement, moi j'évite de mettre des choses négatives dans mon esprit. Les journaux, l'actualité, les gens pessimistes, pfffff... Non...

— Oui mais il y a quand même des choses terribles et…

— Mais non, je te promets que c'est une question de point de vue ! Par exemple la pluie, si tu vois qu'il pleut, tu peux te dire : «Oh zut, il pleut» ou bien «Aaaah de la pluie, c'est merveilleux, les arbres vont être arrosés.»

— En fait, quand je parlais de choses terribles, je ne parlais pas forcément de la pluie… Il y a les guerres, le réchauffement climatique, le terrorisme, la misère, la disparition des espèces vivantes, toutes ces choses…

Séverine eut l'air agacée.

— Oui, bon… Je trouve qu'on exagère beaucoup toutes ces choses… Alain a une jolie formule pour ça, il dit qu'on a tous un «capital bonheur» à l'intérieur de nous et il faut le faire fructifier.

— Ah bon ?

— Oui, c'est pas compliqué ! Par exemple le matin, quand je me réveille, eh bien, avant de sortir de mon lit, je souris, je souris à la vie, je souris à cette nouvelle journée et j'essaye d'avoir une pensée positive, par exemple je pense aux fleurs. J'adore les fleurs ! Tu aimes les fleurs ?

— Oui… Je… J'aime les fleurs…

— Des fleurs, un sourire, c'est tout ce qu'il faut pour être heureux…

Alice serra les poings, elle serra les dents, elle serra le ventre, elle serra tout ce qu'il est possible de serrer, elle eut très envie de frapper Séverine en plein dans son joli visage de quadragénaire, de lui ravager en une seconde les effets délicats des crèmes de luxe et le résultat des injections de botox. Cette montée de violence lui coupa presque la respiration.

— Tout va bien ? lui demanda Séverine.

— Oui… J'ai eu… un vertige… Ça m'arrive parfois…

— Mmmm… Est-ce que tu prends du magnésium ? Et du curcuma ? Le curcuma, c'est une merveille tu sais.

— Non, c'est pas ça, c'est juste… Écoute, Séverine, je suis vraiment vraiment serrée pour le moment, financièrement je veux dire, je ne sais pas comment je vais faire… Est-ce que tu pourrais me donner un peu d'argent ?

Séverine eut un sourire un peu crispé.

— Quoi ?

— Je te demandais si tu pouvais me donner un peu d'argent. Pas tout ton argent, évidemment, je ne veux pas que tu sois dans la merde à cause de moi. Juste une somme qui ne changerait rien à ta vie mais qui m'aiderait vraiment… Je ne sais pas, je vois que tu as une montre qui doit valoir 7 ou 8 000 euros et puis tes boucles d'oreilles, je ne sais pas, ce sont des diamants, c'est du Chanel ?

— Non, c'est Cartier… Mais…

— Ah oui, Cartier… Elles sont belles… Ça coûte combien, ça, dans les 7 000 aussi… Ce genre-là… Donc tu vois, imagine que tu perdes tes boucles d'oreilles et ta montre, ce serait comme si tu avais perdu dans les 14 ou 15 000 euros. Tu te dirais : « Oh zut, j'ai perdu mes boucles d'oreilles et ma montre », mais ce soir tu mangerais quand même et puis, tu pourrais quand même payer ta voiture, ton eau, ton électricité, tes vacances, la nounou de tes enfants, comment elle s'appelle, Akita…

— Alika.

— Ah oui, Alika. Enfin bref, ça ne changerait rien à ta vie. Tellement rien que ça ne te réveillerait même pas pendant la nuit en te faisant battre le cœur, ça ne changerait tellement rien que tu aurais oublié ça la semaine prochaine. Donc, par exemple, je voudrais savoir si tu pouvais me donner… Voilà, 14 000 euros… Je ne pourrai jamais te les rendre, évidemment, je ne gagne rien… Et je crois que je ne gagnerai jamais assez pour te les rendre… Ce serait juste pour me les donner… 14 000 euros, ça me dépannerait pour les douze prochains mois, même plus si je fais vraiment attention…

— Écoute… Je… Écoute, ça me met un peu mal à l'aise… Je ne peux quand même pas te donner de l'argent comme ça.

— Mais pourquoi ? Pourquoi tu ne pourrais pas me donner de l'argent « comme ça » ? Évidemment que tu peux, c'est pas interdit de donner de l'argent « comme ça ». Il suffit de traverser la rue, d'aller à la banque juste en face, de les retirer de ton compte et de me les donner, c'est pas compliqué. Regarde, si tu avais un énorme tas de sable et que j'avais besoin d'une poignée de sable, est-ce que tu me la donnerais ?

— Ça n'a rien à voir ! On ne peut pas donner de l'argent aux gens comme ça. En plus, franchement, je ne crois pas que ça te rendrait service. Les gens doivent apprendre à s'en sortir seuls sinon on rentre dans une logique d'assistanat et à la fin…

— Mais qu'est-ce que tu racontes ? Tu t'en es sortie seule, toi ? Je me souviens du jour où tu m'avais invitée chez toi, chez tes parents. C'était une si belle maison et tes parents étaient si… si cool… C'était formidable, vraiment formidable. Cette vie était si douce, si calme… Ton seul souci, c'était que tu trouvais que le box de ton poney était un peu petit. Je n'ai jamais oublié cet après-midi. Quand j'étais rentrée chez moi, j'étais d'abord heureuse de ma journée et puis, avec le temps, le souvenir de cette journée m'avait rendue triste. Nous on était pauvres. Enfin, pas vraiment pauvres, mais «tout juste». On est devenus pauvres plus tard. Et moi je suis devenue misérable. Et si je suis devenue misérable, c'est parce que j'avais toutes les chances de devenir misérable. Imagine : tes parents n'ont pas des parents riches alors ils ne sont pas riches non plus. Pourtant, ils font tout ce qu'il faut : ils travaillent, ils font leur temps plein, ils essayent de mettre de l'argent de côté mais il faut payer le loyer, il faut payer l'eau et l'électricité et la petite voiture pour aller travailler parce que de toute façon, y a pas assez de trains et avec tout ça, pas question d'acheter un appartement parce que les banques demandent un capital de départ, que t'as zéro capital, alors tu loues. Et là, si quelqu'un meurt, comme mon père par exemple, c'est la fin, c'est le début de la misère. Franchement, je t'en veux pas d'être riche, c'est pas ta faute comme c'est pas ma faute si je suis misérable. Je ne sais pas comment t'expliquer ça autrement. Alors, tu me les donnes ou pas ces 14 000 euros ?

— Non… Écoute, Alain paie des sommes considérables en impôts, chaque mois je donne de l'argent à une association qui construit des écoles en Afrique, alors : non, je ne vais pas donner de l'argent «comme ça». Franchement, je suis déçue, je me faisais une joie de te revoir et voilà… C'était pour ça ! Tu sais, c'est vraiment à cause d'attitudes comme celle-là que notre pays va si mal : tous ces gens qui ne font rien et qui pensent que tout leur est dû !

Soudain, Alice se sentit complètement vide et triste, comme si on lui avait retiré tout ce qui était sous sa peau : les os, les organes et tous les liquides chauds qui forment habituellement un corps. À l'intérieur d'elle, il ne restait qu'un peu d'air froid. Elle comprit qu'il était temps de s'en aller. Elle prit le Maxi-Cosi et se dirigea vers la sortie du « lieu ». Puis, la main sur la poignée de porte, elle se souvint de quelque chose. Elle fit demi-tour, elle revint vers Séverine et dit avec une voix remplie de colère :

— Et le sauvetage d'Alain et de son « secteur financier » et de sa « passion », faut que tu saches que ce sont les pauvres qui l'ont payé ! Ton thé dégueulasse et le salaire d'Alika qui s'occupe de tes gosses et ton ashram pour « lâcher prise », ce sont les pauvres qui te payent tout ça, c'est moi qui te paye tout ça, le type que j'ai sucé, c'était pour te payer tout ça ! Voilà, c'est tout, maintenant j'ai tout dit ! Maintenant, on ne doit plus se revoir, de toute façon tu ne sers à RIEN !

Alice avait tapé sur la table et le choc avait renversé le milky blue tea de Formose et le maori blue et une des minuscules théières était tombée sur le sol et s'était brisée. Comme elle avait crié, les conversations s'étaient brusquement tues et tous les regards des clients du « lieu » s'étaient tournés vers elle. Séverine la regardait, épouvantée, ses yeux pareils à ceux d'un petit rongeur voyant s'ouvrir devant lui les mâchoires d'un prédateur.

Tremblante, retenant de toutes ses forces des larmes

de colère, Alice quitta pour de bon le lieu. Elle marcha sans réfléchir, droit devant elle. Elle s'éloigna de la jolie rue et le ciel se remplit de nuages gris ardoise, d'un seul coup, il fit plus froid. Le poids du Maxi-Cosi lui faisait de nouveau mal au bras et au dos. Elle en avait marre d'avoir mal comme ça. Elle passait devant des publicités sur lesquelles tout le monde avait l'air d'avoir des vies géniales. Une publicité pour des assurances : une fille de trente ans, avec des cheveux nickel, une peau impeccable, un petit pull en mohair qui lui moulait les seins comme on moule des petits gâteaux, elle avait l'air heureuse, totalement heureuse, le bonheur extatique d'une sainte en pleine communion avec Dieu grâce à cette putain de police d'assurance. Une publicité pour des clubs de vacances : une famille, les parents et deux enfants, une famille jeune, belle, fonctionnelle, le genre qui ne s'engueule jamais, le genre chez qui il fait toujours propre, le genre à mettre des petits savons parfumés dans les toilettes des invités, le genre cinq fruits et légumes, le genre où papa et maman ne pratiquent que le missionnaire et jamais la levrette, et les voilà dans ce club de vacances en maillot au crépuscule sur une plage de sable immaculé, zéro cellulite pour madame malgré ses deux enfants de six et huit ans et son mari, un CEO athlétique avec le sourire con d'un mec qui vient de tirer un coup. Une publicité pour une voiture à 40 000 euros, conduite par un gamin d'une vingtaine d'années aux dents aussi blanches qu'une piste de curling, à côté de lui une fille aux pommettes slaves affiche l'air boudeur de celle qui n'a jamais dû tremper ses doigts dans de l'eau de vaisselle. Une publicité pour un téléphone vendu au prix du salaire mensuel d'un ouvrier : dans un bar rempli d'hommes en smoking, deux femmes aussi fraîches que des jonquilles à peine écloses font des selfies. #lifeisbeautiful #night #friendship

— Bande de connasses ! se dit Alice. Elle aurait tant voulu une de ces vies, factices, falsifiées, mais sans problèmes. Ces publicités l'humiliaient, elles l'humiliaient vraiment, elle en avait marre de voir tous ces gens pour qui ça allait bien. Ces publicités la renvoyaient à la conscience de sa vie ratée. Elle se dit : «Être pauvre dans un monde de riches, c'est encore pire que d'être pauvre dans un monde de pauvres.»

Elle passa devant un magasin d'accessoires pour bébé, elle entra, à la vendeuse elle dit :

— Il me faut des roues, j'en ai vraiment marre, c'est beaucoup trop lourd !

La vendeuse lui montra un système pliable à trois roues.

— Celui-ci est très bien, très léger, facile à plier.

— Il coûte combien ?

— C'est 225 euros… Mais il vous faut les adaptateurs en plus, il m'en reste en stock, c'est 50 euros.

275 euros.

Alice paya et en payant elle se dit que c'était un peu comme si elle venait de se trancher un doigt. Elle n'avait plus un euro pour finir le mois. D'abord, elle ne comprit pas pourquoi elle avait fait ça et puis elle se dit que ça avait été à cause de ses retrouvailles avec Séverine. Elle avait voulu, pendant un instant, vivre comme quelqu'un pour qui l'argent n'a pas d'importance et simplement acheter quelque chose parce qu'on en a besoin sans se poser d'autre question.

Acheter sans se poser de questions, justement, lui avait procuré une sensation merveilleuse mais, à présent, elle se dégoûtait au point d'en avoir la nausée ! Ce qu'elle venait de faire, c'était complètement inconscient ! Elle s'insulta : « Espèce de conne, espèce de conne » et elle se mit à plaindre Achille d'avoir une mère comme elle et cette pauvre Agathe d'avoir été enlevée par une femme comme elle.

À l'aide de l'adaptateur à 50 euros, elle fixa le Maxi-Cosi sur les trois roues à 225 euros. Elle marcha sur quelques mètres en poussant, c'était vraiment confortable, c'était un vrai plaisir, ça ne pesait plus rien et, en plus, elle pouvait regarder Agathe et répondre à ses sourires par d'autres sourires. Bon sang, encore une preuve que le monde était plus cool avec de l'argent que sans argent.

Pendant qu'elle marchait, pendant qu'elle regardait les sourires d'Agathe, pendant qu'elle poussait les roues à 275 euros, elle sentait qu'elle se calmait, le genre de bien-être tiède qui suit la colère, elle était toujours triste mais triste plus calmement et comme elle était plus calme, elle se dit que ces retrouvailles avec Séverine avaient été vraiment utiles. Ça avait été une bonne idée de lui proposer ce rendez-vous, elle sentait qu'elle avait marqué une étape décisive dans l'écriture de son roman. Cette fois, elle savait ce qui manquait, ce qui manquait pour que ça fonctionne, pour que ça n'ait plus cette allure de poisson mort qu'elle avait découverte en se relisant. D'ailleurs, en marchant, des tas d'idées lui tombaient droit dans la tête, venues de Dieu sait où, des idées qui arrivaient par paquets de cent, par paquets de mille, c'était vraiment excitant comme sensation. C'était une sensation tellement excitante qu'elle ne voulait pas la garder pour elle toute seule, c'était une sensation excitante qui devait être partagée, c'était une sensation si excitante qu'elle eut l'impression qu'elle réveillait en elle quelque chose d'endormi au fond d'elle depuis des temps immémoriaux, quelque chose de chaud, d'onctueux, de sucré, d'urgent, d'enivrant et d'un tout petit peu douloureux, ça réveillait une envie de sexe. «Comme l'esprit humain est joliment fait, s'était-elle dit. Quand il s'ouvre un peu à la création, le corps a plus d'appétit.»

Et comme elle avait envie de partager ses idées et comme elle avait envie de faire l'amour, elle pensa à Tom. Elle vit qu'elle n'était pas très loin de chez lui : une dizaine de minutes à pied et elle y serait.

Elle s'était mise en route et puis elle s'était arrêtée : «Je ne peux pas faire ça ! Je décide d'enlever un enfant, j'enlève un enfant. Je décide de faire un roman, je fais un roman, je veux voir une amie d'enfance pour m'en servir et je la vois et je m'en sers et là je décide de faire l'amour avec un type et je vais chez lui sans réfléchir. Je ne pense jamais aux autres, je fais les choses comme elles me viennent, je suis une sale égoïste, peut-être que c'est parce que je suis une sale égoïste que je suis pauvre, c'est peut-être une sorte de punition karmique.»

Alice fit demi-tour, elle allait prendre le métro et rentrer chez elle et travailler. Avec toutes ces idées qui lui tombaient dessus, ça irait tout seul, elle n'aurait qu'à recopier ce qui lui venait dans la tête en y mettant un peu d'ordre. Alice marchait d'un bon pas vers le métro mais elle s'arrêta encore une fois. «Mais j'y connais rien en écriture de roman, je n'ai aucune expérience, peut-être que je devrais malgré tout aller chez Tom avant de me lancer, comme ça il verra que je travaille, ça le rassurera sans doute, si je vais chez lui c'est pour notre projet, c'est pour le travail, ce n'est pas vraiment pour moi. »

Et encore une fois, elle s'arrêta.

Et encore une fois, elle fit demi-tour.

Et en marchant en direction de l'appartement de Tom, elle se demanda malgré tout si le fait de justifier sa décision par le sentiment que c'était « pour le travail » ne dissimulait pas que la vraie raison, c'était parce qu'elle avait envie de voir Tom, de lui parler et peut-être de faire l'amour avec lui. En chemin, elle réfléchit et elle conclut : « Non, c'est pour le travail que je veux le voir, je n'y vais pas du tout pour faire l'amour. » Mais bien qu'elle se soit dit ça, tout en marchant, elle se demandait si elle était bien propre, si ce ne serait pas une bonne idée de repasser par chez elle pour prendre une douche, pour se rafraîchir, non, ça irait, elle s'était douchée il y avait quelques heures à peine, elle se demanda quelle culotte elle avait enfilée ce matin, ça lui revint : c'était une culotte violette un peu distendue, elle regretta d'ailleurs d'avoir enfilé cette culotte-là plutôt qu'une autre, la petite blanche par exemple, qui avait des motifs en dentelle. Elle vit son reflet dans une vitrine, elle remit une mèche de cheveux derrière son oreille. Elle marcha encore une dizaine de minutes en direction de l'appartement de Tom, elle avait les mains un peu moites, son cœur battait plus fort que d'habitude.

— C'est idiot, elle s'était dit, je ne suis même pas

amoureuse de lui, je ne sais même pas s'il me trouve sexy, je ne sais même pas si moi je le trouve sexy !

Mais, en se disant cela, elle repensa à leur première rencontre, trois jours plus tôt, et à la façon dont il avait rougi et elle savait que lorsqu'un homme rougissait comme ça, ça voulait dire que des tas de petits incendies s'étaient allumés à l'intérieur.

Elle arriva en bas de chez Tom, elle regarda Agathe qui s'était endormie mais qui souriait toujours. Elle se demanda si c'était moral de faire l'amour avec un homme alors qu'un bébé kidnappé dort dans un coin ? Comme elle ne trouvait pas la réponse, elle sonna.

Et à peine avait-elle sonné qu'elle regretta et qu'elle se mit à espérer très fort qu'il ne soit pas là. Elle se dit qu'il allait la prendre pour une folle de sonner, comme ça, à l'improviste, elle se dit qu'il la prenait très probablement déjà pour une folle : une pauvre folle qui enlevait des enfants pour rançonner les parents, une pauvre folle vraiment plus très jeune qui, en plus, se mettait maintenant à sonner à sa porte à l'improviste.

La voix de Tom répondit à l'interphone :

— Oui ?

— C'est moi, c'est Alice.

— Alice ?

— Oui, Alice... Je passais pas loin et comme j'ai eu une idée, je me suis dit que...

— OK... Euh... Bon, monte...

La porte s'ouvrit. Alice entra dans le hall en poussant Agathe devant elle, elle démonta les roues à 275 euros et les laissa au bas des escaliers. Elle monta en se disant qu'à travers l'interphone, la voix de Tom lui avait semblé tendue. Elle s'en voulait, elle était certaine qu'il la prenait pour une vieille folle, avec son égoïsme et ses impulsions, avec cette tendance qu'elle avait à se servir des gens, comme elle venait de le faire avec Séverine, comme elle l'avait fait, des années plus tôt avec Nathan, le père d'Achille, comme elle avait commencé à le faire avec Tom, elle venait de tout gâcher, tout le projet du roman, il ne voudrait pas continuer et pour elle ce serait vraiment la fin et ce serait sa faute à elle : « Espèce de conne, espèce de conne… » se disait-elle à chacune des marches de l'escalier qui la menait chez Tom.

Tom l'attendait sur le palier avec, sur le visage, l'expression d'un type qui est en train de subir un examen médical.

— Je passais pas loin et comme j'ai eu une idée, je me suis dit que… dit-elle encore une fois.

Tom eut un geste d'impatience.

— Oui mais là tu tombes un peu mal parce que…

— Ah mais c'est rien, je vais y aller… Excuse-moi, je t'appellerai pour t'expliquer…

Tom eut un regard vers Agathe.

— Non mais c'est bon, maintenant que t'es là, entre.

Il la fit entrer.

Il y avait deux femmes assises autour de la table de la salle à manger. Une femme d'une bonne quarantaine d'années, pas très grande, des cheveux frisés tenus en arrière par un agencement compliqué de pinces et d'élastiques. Et une femme plus jeune, dans la vingtaine, qui aurait pu être jolie si elle n'était pas en train de manifestement tirer la gueule. Les deux femmes regardaient Alice comme s'il s'était agi d'une trace de moisi sur une tranche de pain.

— Alice, je te présente Pauline, mon épouse…
Enfin, mon ex-épouse, et Chloé, ma fille.

Alice s'avança pour serrer la main aux deux femmes
pendant que Tom ajoutait à leur intention :

— Voici Alice, avec qui je collabore sur un projet.

Pauline se pencha sur le Maxi-Cosi :

— Oh elle est jolie, elle s'appelle comment ?

— Agathe, dit Alice en prenant Agathe dans ses
bras. Je… Je ne voulais pas vous déranger… Je vais
aller lui donner à manger… Je peux me servir de la
cuisine ? elle demanda à Tom.

— Oui, vas-y.

Alice s'éloigna. Depuis la cuisine elle pouvait suivre
la conversation de Tom, Pauline et Chloé.

— Ce que je veux dire, c'est que vous auriez au
moins pu me consulter, ça a toujours été comme ça
dans cette maison, on ne me demande jamais mon
avis, c'est exactement comme quand vous avez pris la
grande chambre ! avait dit Chloé.

— Tu avais sept ans ! Et ça n'a rien à voir ! C'est
une décision qui nous appartient. De toute façon, ça
ne change rien pour toi, tu n'habites même plus ici, dit
Pauline.

— Bon, en fait, c'est pas « notre décision », c'est une
décision de ta mère, corrigea Tom.

— Mais je m'en fous, moi, dit Chloé, je deviens une
fille de divorcés, c'est super triste ! Comment je vais
faire quand j'aurai des enfants, vous allez venir aux
anniversaires séparément ? Il faudra faire deux Noëls
et ce genre de connerie ? Et donc j'ai un beau-père,
c'est ça ? Il s'appelle comment ?

— Il s'appelle Jean-Michel. Il est chirurgien.

— Pourquoi tu précises à chaque fois qu'il est chirurgien ? demanda Tom.

— Je ne le précise pas à chaque fois !

— Si, comme si c'était important pour toi qu'il soit chirurgien, comme si c'était une décoration que tu voulais mettre à ton veston : «Je suis Pauline, je suis la femme d'un chirurgien.»

— Je crois que c'est toi qui as un problème avec ça. Je crois qu'en général tu as un problème avec les gens qui ont réussi leur vie.

— En disant ça, tu sous-entends que j'ai raté la mienne, c'est ça ?

— Je ne sais pas, qu'est-ce que tu en penses ?

— J'en pense rien du tout. Je voudrais qu'on parle concrètement de ce qui va se passer maintenant, c'est pour ça qu'on devait se voir, non ?

Pauline sortit une feuille de son sac :

— Alors concrètement voilà ce que je te propose, je l'ai mis par écrit : je te paie la moitié du loyer de l'appartement pendant un an, comme ça, tu auras le temps de trouver une solution. Je te laisse tout le reste, enfin, je vais juste reprendre le vase de ma mère et le cadre avec la photo de Chloé en Sardaigne…

Alice observait tout ça depuis la cuisine, tout en donnant son biberon à Agathe. «C'est donc ça, une famille», s'était-elle dit. Une famille… Comme ça lui paraissait soudainement étrange, cette collection d'individus amenés à devoir se côtoyer durant des années entières à cause d'un simple lien génétique.

Une famille…

Elle se souvenait avoir connu ça jusqu'à la mort de son père, quand elle avait douze ans mais, avec le temps, ses souvenirs avaient perdu de leur précision, il n'en restait que quelques images éparpillées : un repas avec un poulet rôti au centre de la table ; la volaille de la taille, de la couleur et de la forme d'un ballon de rugby est fièrement présentée, comme le veut la tradition, entourée d'une corolle de salade verte. D'autres souvenirs : un sapin de Noël avec trois ou quatre cadeaux à ses pieds, un week-end sur la côte, le sable, le soleil, les vagues, la voix grave de son père, le rire de sa mère, un petit ours en peluche rouge, de la buée sur la fenêtre de sa chambre, une carte *Bernard et Bianca* punaisée sur un mur.

Le reste de ses souvenirs ? Elle n'avait pas la moindre idée d'où ils pouvaient être passés. Toutes les images relatives aux douze premières années de sa vie semblaient avoir été tout simplement dissoutes par le temps, avoir été fondues et mêlées les unes aux autres en un grand jus aux reflets à la fois familiers et indéfinissables, ces souvenirs avaient pris l'apparence d'un de ces rêves s'effaçant lorsqu'on le raconte et pour lequel on ne se souvient que de l'atmosphère générale : c'était triste, c'était gai, j'avais peur, je ne sais plus de quoi ça parlait.

Des bruits de chaises qu'on déplace tirèrent Alice de sa rêverie. C'était Pauline et Chloé qui s'en allaient. Elles étaient déjà sur le pas de la porte de l'appartement. Pauline lui fit un signe de tête en guise d'au revoir, Chloé, toujours boudeuse, ne fit rien. La porte se referma, il ne resta plus qu'elle, Tom, Agathe et un silence chargé d'un peu d'embarras.

— Ta fille est très belle, dit Alice.

— Elle mène une vie que je ne comprends pas. C'est

très étrange les enfants : un jour ce sont des enfants qui vous aiment et qui vous embrassent. Et puis, un autre jour, ce sont des adultes qu'on ne comprend pas.

Tom alla dans la cuisine, prit la bouteille de Glenfiddich et s'en servit un verre : sec, sans glace.

— T'en veux ? il demanda à Alice.

— Juste un fond, dit-elle en indiquant Agathe d'un geste.

Il servit un fond.

— Bon, alors, c'était quoi cette idée ? fit Tom, humant le parfum du whisky.

Alice but une gorgée, ça brûla, elle toussa, c'était vraiment bon.

— J'ai commencé à écrire, j'ai commencé à écrire mais quelque chose ne fonctionnait pas. Je me suis dit que c'était parce que je n'écrivais pour personne, que j'écrivais dans le vent. J'ai eu besoin de visualiser un lecteur, de comprendre à qui je m'adressais. Alors j'ai pris contact avec une amie d'enfance, j'avais l'impression que c'était la lectrice parfaite… Parce que si on veut vendre beaucoup de livres, il faut en vendre à ceux qui n'en achètent pas d'habitude, ou bien rarement… Je m'étais dit aussi qu'il fallait un livre que des gens comme mon amie d'enfance, elle s'appelle Séverine, un livre que ces gens puissent avoir envie d'offrir quand ils n'ont pas d'autres idées. Ce que je m'étais dit, c'était qu'un livre qui se vendait, c'était pas forcément un livre qui plaisait au plus grand nombre de gens possible mais un livre qui déplaît le moins possible. Du coup, on peut l'acheter pour l'offrir à un cousin qu'on connaît mal, à un beau-frère, une belle-sœur, une grand-mère, un patron, à n'importe qui, même à

227

un chien, en se disant qu'il trouvera bien là-dedans quelque chose qui lui conviendra ou, en tout cas, qu'il ne trouvera rien qui lui déplaira. Un jour, j'ai goûté une bière belge, une bière qui s'appelait une Orval, le genre de bière faite par des moines, elle était vraiment bonne mais très très amère. Une bière amère comme ça, tu as des gens qui aiment et des gens qui n'aiment pas. C'est clivant, tu vois, tu ne vas pas offrir ça à ta belle-mère ou à ton cousin sauf si tu les connais bien et que tu sais qu'ils aiment les choses vraiment très très amères, d'ailleurs, peut-être qu'ils n'aiment même pas l'alcool, que leur offrir de l'alcool ce serait mal vu parce qu'ils sont musulmans ou d'anciens alcooliques et que, du coup, leur offrir de l'alcool, c'est quelque chose qui pourrait leur apparaître comme très choquant. Par contre, tu peux toujours offrir de l'eau. De l'eau bien emballée, dans une jolie bouteille, avec une belle étiquette sur laquelle il serait écrit : *Révélation de l'eau, déjà des milliers de buveurs conquis par cette eau !*

Tom se resservit un verre de Glenfiddich et il resservit Alice.

— OK, dit-il, je crois que je vois où tu veux en venir.

— Avec mon amie d'enfance, on ne s'était pas vues depuis presque quarante ans, tu te rends compte, quarante ans… C'est une éternité. Et pourtant, quand elle est entrée dans le café où nous avions rendez-vous, la première chose qu'elle m'a dite, c'est que je n'avais pas changé. Tu te rends compte ?

— Elle voulait juste être gentille… C'est une formule de politesse…

— Non, c'est beaucoup plus que ça, c'est ça que je me suis dit. J'ai senti que, derrière cette formule,

228

il y avait quelque chose d'autre que de la politesse, quelque chose d'important et je crois que j'ai compris !

— Et c'est quoi ?

— C'est la peur ! La peur du changement ! Les gens comme ça, les gens qui ont des vies de riches ou bien des vies où tout va presque toujours bien, ils veulent qu'on leur raconte des histoires qui confirment l'état du monde, pas des histoires qui remettent en cause l'état du monde. Parce que le monde leur convient comme il est. Ils ne veulent pas qu'on leur parle de toute l'horreur du monde, ils ne veulent pas la moindre trace de doute dans les histoires qu'on va leur raconter, ils veulent qu'on leur dise que tout ira toujours bien, que pour eux rien ne changera jamais. Voilà le principe : le principe c'est qu'en te lisant, ces gens se disent : « Ah mais je pense exactement la même chose. » Le livre qu'on va écrire ne doit surtout pas venir remettre en question les opinions des gens, sinon les gens n'en voudront pas. Tu dois confirmer toutes les idées préconçues possibles : ce qui est « mal » est mal, ce qui est « bien » est bien, ce qui est « beau » est beau. Le crime ne paie pas, le bien triomphe, les ténèbres sont vaincues. Mozart est un génie, le heavy metal ce n'est pas de la musique, les drogues douces sont un tremplin vers les drogues dures, on apprend de nos erreurs, la vérité sort de la bouche des enfants, les vieux souffrent de la solitude mais ont plein de belles histoires à raconter, les chats sont à la fois indépendants et mystérieux et les chiens sont fidèles et doués d'un instinct hors du commun, l'argent ne fait pas le bonheur car ce qui compte c'est la richesse du cœur, il faut pouvoir lâcher prise pour se ressourcer au contact des vraies valeurs simples, grâce à la parole on peut se reconstruire après un drame et on en ressort plus fort qu'avant, il y a tant de belles choses à voir pour ceux qui savent observer... Tout ça, quoi...

Tom vida son verre d'un trait. Il s'en servit un autre. Il en proposa un à Alice qui refusa d'un geste.

— Oui, c'est ça. C'est tout à fait ça. Bon, maintenant faut encore l'écrire.

Alice ne répondit pas. Elle s'approcha de lui, d'un geste très doux, elle lui prit le verre qu'il tenait en main, elle le posa à côté de l'évier de la cuisine et elle l'embrassa. Ensuite, elle recula d'un pas. Tom la regardait avec étonnement. Dans un geste probablement inconscient, il se toucha la bouche, à l'endroit où Alice venait de poser la sienne.

— Tu m'as embrassé, dit-il, comme s'il doutait de ce qui venait de se passer.

— Ça t'a plu ?

Tom réfléchit un instant.

— Oui, c'était bien.

Encore une fois, Alice s'approcha.

Encore une fois, elle l'embrassa.

Quatrième partie

1

L'amour

Tom n'avait jamais réussi à écrire une scène de cul dont il puisse être fier. Il avait pourtant essayé plusieurs fois : dans *La Saison des tempêtes*, il y avait une scène où le héros rencontre une jeune navigatrice en hypothermie dans la cale d'un bateau échoué sur une plage de Zélande. Guidé par la jeune femme qui invoque une ancienne technique esquimau, il la déshabille, il se déshabille et il lui fait l'amour pour la réchauffer. Dans *La Maison du chien fou*, une jeune fille de dix-sept ans se caresse à l'aide d'un lapin empaillé sous les yeux d'un vieux chasseur caché derrière les « tentures empesées de sa chambre » (Tom se souvenait très clairement d'avoir employé l'adjectif « empesé »). Dans *Partir, revenir, oublier*, il avait passé une bonne semaine à essayer de décrire la nuit de noces de l'héroïne du récit (une professeure d'anglais qui perd la vue dans un accident de voiture au quatrième chapitre), il s'était demandé si un jeune couple, par définition maladroit, timide et ingénu, allait se laisser aller à des pratiques comme la levrette ou bien le soixante-neuf durant la nuit de noces. Ne sachant répondre à cette question, Tom s'était contenté de décrire la transpiration « perlant » sur la peau bronzée de Nicolas (c'était le nom du marié), les « tétons comme du plâtre durci » de Pénélope (c'était le nom de la mariée qui, à ce moment du récit, n'était pas encore aveugle) et le « râle de plaisir s'échappant à l'unisson des gorges passionnées » (il avait relu la phrase des années plus tard en se disant que ça ne voulait pas dire grand-chose).

Si Tom n'était jamais parvenu à écrire une scène de cul dont il soit fier, il n'avait d'ailleurs jamais vraiment lu de bonne scène de cul non plus : il avait lu Sade, Pierre Louÿs, Anaïs Nin, Henry Miller, Apollinaire et tout un tas d'autres et, la plupart du temps, ces scènes lui paraissaient trop ringardes, trop tordues, trop SM, trop clichés, trop mièvres, trop porno, trop sirupeuses, trop malsaines, trop banales, trop stéréotypées. Toutes ces scènes de saillies dans les bois, de femmes « brutalement possédées » dans des cabinets ou des boudoirs sous la Restauration, de viols dans des parkings crasseux (par des punks, des psychopathes, des amis de la famille), d'esclaves « à la peau d'ébène » pénétrées dans des champs de coton, toutes ces scènes où d'élégants tradeurs menottent des secrétaires ingénues, où des guerriers mongols font irruption dans des couvents moyenâgeux, où des femmes mûres initient des jeunes puceaux dans les cabines d'une piscine municipale, de corps s'unissant sous la pluie, au bord de l'eau, la nuit, le jour, ces amants déchirés « se gavant l'un de l'autre », dans des chambres d'hôtel tandis que « du dehors leur parvient la rumeur de la rue », tous ces goûts salés, ces dos cambrés, ces membres «durcis», «turgescents», «gorgés de désir», ces gémissements, ces râles, ces saccades, ces pistons qui «clouent au lit», ces supplications contradictoires «oui, non, encore, arrêtez je vous en prie, non n'arrêtez pas», tous ces jus, ces fluides, ce foutre, tous ces sexes tantôt fruits, tantôt moules, tantôt chattes (ou «teucha» sous la plume des plus jeunes), tous ces ordres donnés («tourne-toi, à genoux, ferme les yeux»), ces abandons, ces corps lourds, ces «extases», ces «révélations», ces «soumissions», ces orgasmes et ces secousses (brèves, rapides, lentes)… Tout ça ne lui avait jamais semblé être à la hauteur du plaisir qu'il avait, lui, Tom, à simplement faire l'amour. En fait, Tom avait l'impression que toute puissante qu'elle était, la littérature butait à chaque fois qu'il était question de décrire convenablement une scène de cul, comme si en matière de sexe, les mots perdaient tout leur pouvoir.

« Quand je lâche un pet dans la baignoire, elle s'agenouille, nue, sur le carrelage, se plie en deux par-dessus le bord et embrasse les bulles. Elle s'assied sur ma bite pendant que je pose ma pêche, plongeant dans ma bouche un téton de la taille d'une brioche, tout en n'arrêtant pas de me glisser vicieusement à l'oreille tous les mots les plus dégueulasses qu'elle connaît. Elle se met des cubes de glace dans la bouche jusqu'à ce qu'elle ne sente plus sa langue et ses lèvres, puis me pompe le nœud et ensuite passe au thé brûlant ! Tout, tout ce que j'ai imaginé, elle l'a imaginé aussi, et elle le fera. » (Philip Roth, *Portnoy et son complexe.*)

« Il faisait chaud. Simone mit l'assiette sur un petit banc, s'installa devant moi et, sans quitter mes yeux, s'assit et trempa son derrière dans le lait. Je restai quelque temps immobile, le sang à la tête et tremblant, tandis qu'elle regardait ma verge tendre ma culotte. Je me couchai à ses pieds. Elle ne bougeait plus ; pour la première fois, je vis sa "chair rosée et noire" baignant dans le lait blanc. Nous restâmes longtemps immobiles, aussi rouges l'un que l'autre. » (Georges Bataille, *Histoire de l'œil.*)

« Nina m'a rattrapé dans les escaliers et on est entrés dans une chambre. Elle a basculé sur le lit et rien de tout ça n'avait été préparé à l'avance mais deux ou trois rayons de soleil passaient à travers les volets et à présent ils glissaient sur son corps et la découpaient en rondelles. Je me suis assis près d'elle, j'ai avancé une main au milieu des fils de lumière et je l'ai branlée doucement à travers son fuseau, je me suis laissé étourdir par l'odeur de sexe qui parfumait délicatement la chambre et petit à petit le soleil a commencé à grimper sur les murs et je l'ai pénétrée en prenant tout mon temps. » (Philippe Djian, *Zone érogène.*)

« Mathilde s'allongeait sur le sol, nue. Tous ses mouvements étaient lents. Les trois ou quatre jeunes hommes étaient étendus derrière elle, parmi les oreillers. Paresseusement, un doigt se glissait vers son sexe, y pénétrait et s'immobilisait, juste entre les lèvres. Puis une autre main le chassait et préférait simplement caresser le sexe en mouvement circulaire sur la toison, puis s'arrêter sur un autre orifice. » (Anaïs Nin, *Vénus Erotica.*)

« Monter, descendre, toujours le même geste, toujours le même rythme, et les gémissements, au-dessus de ma tête ; et moi qui gémissais aussi, avec l'eau de la douche plaquant sur moi ma robe comme un gant étroit et soyeux, avec le monde arrêté à hauteur de mes yeux, de son bas-ventre, au bruit de l'eau dégoulinant sur nous et de sa verge coulissant sous mes doigts, à des choses tièdes et tendres et dures entre mes mains, à l'odeur du savon, de la chair trempée et du sperme qui montait sous ma paume…

Le liquide jaillit par rafales, éclaboussant mon visage et ma robe. » (Alina Reyes, *Le Boucher.*)

« L'obscénité avec laquelle Teresa ouvrait sa croupe en levrette m'était déjà bien connue. Levrette est vraiment trop peu dire. Le mot d'ourse conviendrait mieux. Elle n'était que poils par-derrière. Comme elle avait les fesses très belles et les cuisses fort bien dessinées, on n'osait lui faire mentalement le reproche d'être plus velue qu'une autre femme, et, n'eût été l'impudence de sa posture, on se serait figuré que, plutôt, elle imposait son esthétique. » (Pierre Louÿs, *Trois filles de leur mère.*)

« Puis, avec une énergie qui m'étonna, elle jeta son kimono et sauta dans le lit. Dès que j'eus placé mes bras autour d'elle et que je l'eus attirée à moi, elle tourna l'interrupteur, et hop ! dans le noir ! Elle m'embrassait passionnément, et gémissait en même temps comme font toutes les poules françaises quand elles vous ont au lit. » (Henry Miller, *Tropique du Cancer.*)

« Il fout une chèvre en narines, qui, pendant ce temps-là, lui lèche les couilles avec la langue ; pendant ce temps-là, on l'étrille et on lui lèche le cul alternativement. Il encule un mouton, pendant qu'un chien lui lèche le trou du cul. Il encule un chien, dont on coupe la tête pendant qu'il décharge. Il oblige une putain de branler un âne devant lui, et on le fout pendant ce spectacle. Il fout un singe en cul ; l'animal est enfermé dans un panier ; on le tourmente pendant ce temps-là, afin de redoubler les resserrements de son anus. » (Le Marquis de Sade, *Les 120 Journées de Sodome*.)

Ça avait beau être élégamment écrit, ça avait beau « avoir compté » d'un point de vue culturel, ça avait beau avoir aidé les esprits à s'affranchir du poids de l'Église ou de n'importe quelle autre pudibonderie, ça ne le faisait tout simplement jamais autant bander qu'une bonne séquence sur YouPorn.

Mais la nature de sa profession d'auteur avait fini, avec le temps, par modifier le fonctionnement de son esprit en le conduisant souvent, lorsqu'il vivait un moment particulier, à se demander comment il ferait pour l'écrire. C'était d'ailleurs quelque chose qui pouvait être un peu gênant car il ne vivait alors jamais complètement ces moments : il les vivait un peu à distance, avec détachement, comme un observateur. Il ne s'abandonnait jamais totalement. Quand une vieille dame avait été prise d'un malaise devant lui, dans la file d'une caisse de supermarché, quand il s'était penché sur elle pour lui mettre, sous la tête, sa veste en guise d'oreiller, il n'avait absolument pas paniqué mais il avait noté la couleur de sa peau (une pâleur : « mortelle, soudaine, cireuse, nacrée », il n'avait rien trouvé de satisfaisant pour décrire cette pâleur). Il avait noté la nature des spasmes de la vieille dame (des spasmes : « incontrôlables, épileptiques, violents »). Et il avait mentalement pris note des détails inattendus relatifs à ce malaise (la robe retroussée sur les bas de contention et au-delà sur une grande culotte de coton couleur chair, la vision fugace, sur les cuisses, d'un réseau de vergetures aussi larges que des branches de lierre, une odeur acide d'urine et d'eau de Cologne, la mare sanglante de la sauce tomate répandue sur le carrelage du magasin).

Lorsqu'il fit l'amour avec Alice, la même chose se produisit. Il eut beau se dire qu'il devait s'abandonner à l'événement et cesser de réfléchir, ce fut plus fort que lui et son esprit d'auteur enregistra méticuleusement la séquence, exactement comme l'aurait fait un notaire se livrant à l'état des lieux d'un appartement mis en location :

Alice l'avait donc embrassé pour la deuxième fois et, en lui rendant son baiser, il s'était demandé s'il devait mettre beaucoup de langue ou pas. Il savait que certaines filles (comme Charlotte par exemple, dans le souvenir de l'unique nuit qu'il avait passée avec elle) embrassaient à grands coups de langue. Dans ce souvenir, Charlotte lui avait léché, pour ainsi dire, l'intérieur de la bouche, comme si en faisant la vaisselle, elle passait une éponge dans une casserole. Charlotte, dans ses baisers, avait semblé vouloir l'aspirer tout entier, le digérer comme un bout de viande, d'ailleurs, comme dans toute opération de digestion, la salive tenait une place importante : elle dégoulinait, elle moussait, elle écumait comme les eaux furieuses d'un barrage cédant sous la pression d'un lac après l'orage. D'autres (Pauline) avaient une langue plus retenue, un petit animal tapi derrière les dents et sortant avec circonspection comme pour vérifier le temps qu'il fait ou s'assurer de l'absence de prédateur. Mais la langue d'Alice ne faisait partie ni de la première ni de la seconde catégorie. C'était une langue délicate et parfumée, elle goûtait le thé exotique, un peu de sucre, un peu d'agrume, c'était une langue qui vint dire bonjour à la sienne avec l'enthousiasme joyeux d'un chien qui sort faire une belle balade. Durant les quelques minutes que durèrent leurs embrassades, debout dans la cuisine, Tom se demanda s'ils allaient faire l'amour ou si c'était juste un baiser «comme ça». Mais le baiser dura et comme il durait, Alice lui caressa la nuque, les épaules, les bras et puis les fesses (il fut surpris, on ne lui avait jamais peloté les fesses avec aussi peu de retenue, mais il trouva ça agréable). Bref, à ces caresses qui ne s'arrêtaient pas et à la respiration d'Alice qui se fit plus profonde et se transforma en soupirs, il se dit qu'ils allaient bel et bien faire l'amour et cette conclusion le réjouit autant qu'elle le rendit nerveux car elle impliquait pas mal de choses au niveau de leur relation future et posait, pour le présent, beaucoup de questions pratiques. Sans doute que, dans un film, il lui aurait fait l'amour dans la cuisine mais pour ça, il aurait fallu que la cuisine soit plus grande et plus en ordre. Et puis, il ne voyait pas comment, debout dans la cuisine, il aurait pu lui ôter son pantalon sans que ça ne se transforme en un douloureux moment d'embarras. Il réfléchit : valait-il mieux faire l'amour sur le canapé du salon ou dans la chambre à coucher ? Le canapé était plus proche mais Tom trouvait que la lumière un peu crue du salon ne se prêtait pas à un moment érotique. Le lit était la meilleure option. Un lit c'était classique. Un lit, ça n'était pas très audacieux mais ça faisait toujours l'affaire et puis, pour une première fois, un lit c'était plus rassurant. Il se demanda alors comment

conduire Alice jusque-là : en la prenant par la main ?
En la poussant avec douceur ? En lui disant quelque
chose comme : « Viens, allons dans ma chambre, on
sera plus à l'aise » ? Mais chacune de ces options risquait de briser ce que, dans un roman, il aurait probablement appelé « la magie du moment ». Dans un
film ou dans un roman, entre le baiser et le lit, l'auteur
aurait fait une ellipse (le couple s'embrasse dans la
cuisine et, l'instant suivant, c'est l'étreinte passionnée
dans un lit) mais là, dans la réalité, entre le baiser et
le lit, il y avait toute une série d'étapes qu'il ne savait
pas comment franchir et de questions techniques auxquelles il ne savait pas répondre. Heureusement, Alice
prit les devants et lui dit : « Allons dans ta chambre. »
Il répondit simplement « oui » puis, durant les quatre
secondes qu'il fallut pour traverser le petit appartement, il ajouta un inutile : « C'est par là. » Une fois dans
la chambre, il s'en voulut de ne pas avoir fait le lit, de
ne pas avoir changé les draps depuis une dizaine de
jours et d'avoir laissé, sur la table de nuit, en boule, le
mouchoir à l'aide duquel il avait essuyé le sperme de
sa branlette matinale mais, de tout ça, Alice semblait
se foutre totalement. Machinalement Tom alluma la
lumière mais aussitôt, la jugeant trop clinique, il l'étei-
gnit. À travers le coton des rideaux, la lumière tamisée
était un peu plus romantique. Alice s'assit sur le lit et
l'attira vers elle. Elle souriait. Il trouva que c'était un
joli sourire. Le sourire gourmand de quelqu'un qui,
ayant faim, s'apprête à faire un bon repas. Comme ils
étaient assis côte à côte sur le lit, Alice se pencha sur
lui et l'embrassa dans le cou. Tom passa sa main dans
ses cheveux. Passer la main dans les cheveux des filles,

c'était quelque chose qu'il avait toujours aimé faire, surtout si ces cheveux étaient longs et lisses. Durant leur vie de couple, Pauline lui avait toujours signifié qu'elle n'aimait pas trop qu'il lui passe les mains « comme ça », parce que d'une part ça la décoiffait et que, d'autre part, selon elle, ça lui « graissait les cheveux ». Mais Alice eut l'air d'aimer, alors, en l'embrassant, il lui passa plusieurs fois la main dans les cheveux avec le sentiment de rattraper le temps perdu. Malgré l'intensité du moment, son esprit fut assailli par quelques pensées parasites : il pensa à Agathe qui dormait dans son Maxi-Cosi, il se demanda si, en cas de réveil, ils l'entendraient. L'appartement étant petit et les cloisons minces, il estima donc que oui et ça le tranquillisa. Il ne voulait pas que ce bébé se réveille au milieu d'un salon inconnu et pleure sans que personne ne vienne. Ça aurait été un événement traumatisant, ça aurait eu des répercussions sur sa vie d'adulte qui auraient peut-être même nécessité des années de psychanalyse pour s'en débarrasser. Pendant qu'il enlevait le pull H&M que portait Alice (il savait que les filles n'appelaient pas ça un « pull » mais un « top », il avait vu l'étiquette et son esprit avait noté : « H&M, taille M, coton 95 % – élasthanne 5 % »), il se souvint avoir lu quelque part que laisser un bébé trop longtemps dans un Maxi-Cosi risquait de déformer sa colonne vertébrale mais, d'un autre côté, ça ne devait arriver que si le bébé était amené à y vivre en permanence, pas s'il n'y passait qu'une heure ou deux par jour (l'article n'était pas clair à ce sujet, d'ailleurs il ne savait pas s'il y avait des cas de bébés ayant vraiment vécu des années dans un Maxi-Cosi, ni si ces bébés étaient aujourd'hui devenus des adultes avec des dos arrondis auxquels les kinésithérapeutes disaient au moment de la consultation : « Ah mais vous êtes un de ces bébés Maxi-Cosi. »).

Avec enthousiasme, Alice défaisait sa ceinture et tirait sur son pantalon. C'était un peu difficile. C'est toujours difficile d'enlever le pantalon de quelqu'un. Ça se retourne comme un gant, ça se coince au niveau des mollets et des pieds. Il l'aida en tirant avec elle sur le pantalon, ça fonctionna et il se retrouva en caleçon. Il avait chaud. Il enleva son tee-shirt, Alice enleva son pantalon à elle et se retrouva en sous-vêtements. Un soutien-gorge d'un bleu que Tom qualifia de « bleu aile de mésange » (il fut content de cette image, il espéra s'en souvenir pour pouvoir s'en servir plus tard) et une culotte violette. Il trouva que le corps de cette femme avait l'air solide, « un corps fiable, comme une voiture allemande », s'était-il dit, et il la trouva vraiment très belle. Il l'embrassa encore, elle l'embrassa aussi, ils s'embrassèrent l'un et l'autre en se caressant (Tom se demanda si le moment était venu d'oser glisser une main dans la culotte d'Alice mais il se dit que c'était peut-être un peu précipité et il se contenta de la caresser en surface, à travers le coton violet). Il y eut le moment assez technique du soutien-gorge à enlever durant lequel il se rendit compte que ses mains tremblaient, il essaya de retrouver son calme en se disant : « Allons, ce n'est qu'un soutien-gorge », mais ça ne fonctionna pas. Elle l'aida et fit disparaître le soutien-gorge d'un geste. Les seins apparurent, il les aima. Tom se demanda comment les décrire : les classiques images de fruits lui avaient toujours paru vulgaires et ridicules (pastèque, orange, melon) mais d'un autre côté, un simple adjectif (lourd, rond, brûlant, sphérique, pulpeux) ou un simple chiffre (95D, selon son évaluation hasardeuse) n'aurait pas suffi à rendre compte de l'émotion qui l'avait saisi en les découvrant. Il chercha malgré tout : il trouva des tas de phrases où il était question d'ouragan sur l'océan, de tsunami, de forêt, de lune pleine brillant sur la lande mais, là-dedans, il n'y avait rien qui puisse convenir pour décrire les seins d'Alice. Alors, il se pencha et les embrassa, ils étaient frais, ils étaient doux, ils avaient un parfum de sel et d'amande qu'il adora. Elle enleva sa culotte. Tom se sentit pris d'un léger vertige et pendant un instant très bref, il eut l'impression de tomber. Il se demanda s'il allait faire un malaise mais heureusement, il n'en fut rien et cette fois, il passa sa main entre les jambes d'Alice.

Tom avait toujours trouvé qu'il y avait quelque chose d'incroyablement fascinant dans le contact avec un sexe de fille. Cette rencontre avec quelque chose de si différent de son corps à lui était la source d'un émerveillement absolu. Il se souvint de son adolescence lorsqu'il était encore puceau et que «faire l'amour» avec une fille était à la fois la chose qu'il désirait le plus au monde tout en paraissant complètement impossible. Aujourd'hui adulte, il n'avait jamais oublié la véritable douleur physique provoquée par sa frustration de jeune homme n'ayant pas l'occasion de faire l'amour, il n'avait pas oublié comment, pendant toute son adolescence, il avait essayé d'imager «comment ce serait» de mettre son sexe dans un sexe de fille, «ce que ça pouvait faire», il n'avait pas oublié ces enquêtes menées auprès de ceux qui, soi-disant, «l'avaient déjà fait», il n'avait pas oublié ces témoignages de deuxième ou troisième main qu'il écoutait avec autant de passion que s'il s'était agi d'authentiques récits de rencontre avec une entité divine, il n'avait pas oublié comment il pouvait passer des heures devant des magazines porno (obtenus au prix fort auprès de camarades de classe qui osaient les acheter), il n'avait pas oublié comment il pouvait passer de très longues minutes à observer l'image d'un sexe de fille (ouvert si possible) pour tenter d'en comprendre la structure, comment il ne la comprenait pas, comment il aurait voulu passer sa main et sa tête dans la photographie elle-même, parce qu'il savait que pour comprendre il aurait fallu qu'il touche et qu'il goûte à la fois, comme pour une pâtisserie. Tout ça, tous ces souvenirs et les émotions qui leur étaient associées, lui revenait chaque fois qu'il s'apprêtait à faire l'amour et tout ça s'ajoutait au bonheur du moment, comme un ancien naufragé se souvient à chaque repas des privations qui furent les siennes.

Comme il en était à embrasser Alice et à la caresser, deux choses vinrent parasiter son enthousiasme : d'abord il se dit qu'il n'avait pas de capote. Il se demanda si Alice en avait dans son sac. Il se demanda si, «en gentleman», il aurait dû demander : «Tiens, au niveau capote, tu as quelque chose?» mais il ne se sentit tout simplement pas capable de demander une chose pareille. Il se dit qu'Alice prenait probablement la pilule ou bien qu'elle avait un stérilet ou bien qu'elle s'était fait ligaturer les trompes. De toute façon, à son âge, il y avait très peu de chances pour qu'elle tombe enceinte. Mais il restait la question des maladies. À ce niveau-là, Tom était à peu près certain de n'être le porteur d'aucune maladie : il n'avait jamais trompé Pauline mais Pauline l'avait trompé avec ce crétin de chirurgien et ce chirurgien… Qui pouvait savoir ce que ce médecin faisait avec sa bite. Cela dit, s'était dit Tom, comme il s'agissait d'un médecin, il devait théoriquement savoir ce qu'il faisait… Théoriquement…

Mais Alice, que savait-il d'elle ? Pas grand-chose. Presque rien. Elle couchait peut-être avec une quantité d'hommes venus de Dieu sait où. Elle était peut-être porteuse de tas de germes. Des mots s'écrivirent devant ses yeux, s'accompagnant d'images dégoûtantes surgies d'encyclopédies médicales : gonorrhée, chlamydiose, chancre mou, herpès génital, trichomonase, syphilis, *Mycoplasma genitalium*, condylomes et évidemment, sida.

Mais rapidement le problème de la capote s'avéra totalement secondaire comparativement à la seconde chose venant parasiter la joie du moment : il ne bandait pas.

Il ne bandait pas !

Nom d'un chien, il ne bandait pas !

Son sexe pendouillait entre ses jambes, aussi mou, petit et ratatiné qu'un cadavre de mulot.

Comment était-il possible qu'il ne bande pas ? Ça ne lui était jamais arrivé de ne pas bander. Il avait beau avoir largement dépassé les quarante ans, il n'avait jamais eu de problème de ce côté-là ni, d'ailleurs, de n'importe quel autre côté que ce soit !

Il ne bandait pas !

La panique le gagna mais il ne montra rien. Au

contraire, il embrassa et caressa Alice avec plus de passion en espérant que cette passion, en retour, le fasse bander.

Rien ne se passa.

Il suça les seins d'Alice, il embrassa son ventre, il descendit encore et lui lécha franchement le sexe. Il avait toujours aimé faire ça : la texture onctueuse, le parfum du secret, le goût de mangrove (le mot « mangrove » avait surgi dans son esprit, il se demanda s'il fonctionnait pour décrire le goût d'un sexe de fille, il décida d'y réfléchir plus tard). Il adorait ça : un jour, il avait vu un documentaire sur l'histoire des empereurs chinois, on y parlait de leur résidence de la Cité interdite, un lieu de mystères et de légendes où n'était admise que la Cour. Le commun des mortels ne pouvait ni pénétrer ni même regarder la Cité interdite. Lécher une fille lui donnait l'impression d'être soudain un des rares privilégiés exceptionnellement reçus en audience. En temps normal, l'expérience de ce privilège aurait dû le faire bander mais, cette fois, rien ne bougea, absolument rien, même pas une demi-molle, même pas la moindre petite sensation de la pesanteur qui précède traditionnellement l'érection, juste une simple et terrifiante impression d'absence.

Après quelques instants où il ne se passait toujours rien, il finit par renoncer à bander. C'était frustrant parce qu'il aurait bien voulu faire l'amour à Alice, c'était humiliant aussi parce qu'Alice allait sans doute, dorénavant, le regarder avec un peu de pitié mêlée à cette épouvantable tendresse que l'on réserve aux animaux de compagnie que l'on sait en fin de vie. Probablement que, du coup, il n'aurait pas de seconde chance, que leur relation redeviendrait purement professionnelle et que, ni l'un ni l'autre, par une sorte d'accord tacite, ne reparlerait jamais de cet épisode embarrassant.

« Et si c'était définitivement fini ? se demanda Tom. Et si à présent je ne devais plus jamais bander ? » Comme dans le roman de Romain Gary *Au-delà de cette limite votre ticket n'est plus valable*, comme dans *La Contrevie* de Philip Roth. Il eut envie de pleurer ! Il trouvait qu'il était trop jeune pour faire une croix sur sa vie sexuelle. Il allait donc devoir consulter un urologue, ce serait humiliant mais il devrait en passer par là s'il voulait se faire prescrire du Viagra. En plus, il n'oserait jamais aller chercher ses pilules à la pharmacie, ou alors il devrait aller dans une pharmacie qui serait loin de chez lui et il attendrait devant la porte qu'il n'y ait aucun autre client. Sinon, si c'était trop difficile, il les commanderait sur Internet mais, sur Internet, comment être certain de la qualité ? Il avait lu de nombreuses mises en garde et il ne voulait pas risquer…

Alice interrompit le fil de ses pensées en disant : « Attends, moi aussi j'ai envie. » Elle se déplaça, prit en bouche le sexe mou de Tom et très doucement, elle le suça.

Sans qu'il en ait conscience, les yeux de Tom se fermèrent : être sucé était une des plus formidables sensations du monde, la chaleur d'une bouche, le contact avec le palais et la langue et la main, l'humidité de la salive, le mouvement de va-et-vient. Pauline ne l'avait que très rarement sucé. Un tout petit peu, au début de leur relation, avec l'interdiction absolue de se laisser aller à jouir dans la bouche de sa femme. Un soir, des années plus tôt, quand Pauline et lui avaient à peine la trentaine, ils étaient allés dîner chez un couple d'amis du même âge, Marianne et Jean. Pendant le repas, la discussion avait dévié sur le sexe et Marianne avait déclaré : «En voyage, j'adore sucer Jean dans les endroits qu'on visite, en particulier les monuments, on se trouve un endroit où personne ne peut nous voir et je le suce, c'est comme un jeu et ça nous fait des souvenirs… Je peux dire : j'ai sucé Jean au Vatican, j'ai sucé Jean au Mont-Saint-Michel.» Plus tard, dans la voiture, sur le chemin du retour, un peu ivre, après un long silence, Pauline était revenue sur cette discussion et elle avait dit : «Je ne comprends vraiment pas cette histoire de se sucer dans des lieux historiques… Déjà sucer, je ne comprends pas… Je trouve ça dégoûtant et dégradant…» Tom n'avait rien répondu, ça l'avait rendu un peu triste de savoir que son sexe dégoûtait sa femme et qu'elle estimait que cette pratique pourtant si agréable possédait une charge morale négative. En tout cas, ils n'en avaient plus reparlé et Pauline n'avait plus sucé.

Et tandis qu'Alice le suçait, il sentait se déconnecter toutes les fonctions cérébrales qui le maintenaient en relation avec la réalité : il oublia la tache d'humidité dans la cuisine, il oublia que le roman qu'il était occupé à écrire rejoindrait l'immense continent des livres oubliés, il oublia qu'il aurait alors, comme à chaque fois, une épouvantable sensation de temps perdu, il oublia que sa femme l'avait quitté pour un chirurgien, il oublia que sa fille lui en voulait pour une quantité de raisons qui lui échappaient, il oublia ses problèmes d'argent et son angoisse de l'avenir, il oublia qu'il était un auteur de deuxième classe qui ne connaîtrait aucune postérité, il oublia que sa jeunesse était derrière lui, que le plus difficile restait à venir, que son père ne l'avait aimé d'une manière si bizarre qu'on ne pouvait pas appeler ça de l'amour, il oublia qu'il n'avait d'ailleurs, en général, jamais vraiment connu l'amour.

Il oublia tout.

Il bandait si fort que son sexe lui donna l'impression d'être taillé dans un bloc de marbre.

Alice vint sur lui et lui fit l'amour en souriant.

2

Les hasards de la vie

Pour Alice, « faire l'amour » était une activité qui présentait beaucoup d'avantages : d'abord, elle était convaincue que faire l'amour, c'était bon pour la santé, un corps humain devait respirer, manger, dormir et faire l'amour. Privez-le d'une de ces choses et il finira par se détériorer plus ou moins rapidement d'une manière plus ou moins grave. En plus, au-delà de son importance sur le métabolisme, faire l'amour était aussi totalement indispensable à l'équilibre mental. Encore une fois, elle en était convaincue : ça chassait la déprime, ça calmait les angoisses et ça diminuait le stress.

Et puis, surtout, faire l'amour c'était gratuit.

Enfin, la plupart du temps.

Jusqu'à aujourd'hui, jusqu'à cet après-midi avec Tom, Alice n'avait plus fait l'amour depuis longtemps, des années. Il y avait bien eu cet épisode avec son « client », mais ce n'était pas faire l'amour. C'était ce qu'Alice appelait « avoir une relation sexuelle » (et elle trouvait qu'il n'y avait rien de plus triste que cette formulation).

Faire l'amour, c'était quand même fort différent.

Et maintenant qu'elle venait de faire l'amour, elle se sentait bien.

Très bien.

Vraiment très bien.

Elle se sentait pareille à un jeune papillon à peine éclos (c'est ce qu'elle s'était dit) : elle se sentait aussi légère que la brise, aussi heureuse que peut l'être la vie lorsqu'elle ne rencontre aucune entrave, aussi optimiste qu'un enfant le premier jour des grandes vacances.

Le temps était couvert mais elle trouvait que les nuages gris évoluaient dans le ciel avec la grâce d'un ballet russe. Sur le chemin du retour, les gens qu'elle croisait étaient tous extrêmement beaux et le pigeon picorant des mégots entre deux voitures lui apparut comme la plus merveilleuse des créatures ailées qu'elle ait vues dans toute sa vie.

D'ailleurs, pour la première fois depuis des années, elle chantonnait. C'était cette chanson de Kim Wilde qu'enfant elle avait tant aimée : « We're the kids, We're the kids, We're the kids in America ». L'air de la ville, soudainement printanier, aussi tiède et doux qu'un ventre de chat, s'était chargé d'une odeur de menthe qui lui ouvrait en grand son esprit et ses voies respiratoires. Pour la première fois depuis des années, Alice avait l'impression que quelque chose de positif allait arriver, que derrière les soucis d'argent, l'angoisse du lendemain, la précarité de sa situation, il existait quelque chose de plus important, comme si d'avoir fait l'amour lui avait permis de sentir la présence d'une grande puissance cosmique invisible qui veillait sur elle depuis les origines et qui, le moment venu, ne la laisserait pas tomber.

Elle marchait.

Elle chantait.

Elle se sentait sous la protection des indéchiffrables forces du destin et, tout en marchant et tout en chantant, elle se remémorait le moment qu'elle avait passé avec Tom.

Au début, elle avait bien senti qu'il était nerveux, alors, elle l'avait sucé.

Sucer, ça mettait tout le monde à l'aise.

Enfin, la plupart du temps.

Après ça, Tom s'était révélé être un bon amant.

Pas le meilleur qu'elle ait connu.

Mais pas le pire non plus.

Il était doux et passionné et ça c'était déjà formidable. Et, de son côté, elle lui avait rendu cette douceur et cette passion.

Ça avait été bien.

Un très bel orgasme bien long et bien profond.

Après, elle ne s'était pas laissée aller à la torpeur molle qui l'envahissait toujours après avoir fait l'amour. Elle s'était rhabillée et elle était allée voir Agathe, qui dormait paisiblement. Tom l'avait rejointe, il avait enfilé une sortie de bain couleur saumon devant sans doute appartenir à Pauline. Il lui avait dit : « Il paraît qu'il ne faut pas laisser trop longtemps les bébés dans les Maxi-Cosi », puis il avait ajouté : « Mais je crois que c'est quand on les laisse vraiment très longtemps. »

En parlant, il s'était approché d'Alice et Alice s'était

demandé s'il allait l'embrasser. Elle s'était dit : « S'il m'embrasse maintenant, ça veut dire quelque chose… Ça veut dire que ça lui a plu et qu'il aurait envie de recommencer. » En tout cas, Alice avait bien envie qu'il l'embrasse mais il ne l'avait pas fait, il lui avait juste mis une main sur l'épaule, comme quand on va annoncer une mauvaise nouvelle à un copain et il avait dit :

— Tu veux boire quelque chose ?

Il avait retiré sa main et Alice avait dit :

— Non… Merci… Je vais y aller, Achille va bientôt rentrer de l'école… Et puis, je crois que j'ai envie de m'y mettre, j'ai envie d'écrire.

— Ah oui, c'est bien ça… Tu m'envoies des trucs à lire dès que tu auras quelque chose…

— Oui, je vais essayer d'avancer rapidement.

Alice, avec Agathe sous le bras, s'était dirigée vers la porte mais elle s'était arrêtée juste avant de la franchir :

— Est-ce que tu pourrais me prêter 200 euros ? J'ai acheté des roues pour le Maxi-Cosi et… Je n'ai plus rien… Plus rien du tout.

— Euh… Oui… J'ai plus grand-chose non plus… Mais 200, ça va.

Tom s'était habillé en vitesse, il était descendu avec Alice et, tous les deux, ils étaient allés chercher l'argent à un distributeur. Quand Tom lui avait tendu les billets, elle avait été prise d'un immense élan de tendresse, elle avait eu envie de le serrer contre elle, de le remercier pour lui avoir donné cet argent, pour lui avoir fait l'amour, pour lui avoir mis un peu d'espoir dans le grand tas de désespoir qu'était sa vie, pour l'avoir sauvée de la folie pure et simple mais elle n'avait rien fait. Si elle l'avait embrassé juste après avoir reçu de l'argent, il allait certainement penser qu'elle avait fait l'amour avec lui juste «pour ça». Elle se dit que c'était peut-être ce qu'il pensait de toute façon. Alors elle dit :

— Je te les rendrai… Je te le jure… Je ne voudrais pas que tu croies que…

Et c'est là, précisément à ce moment, que Tom lui avait coupé la parole en l'embrassant. Et après l'avoir embrassée, il avait dit :

— Je sais… Je m'en fous… Écris ce livre et sors-nous de là !

C'est à tout ça qu'Alice pensait sur le chemin du retour.

En marchant.

En chantonnant.

Et puis elle était arrivée chez elle. Dans la boîte aux lettres, il y avait une lettre de l'école l'invitant à payer «au plus vite» les 46 euros dus pour le voyage scolaire qui avait emmené Achille visiter «Nausicaá, le Centre national de la mer». Elle mit la lettre dans un tiroir où se trouvait déjà une vieille facture d'eau et une vieille facture de téléphone. Elle paierait plus tard. Elle paierait quand ça irait mieux puisque ça irait forcément mieux.

Elle sortit Agathe de son Maxi-Cosi, la petite fille sourit et, face à ce sourire, Alice sentit le feu puissant de l'amour lui chauffer le corps. Elle dit : «Comme tu es belle, comme je t'aime, je t'aime, je t'aime», c'était si fort que sa tête lui tourna et elle embrassa Agathe. Elle lui donna un bain dans lequel la petite joua longuement avec un gobelet en plastique (l'attraper, le lâcher, l'attraper, le lâcher…). Un peu plus tard, Achille arriva, il était soucieux à cause d'un travail sur *Vendredi ou la vie sauvage* qu'il devait remettre le lendemain. Un enfant dans un bain, un autre devant faire ses devoirs, des spaghettis prêts à être servis, Alice trouvait que tout ça était merveilleusement normal. L'enfant aux devoirs avait grandi sans père, l'enfant dans le bain avait été enlevé et les spaghettis étaient les cinquièmes cette semaine, elle chassa toutes ces pensées d'un «oui, et alors? Le monde est rempli de choses tellement plus bizarres!»

Plus tard, quand la nuit fut tombée et que les enfants se furent endormis, elle ouvrit son ordinateur.

Elle relut les quelques pages médiocres qu'elle avait écrites deux jours plus tôt, elle les effaça comme on écrase un insecte nuisible.

Elle créa un nouveau document.

FEEL GOOD.

Sur l'écran blanc, le curseur noir du traitement de texte clignotait selon un rythme lent et imperturbable, comme l'aurait fait le cœur d'un très grand animal.

Alice essaya de se concentrer mais elle n'y arriva pas, elle éprouvait la sensation d'un terrible chaos intérieur, c'était comme si son esprit était un vase de cristal brisé dont elle contemplait, en ce moment et sans savoir qu'en faire, les milliers d'éclats couvrant le sol. Durant ces derniers jours, elle avait accumulé des certitudes sur ce qu'elle voulait écrire : son esprit s'était rempli de quantités d'émotions, des scènes éparses avaient surgi du néant et des décors s'étaient dressés, clairs et nets, au milieu du brouillard. Les voix des personnages du roman avaient commencé à lui parvenir, venues de

Dieu sait où, lointaines mais pourtant parfaitement audibles, comme des échos dans une cathédrale. Et puis les personnages eux-mêmes étaient apparus : lentement, d'abord flous, avec des contours aussi vagues que ceux d'un équipage de fantômes. Puis les contours étaient devenus plus nets et ces personnages s'étaient approchés d'elle au point qu'il lui avait semblé les avoir vraiment vus : leur peau pâle ou mate, leurs cheveux longs ou coupés ras, leurs ongles, leur haleine chaude. Ensuite, peu à peu, pareils à des créatures ensorcelées, il lui avait semblé qu'ils ouvraient les yeux et qu'ils plongeaient leurs regards dans le sien. Croiser le regard de personnages imaginaires était une sensation troublante mais exaltante relevant presque d'une expérience mystique. C'est à ce moment qu'elle avait commencé à réellement ressentir ce que ressentaient ses personnages. Ça aussi ça avait été une expérience troublante, c'était comme faire le rêve d'être un autre mais un rêve qui aurait été débarrassé du caractère indistinct propre aux rêves, un rêve qui n'aurait été ni obscur, ni confus, ni indéchiffrable. Un rêve qui aurait eu toutes les caractéristiques de la réalité. Avec Nathalie, son héroïne, elle avait senti la rage de son mauvais mariage, le désarroi à l'annonce de la maladie, les tourments de ne savoir que faire, la soif de liberté et le désir de s'affranchir d'un milieu qui l'étouffait. Avec Matteo, elle vécut l'ardent désir de création, avec le jeune peintre, elle sentit vaciller sa raison sous les coups de boutoir d'une inspiration déchaînée et enfin, plus troublant encore, toujours avec cet homme, elle vécut l'expérience claire, nette, évidente, sans équivoque d'avoir une bite et d'avoir envie de s'en servir.

Elle avait donc senti grandir en elle ce qu'elle avait pris pour des chapitres entiers de son roman mais, à présent qu'il s'agissait d'écrire, c'était comme si tout ça lui échappait, comme si tout ce qui avait eu l'air solide s'était transformé en un sable si fin qu'il lui glissait entre les doigts, comme si toutes les idées, les images, les évidences, ne savaient pas comment être traduites en lettres noires sur l'écran blanc.

— Merdemerdemerdemerdemerde.

Alice se crispa. Elle crut qu'elle allait se mettre à pleurer de rage.

Puis, elle inspira. Il lui fallait de l'aide. Il lui fallait que quelque chose de fort lui montre le chemin vers sa nuit intérieure, quelque chose qui pourrait arracher son esprit à l'attraction de son environnement, de la maison, des enfants, des tracas, quelque chose qui aurait pu, une fois pour toutes, l'arracher à elle-même. Mais sans aide, ça lui paraissait impossible : pour libérer son esprit de son engourdissement, il lui fallait l'aide d'une puissance extérieure. Elle eut une idée. Elle fouilla un tiroir et en tira une paire d'écouteurs bon marché. Elle les brancha à son ordinateur, elle alla sur un site de musique en streaming et y trouva le morceau « Kids in America ».

Elle lança la lecture.

Fort.

Volume maximal.

La voix adolescente de Kim Wilde envahit son esprit de ses tonalités rose pâle, c'était une chanson qui scintillait comme une nuit remplie d'étoiles pop, une batterie sèche marquait le rythme avec la joie d'un enfant courant sur la plage, une ligne de basse aussi chaude et molle qu'un bubble gum dégoulinait d'un premier synthétiseur alors qu'un second fredonnait la mélodie naïve d'un jeu vidéo old school. Les paroles étaient étranges, un mélange de candeur et de gravité, comme un goûter d'après-midi au-dessus duquel aurait plané l'ombre de la mort.

« Hot shot, give me no problems
Much later, baby, you'll be saying nevermind
You know life is cruel, life is never kind
Come closer, honey, that's better »

Cette chanson s'enfonça profondément dans la matière grise de son cerveau à la vitesse de cent vingt BPM, elle se faufila dans l'enchevêtrement neuronal, elle activa des cellules mémorielles mises en stase depuis des dizaines d'années et finalement, elle convoqua son enfance comme l'aurait fait une incantation magique. Pas seulement ses souvenirs d'enfant mais la sensation pure de l'enfance. En un instant, les émotions démesurées des premières années de sa vie se substituèrent à sa conscience de femme de quarante-huit ans. Avec les années, avec les épreuves, sous l'effet du temps le cœur s'émousse, l'esprit coagule et durcit et même si elles sont toujours présentes, les passions perdent peu à peu de leur éclat, elles sont comme des films revus et des livres relus : on en connaît la matière, la surprise n'est plus là. Mais à la faveur de Kim Wilde, le cœur, l'esprit et les passions d'Alice retrouvèrent toute leur intensité originale. Elle eut six ans à nouveau et la voilà allongée sur le couvre-lit « Petit Poney » de sa chambre, écoutant des paroles auxquelles elle ne comprenait rien mais qu'elle adorait quand même :

« Got to get a brand new experience, feeling right
Oh, don't try to stop, baby, hold me tight
Outside a new day is dawning
Outside suburbia's sprawling everywhere
I don't want to go, baby… »

Comme le monde d'alors avait l'air grand, comme le temps y paraissait infini, comme les mystères de la vie y étaient merveilleux et puis surtout, comme tout avait l'air possible : il y aurait des voyages, il y aurait des aventures, il y aurait des cavalcades sur le dos de grands chevaux blancs, il y aurait des ciels étincelants, des grandes maisons, des jeux, énormément de jeux, des rires et des surprises, il y aurait des fêtes interminables, des amis, des amies, des robes sublimes, des rendez-vous dans des châteaux, au-delà des montagnes, au fond des forêts, il y aurait des événements surnaturels, drôles et spectaculaires et puis il y aurait de l'amour, beaucoup, tout le temps de l'amour avec des gens inimaginablement doux et gentils. Mais du fond de cette enfance lui revinrent aussi les angoisses bizarres : la peur de choses sans nom se cachant dans les zones obscures de la chambre, dissimulées sous le lit, dans l'armoire, des choses qui étaient aussi hors de la chambre, dans celle des parents quand la porte habituellement ouverte était fermée, des choses qu'elle voyait parfois dans les yeux des adultes qu'elle croisait dans la rue, des choses interdites, des choses dangereuses, des choses qu'elle voulait connaître mais dont la connaissance, en même temps, la terrifiait.

Combien de temps Alice passa-t-elle à écouter

«Kids in America» et combien de temps durèrent les retrouvailles avec son enfance ? Elle n'aurait pas su le dire. L'écoulement des minutes et des heures s'était figé dans une sorte d'instantané, c'était comme si Alice s'était déplacée vers une zone où le temps n'existait plus, une zone où tous les événements de sa vie avaient lieu exactement au même moment : sa mère qui lui sourit, son père qui la gronde, la pluie frappant contre la fenêtre de sa chambre, une poupée aux cheveux bleus, un oiseau mort dans sa cage, un cahier perdu, une robe verte, le goût du chocolat, l'odeur de la colle, un cauchemar qui avait l'air si réel, les croûtes de la varicelle, ses chaussures dans la neige, le beau jardin de Séverine, les premières règles, la voiture de son père, un film avec des chiens, le baiser d'un garçon, le goût d'une peau, un fou rire, une crise de larmes, un billet de 50 euros, le magasin de chaussures, une méchante cliente, un amant, un autre amant, la sensation d'être enceinte, le visage de Madame Moretti, la caisse de la grande surface, la beauté d'Achille, l'enlèvement d'Agathe, la peur des factures, faire l'amour à Tom, le voyage en Égypte, Achille en maillot, le bruit des vagues, son corps de petite fille, son corps de femme, les rêves impossibles, l'impression de courir, l'angoisse de la maladie, la mort de son père, l'odeur d'un potage, un bouquet de fleurs, un autre amant, le sperme dans la bouche pour un supplément, le visage d'un policier, un million, dix millions d'images, d'odeurs, de sons, de goûts, de joie et de douleur, d'émotions étaient rassemblés en un même lieu dont Alice occupait le centre.

C'est dans ce temps hors du temps, dans ce lieu

éloigné de tous les autres lieux qu'Alice commença à écrire.

Ce n'était toujours pas facile mais elle sentait que là où il n'y avait, la veille, qu'absence, il y avait, à présent, matière. Le sable était devenu de la glaise, les mots se recouvraient de chair et les pages devenaient absolument réelles. Alice rentra en Nathalie et pleura en écrivant la peur de la mort à l'annonce de sa maladie incurable. Alice trembla en écrivant la rage de Matteo de ne pouvoir traduire avec ses pinceaux, comme il le voulait, la beauté de la vie. Autour d'Alice, il y eut des collines de Toscane, brûlantes et parfumées, elle ne les aurait jamais crues aussi belles. Elle ouvrit la fenêtre du Castel Monastero où ils avaient pris une chambre, c'était la fin d'une journée d'orage et une brume chevelue s'élevait au-dessus de la campagne. Au loin, un coq chantait, le vent chassait les nuages. Dans le lit, Matteo avait fini par s'endormir. Ils avaient fait l'amour tant de fois durant l'après-midi. Nue au milieu de la chambre, les pieds posés sur la pierre fraîche de cet ancien monastère, suivant du regard le vol d'un rapace, elle but une gorgée de vin. Elle avait encore envie de ce jeune homme, elle n'avait jamais eu autant envie de quelqu'un et pourtant elle le connaissait si mal.

Elle sentit une main sur son épaule.

Elle sursauta en ôtant ses écouteurs.

Venus de sa chambre à coucher lui parvenaient les pleurs d'un bébé.

La main, c'était celle d'Achille, les pleurs c'était ceux d'Agathe.

— Maman ?

Alice retrouva son appartement : la table de la salle à manger, l'écran de son ordinateur, elle avait écrit, beaucoup. Elle se rendit compte qu'elle avait froid, elle tremblait, son PC indiquait 4 heures du matin. Achille lui parlait.

— Maman, Agathe pleure.

Oui, elle l'entendait, des pleurs déchirants dans les aigus. Elle se leva. Achille la suivit jusqu'à la chambre.

— Elle m'a réveillé. J'ai été voir mais t'étais pas là.

— Je travaillais.

Agathe était dans son lit, pleurant et gigotant, c'était autre chose qu'un simple cauchemar de bébé, ça se voyait tout de suite. Alice la prit dans ses bras mais ça ne la calma pas. Elle était trempée de sueur, brûlante de fièvre. Alice savait que c'était le genre de situation où il faut absolument éviter de paniquer. D'une voix calme, elle demanda à Achille :

— Mon amour, tu pourrais m'apporter le thermomètre qui se trouve dans la petite pharmacie ?

Achille s'exécuta. Alice prit la température du bébé. Trente-neuf huit. C'était beaucoup mais quand Achille était bébé, il lui était aussi arrivé de faire d'importantes poussées de fièvre : une otite, une gastro-entérite, une dent qui pousse et ça pouvait monter très rapidement. C'était comme ça les bébés et Alice se souvenait des gestes : elle donna du Perdolan en sirop, il fallait remplir la mesurette en fonction du poids de l'enfant. Combien pouvait peser Agathe ? Cinq ou six kilos ? Mettons six. Elle donna la dose correspondante. Le sirop était rose, épais et sans doute très sucré. Il fallait enfoncer une espèce de seringue en plastique dans la bouche du bébé et envoyer la sauce. Ce n'était pas facile parce qu'elle pleurait toujours. Un peu de sirop coula le long de la joue d'Agathe, Alice l'essuya avec un mouchoir en se disant que les médecins avaient dû prévoir dans la mesure du dosage qu'une partie du sirop était recrachée par les enfants.

— Achille, va te coucher, je m'occupe de tout maintenant.

Achille regagna sa chambre. Alice resta seule avec Agathe. Comme elle avait énormément transpiré, Alice la déshabilla et lui passa sur le corps un gant de toilette humide. Elle la sécha avec une serviette, lui mit une nouvelle couche, un nouveau pyjama, un modèle avec des petites abeilles butinant des fleurs (5,50 euros chez Hema). Le bébé pleurait toujours mais à présent sa voix était enrouée, sans doute à force de pleurer ou bien c'était le sucre du sirop qui faisait ça. Alice était debout, au milieu de la chambre, berçant Agathe qu'elle tenait serrée contre elle. «Elle ne peut pas être malade, elle ne peut pas être malade», se répétait Alice. Comment allait-elle faire si elle devait aller voir un pédiatre ? Elle n'avait aucun document pour cet enfant, elle n'était inscrite sur aucun registre, sur aucune assurance, sur aucune mutuelle, on lui demanderait si elle était la mère, mais à quarante-huit ans avec un bébé de trois mois, ce mensonge-là était impossible. «Mais non, ce n'est rien», se dit encore Alice. D'ailleurs Agathe se calmait, les pleurs qui avaient été stridents et douloureux se muaient en gémissements plus légers, signe que le sirop faisait son effet. D'ailleurs, sur son épaule, elle sentait que le bébé devenait plus lourd, plus relâché, signe qu'il s'endormait. Elle toucha son front. Elle n'aurait su dire si la température baissait.

Elle voulut se convaincre que c'était le cas. Elle coucha Agathe sur le lit, lui enleva son pyjama encore une fois et encore une fois elle prit sa température : trente-neuf sept, elle avait à peine baissé, « c'est normal, j'ai donné ce sirop il y a, à peine, vingt minutes ». En rhabillant Agathe, elle remarqua de petites plaques rouges sur ses jambes : « Roséole ? Allergie ? Irritations causées par la transpiration ? » Ça pouvait être tant de choses ! Mais à présent Agathe dormait, sa respiration était régulière, un peu encombrée peut-être, mais régulière. Alice se sentit soudain terriblement fatiguée, un épuisement presque brutal qui la coucha sur son lit, tout habillée, à côté de la petite fille. Elle ferma les yeux. Elle se sentait calme, elle avait eu peur mais Agathe n'avait rien de grave et demain tout serait arrangé et elle pourrait recommencer à écrire.

Elle se réveilla avec l'impression de peser des tonnes. Le réveil indiquait 9 h 30 du matin.

9 h 30 !

Achille était probablement déjà parti à l'école sans la réveiller. À côté d'elle, Agathe d'ordinaire si matinale dormait encore. Elle toucha son front, elle était toujours brûlante, plus brûlante encore que durant la nuit, mais comment un corps pouvait-il être aussi chaud ? Et sa respiration était irrégulière, « Agathe ? Agathe ? » dit-elle en caressant la joue de l'enfant qui ne réagit pas. « Ne pas paniquer. Ne jamais paniquer ! » Les mains tremblantes, elle déshabilla le bébé pour prendre sa température. Les plaques roses qu'elle avait remarquées la nuit étaient devenues bizarres, plus grandes, et elles viraient au mauve. Achille n'avait jamais eu un truc pareil ! « Qu'est-ce que c'est que cette merde ? » Elle prit la température du bébé, quarante et demi. «Agathe ? Agathe ?» Alice hésita : courir le risque d'aller à l'hôpital ? Alors que ce n'était peut-être pas si grave. Si ! C'est grave ! Quarante et demi, c'est grave ! Des taches mauves hyper bizarres c'est grave ! Au moment où elle se disait ça, Agathe ouvrit les yeux et cria. Un bébé ça pleure, un bébé ça ne crie pas ! Ce cri de bébé, c'était la chose la plus effrayante qu'Alice ait jamais entendue, ce n'était pas un cri humain, c'était le cri d'un animal qui meurt ! L'instant d'après, Agathe ouvrit et ferma les yeux, très rapidement, et sa main droite fut prise d'une espèce de tremblement. «Des convulsions ! Des putain de convulsions !» Sans penser, sans réfléchir, Alice enfila sa veste et ses chaussures. Au moment de la prendre pour la mettre dans le Maxi-Cosi, Agathe vomit. Pas un simple vomi dégoulinant comme les vomis habituels, un vomi qui était un jet puissant et translucide qui gicla sur la veste d'Alice. Pas le temps d'essuyer, pas un instant à perdre.

Alice fixa le Maxi-Cosi sur la nacelle et sortit. Il faisait beau, une journée merveilleuse qui commençait, les gens avaient l'air tellement cool, comment était-ce possible d'être aussi cool alors qu'un bébé était mourant ? Elle courait d'ailleurs, il y avait un centre médical à moins d'un kilomètre, elle y serait dans cinq minutes. Aurait-elle dû appeler une ambulance ? Ou bien un taxi ? Elle n'y avait pas pensé. Réflexe de pauvre. Plus que trois cents mètres. Elle avait un point de côté. Ça la faisait crever de mal mais peu importait sa douleur à présent, elle était prête à crever pour Agathe ! Elle avait chaud, mais pourquoi toujours tellement se

266

couvrir, réflexe de pauvre, encore une fois. En s'approchant, elle essaya de trouver un mensonge à raconter sur l'identité de cet enfant. Trop tard, les portes automatiques s'ouvraient déjà et Alice n'avait rien trouvé. Une jeune femme nord-africaine était à l'accueil. Très jolie, très coquette, une peau caramel, comme la jeunesse pouvait être merveilleuse. « Madame, je crois que c'est une urgence… Ma fille ne va pas bien… Elle a des convulsions… De la température, beaucoup depuis cette nuit… Ça ne baisse pas… J'ai donné du Perdolan en sirop mais ça n'a rien fait… Elle a vomi ! » En parlant, elle avait sorti Agathe de son Maxi-Cosi. Le bébé était complètement amorphe, s'il n'avait été aussi chaud on l'aurait dit mort. La jeune femme de l'accueil vit le bébé, son teint de cierge, ses yeux mi-clos. Comme elle allait parler, Agathe vomit comme elle l'avait fait plus tôt, chez Alice, un jet qui inonda le bureau d'accueil, le clavier du PC, le téléphone et une pile de dossiers. La jeune femme fit un pas en arrière : « J'appelle le pédiatre », dit-elle.

Un instant plus tard, un homme très jeune, très grand, très maigre, une peau laiteuse avec un peu d'acné, arriva. Il portait la blouse blanche réglementaire des médecins en clinique. « Il est trop jeune, pensa Alice, il n'aura pas l'expérience. » « Bonjour madame, expliquez-moi ce qu'il a, votre bébé », demanda le médecin et Alice raconta la nuit, la température, le Perdolan, les plaques mauves super bizarres, le vomi en jet. Le médecin lui demanda de le suivre, ils arrivèrent dans la salle d'examen, il prit Agathe, « Il est si brusque ! » se dit Alice. Il déshabilla Agathe, « Doucement ! » pensa Alice si fort qu'elle le murmura. Agathe était nue sur la table d'examen, les taches mauves avaient grandi, elle était complètement amorphe. «Elle est mal en point», dit le médecin. Il prit son téléphone : «Il me faut un rayon X, très vite. J'ai peut-être une méningite, ici.» Alice eut l'impression de perdre pied. Les événements se succédèrent comme une série de flashs déchirant une obscurité totale : deux infirmières firent irruption dans le cabinet du jeune médecin. Flash. L'une d'elles avait une bonbonne reliée à un tout petit masque à oxygène qu'elle enfila à Agathe. Flash. «On va faire une ponction, maintenant ! On va tout de suite mettre la Ceftriaxone en intraveineuse !» Flash ! «Madame, je dois vous demander d'aller dans la salle d'attente s'il vous plaît.» Flash. «Qu'est-ce qu'elle a ? C'est une méningite ? Qu'est-ce qu'il va se passer ?» balbutia Alice. «Oui, une méningite, je ne peux rien dire maintenant…» Flash.

À contrecœur, Alice obéit et se dirigea vers la porte. Le médecin lui demanda : «Vous avez un autre enfant ?», «Oui», «Appelez l'école, il faut qu'il vous rejoigne ici, il va avoir besoin d'un traitement préventif. Vous aussi… Demandez à l'accueil.»

Alice téléphona à l'école. On alla chercher Achille dans sa classe, on lui passa l'appel : «Mon amour, tu dois me rejoindre au petit hôpital qui se trouve près de la maison… Tu vois comment faire ?» Il voyait. La jeune femme de l'accueil lui dit : «Il me faudrait votre carte vitale et le nom de votre fille.» «Ce… Ce n'est pas ma fille», «Ah mais je croyais que… Parce que vous avez dit que…», «Non non, c'est ma petite-fille… La fille de ma fille qui est en vacances… Enfin, ce ne sont pas des vacances... C'est pour son travail, enfin le travail de son mari, enfin de son compagnon, (ils ne sont pas mariés), je ne sais pas où elle est exactement, enfin si, mais c'est loin, et elle bouge tout le temps, du coup je ne sais pas où elle est exactement et je ne sais pas la joindre... », « Ah, ce n'est rien, donnez-moi seulement votre carte vitale à vous, pour le reste on s'arrangera plus tard... », « Ma carte ? Ma carte ? Je ne l'ai pas, je n'ai rien, j'ai tout laissé à la maison, je suis partie tellement précipitamment », « Bien, c'est rien... Je ne vais rien remplir, vous repasserez plus tard pour les documents, d'accord madame ? », « Oui oui, je repasserai... »

Une demi-heure passa, peut-être moins, peut-être plus. Le jeune pédiatre arriva. Il avait l'air grave. Alice se demanda si c'était le genre d'air qu'on apprenait en faculté de médecine, un cours sur « comment annoncer une nouvelle difficile à la famille ». Alice se leva, elle aurait voulu être prête à encaisser mais elle n'était pas prête du tout, au contraire, elle sentait qu'elle était à deux doigts de s'effondrer, de tomber purement et simplement sur le sol, vidée de toutes ses forces, et que plus jamais elle ne parviendrait à se relever. « Madame, c'est effectivement une méningite bactérienne, on l'a stabilisée... Normalement, je l'aurais mise en coma artificiel mais elle a très bien réagi au traitement donc j'ai juste utilisé du sédatif... Pour la suite, il faut attendre », « La suite, quelle suite, attendre quoi ? », « Dans certains cas, le cerveau peut garder... peut garder des séquelles... Mais il faut attendre pour savoir si... », « Des séquelles, quel genre de séquelles ? », « Il faut attendre, c'est impossible à dire... », « Genre handicapée à vie, genre aveugle, genre paralysée, QUEL GENRE DE SÉQUELLES ? ? ? », « Calmez-vous, nous faisons tout ce que nous pouvons pour… », « Pardon, excusez-moi, est-ce que je pourrais juste la voir ? »

Le jeune médecin l'avait prévenue : « C'est peut-être un peu impressionnant. » C'était le cas, c'était impressionnant : Agathe avait l'air minuscule, microscopique, elle était dans un lit d'enfant, son torse semblait avoir maigri en l'espace de quelques heures, sous la peau on voyait se dessiner des côtes aussi fines que des mines de crayon, elle avait toujours le masque à oxygène, un tuyau dans le nez, un autre dans le bras, « son pauvre corps… » pensa Alice. « Dans combien de temps vous saurez, pour les séquelles ? », « C'est difficile à dire, il faudra faire un électroencéphalogramme, il nous donnera une première indication… Après ça, il faudra du temps… Vous devrez être attentive… », « Oui, d'accord… Merci. »

Achille arriva, Alice lui expliqua, il comprit. Une infirmière lui fit un vaccin et elle vaccina Alice dans la foulée.

La journée touchait à sa fin. La lumière baissait, les gens rentraient chez eux, l'air crevés, vidés par une journée de travail. Le jeune médecin réapparut pour dire à Alice que ça ne servait à rien de rester là, que le mieux, « c'était de rentrer chez elle pour essayer de se reposer un peu ». Alice hésita, elle avait l'impression que rentrer chez elle serait comme abandonner Agathe. « Maman, je voudrais qu'on aille à la maison », dit Achille. Et elle se décida à rentrer.

Ils dînèrent en silence. Achille demanda seulement : « Tu vas dire quoi aux parents d'Agathe ? » « Je ne sais pas, on verra. » «Elle va guérir ? », «Oui, c'est un très bon docteur. »

Plus tard, seule dans la salle à manger, Alice alluma son ordinateur et relut les pages qu'elle avait écrites la nuit précédente.

Malgré l'inquiétude, malgré l'épuisement, malgré l'image d'Agathe dans son lit d'hôpital, elle les aima.

Elle se fit un café, elle mit ses écouteurs, lança la musique et se remit au travail.

3

Décider d'arrêter

Le souvenir du moment passé avec Alice, de son baiser, de son corps, de l'amour qu'ils avaient fait ne quitta pas Tom de la journée. À peine Alice était-elle partie, à peine était-il rentré chez lui que ce souvenir s'était approché de lui, sans en avoir l'air comme une ombre, comme un chat et il s'était installé pour de bon dans son esprit, s'éloignant à peine de courts instants pour revenir aussitôt. Tom se sentait dans une humeur paradoxale constituée d'émotions qui n'étaient pas du tout faites pour coexister : il y avait l'exaltation d'avoir fait l'amour, une exaltation renforcée par le fait que c'était avec une autre femme que Pauline. Faire l'amour avec une femme, quand c'était la première fois avec cette femme, c'était quelque chose qui le bouleversait toujours aussi profondément que l'aurait fait un très long et très lointain voyage. En plus de cette exaltation, Tom ressentait aussi un puissant sentiment de liberté : faire l'amour lui prouvait qu'il pouvait encore plaire à quelqu'un et ça, ça ouvrait des perspectives auxquelles il ne pensait plus depuis longtemps. Mais comme il n'était pas habitué à ce sentiment de liberté, il l'effraya : la vie n'était pas terminée, c'était à la fois une bonne et une terrible nouvelle. Et puis, enfin, il sentait aussi un peu de tristesse lui presser le cœur. Comme si d'avoir fait l'amour lui avait éclairci les idées, comme si ça avait lavé la réalité de ses apparences en lui faisant voir le monde tel qu'il était : profondément brutal, profondément absurde et sans aucune pitié.

Pour le dire autrement, Tom était à la fois heureux et triste et ce mélange d'émotions contradictoires se prêtait parfaitement à la reprise en main de son roman en cours.

Du moins, c'est ce qu'il avait cru.

Tom s'était assis devant son ordinateur, il avait relu les dernières lignes, il avait réfléchi à ce qu'il allait pouvoir écrire ensuite mais rien ne vint.

Rien.

Ni la possibilité ni même l'envie d'écrire.

Zéro sensation.

Rien.

Il pensait à Alice. Son corps, sa peau, son parfum, son sexe.

Il se demanda : « Peut-on écrire juste après un accident ? Non ! Eh bien de la même façon, on ne peut pas écrire juste après avoir fait l'amour avec une femme quand c'est la première fois avec cette femme. »

La seule chose qu'il avait en tête, c'était de savoir quelle attitude adopter : devait-il faire preuve d'une sorte d'élégance old school et appeler Alice le soir même (ou bien le lendemain) pour prendre de ses nouvelles et lui dire à quel point il avait « apprécié » le moment (le mot « apprécié » n'était sans doute pas le bon, le cas échéant, il devrait en trouver un autre) ? Ou bien devait-il ne pas se montrer trop envahissant : garder un peu de distance pour éviter de laisser supposer qu'il était un homme bizarre, aux abois, un homme qui serait comme un chien abandonné qui devient collant à la première caresse.

Il passa donc une bonne partie de la journée à réfléchir à la meilleure attitude à adopter : peut-être qu'un mail suffirait ? Non, un mail c'était trop froid, les mails c'était quelque chose qu'on réservait à une relation professionnelle ou bien à une rupture. Il y avait une gravité dans les mails ne convenant pas du tout à la situation présente. Un message via Messenger ? Ou mieux encore, un message WhatsApp ? Oui, WhatsApp, c'était bien ! C'était jeune, c'était léger, ça ne prêtait à rien de grave.

Il se décida : le lendemain, pas trop tôt (pour ne pas faire le mec tordu qui ne dort pas) ni trop tard (pour ne pas passer pour le mec qui s'en fout), il ferait un message via WhatsApp !

Ayant pris cette décision, il se sentit moins tourmenté et la soirée arriva. Sur Netflix, il regarda un reportage sur les sauvetages en mer. Des vagues immenses agitaient des petits bateaux dans tous les sens. Tout ce vent et toute cette écume, ce sentiment de puissance brutale dégagé par le spectacle du déchaînement météorologique lui plurent énormément.

Et, comme chaque fois que quelque chose lui plaisait, il eut envie de faire un roman sur le sujet.

« *Les sauvetages en mer* »

Son esprit échafauda toutes sortes de scénarios : son héros devait-il être le sauveteur ou le naufragé ? Il pourrait adopter les deux points de vue ! Dans une première partie du récit, il faudrait faire le portrait des acteurs du drame : des pêcheurs menacés par la ruine et poussés à prendre la mer en dépit de bulletins météo alarmants. Il montrerait ces pêcheurs en famille (des gens simples et touchants), il soulignerait l'angoisse des proches, la relation avec leurs épouses, d'ailleurs l'une d'elles serait enceinte d'un premier enfant. Et puis, à côté de ça, il montrerait une jeune recrue chez les gardes-côtes, celui en qui personne ne croit, un jeune homme qui, en plus, aurait un compte personnel à régler avec la mer car son père s'y serait noyé quinze ans plus tôt dans une tempête similaire.

Pendant un moment, Tom se sentit très excité par son idée et puis il se rendit compte qu'il venait juste d'imaginer l'histoire du film *En pleine tempête* mélangée avec celle du film *The Finest Hours*. Ça lui arrivait souvent d'imaginer des histoires qu'il avait déjà vues mais qu'il avait oubliées. Il laissa tomber son idée et se dit que, de toute façon, écrire sur les sauvetages en mer lui aurait demandé un important travail de documentation qu'il n'avait pas la patience de mener.

Il alla se coucher.

Les draps étaient encore imprégnés de l'odeur d'Alice.

Il inspira plusieurs fois, c'était comme une belle balade en montagne.

Le lendemain, à 10 heures, il essaya d'écrire le message WhatsApp à Alice. Ce ne fut pas facile, il le réécrivit plusieurs fois :

— *Salut, bien dormi ?* (Il ajouta un émoji fleur et l'effaça, l'émoji dauphin qui saute et l'effaça, l'émoji soleil qui se lève et l'effaça. Finalement, il renonça à tous les émojis). Il réfléchit et finit par effacer le message. Il en écrivit un autre :

— *Bonjour toi, comment se présente cette journée ?*

(Il l'effaça, le « bonjour toi » n'était pas envisageable.)

— *Salut salut, comment ça va ce matin ?*

(Il effaça.)

— *Salut Alice, comment ça va depuis hier, tu avances un peu sur* Feel good *?*

Il le relut. Jugea qu'il ne trouverait rien de mieux et, avec l'impression de sauter dans le vide, l'envoya.

À côté du message apparut le symbole « distribué mais non lu ».

Une heure plus tard, il vérifia son téléphone, le message n'avait toujours pas été lu. Ça le mit de mauvaise humeur mais il se raisonna en se disant « qu'après tout, ils n'étaient pas mariés ».

Et puis, sans qu'il sache pourquoi, il repensa aux 200 euros qu'il avait donnés à Alice.

Une partie extrêmement mesquine de sa personnalité lui fit regretter son geste. 200 euros alors qu'il était lui-même dans une situation critique, c'était vraiment idiot de sa part. Mais à cette mesquinerie une autre partie de lui-même réagit immédiatement, presque avec dégoût. C'était une partie plus romantique qui parvint à le convaincre qu'en donnant ces 200 euros, il avait posé un acte élégant et désintéressé, un acte qui se retrouverait certainement dans la colonne «actions positives» du grand livre du karma.

L'ennui c'est que l'attente de la réponse d'Alice le mit dans un état de fébrilité qui n'était pas du tout propice à l'écriture et, comme la veille, il ne parvint pas à écrire.

Un jour sans parvenir à travailler, ça pouvait aller. Mais deux jours, ça risquait de ternir encore un peu plus l'image qu'il avait de lui-même.

Ne sachant écrire, il ne sut quoi faire. Si au moins il n'avait pas perdu son travail, il aurait passé sa journée au centre d'appel, il y aurait eu les collègues, les conversations, les problèmes à régler et tout ça, ça lui aurait permis de penser à autre chose.

Mais là, désœuvré et sans inspiration, il était simplement bloqué.

Seul, chez lui et bloqué.

Il commença plein de séries sur Netflix : une série avec un super-héros doté d'une super-force issue de l'énergie électrique, une série avec un super-héros qui tire hyper bien à l'arc, une série avec un super-héros qui a une super-vitesse, une série avec un inspecteur de police qui parle aux morts, une série avec des pom-pom girls dans une école de chirurgiens esthétiques. Tout l'ennuyait. Tout lui paraissait mal fait, fabriqué, prévisible, c'était comme si personne n'en avait plus rien à foutre de raconter une histoire originale d'une manière originale.

Un message arriva dans sa boîte mail : *Bonjour Tom,*

je lance un projet d'édition online, je cherche des auteurs de qualité pour alimenter le support, si tu es intéressé il y a une réunion demain dans les bureaux de Story Factory.

C'était signé Alain Garnier.

Alain Garnier : un type rencontré quand il avait proposé une adaptation pour le cinéma de *La Maison du chien fou*. À ce moment-là, Alain Garnier occupait un poste de direction dans une maison de production et il avait été enthousiaste à l'idée de travailler avec Tom. Tom lui avait fait lire une première version du scénario, Alain Garnier avait dit qu'il aimait beaucoup mais qu'il fallait « aller plus loin », Tom n'avait pas bien compris ce qu'il voulait dire par « aller plus loin » mais il avait apporté pas mal de modifications (le village devenait une ville, le vieux maire devenait un député proche de l'Élysée, le fils handicapé devenait une lycéenne aux prises avec un dealer). Alain Garnier avait encore lu, ça n'allait toujours pas, il lui avait fait retravailler plusieurs fois le scénario (« l'arc dramatique du héros » n'était pas assez clair, ses motivations pas assez fortes, il lui fallait une « back story » plus représentative d'un homme issu de la classe ouvrière des années 2000). Au fil des versions, l'enthousiasme d'Alain Garnier allait en diminuant (il ne répondait plus aux mails que de manière très épisodique) et le projet avait fini par être enterré.

Tom n'avait pas du tout envie de revoir cet homme, il ne savait pas ce que signifiait « l'édition online » ni ce que voulait dire la phrase « alimenter le support » mais il avait besoin d'argent et il ne pouvait rien refuser. Il répondit : *Bonjour Alain, ça a l'air intéressant, je serai là demain !*

La journée passa, vide et molle. Il vérifiait réguliè-rement son téléphone dans l'espoir d'y trouver une réponse d'Alice mais il n'y avait rien. Son message était toujours signalé « distribué mais non lu ». Il hésita à téléphoner mais il renonça en se disant qu'elle ne voulait peut-être pas lui parler et que, dans ce cas, il gagnerait à avoir une attitude qui ne soit pas trop « intrusive » (c'était un mot que Pauline avait beaucoup utilisé durant les quelques mois qui avaient précédé la rupture).

Il se força à lire le dernier roman de Joël Vasseur, lauréat du prix Renaudot deux ans plus tôt, qui venait de sortir un nouveau livre : *Yvette*. C'était la biographie romancée de sa grand-mère, dont il révélait le viol par un soldat américain lors de la Libération. Les critiques étaient enthousiastes, il y avait eu des tas de dossiers et d'émissions sur cet épisode mal connu et pourtant dra-matique de la Seconde Guerre mondiale : les viols de femmes françaises par les troupes de libération. C'était un petit livre au style dépouillé (il avait été plusieurs fois qualifié de « pudique ») mais il ne faisait pas l'im-passe sur quelques envolées poétiques (un texte qui touche « au sacré » disait un article). Un blogueur avait écrit : *À travers l'itinéraire de cette femme née en 1913 à Amiens et morte en 2003 à Montpellier, c'est l'histoire de la France et de la république dans sa grandeur comme dans sa misère.* Dans un journal, il avait lu : *Derrière le portrait d'Yvette que l'on sent écrit dans l'urgence, c'est le destin tourmenté d'une Marianne au vingtième siècle.* Tom trouva ce roman bien écrit, beaucoup mieux que ce qu'il aurait pu faire, mais il s'ennuya malgré tout et il ne le termina pas. Pendant plusieurs heures, il fut écrasé par l'épouvantable évidence que d'une part, lui, Tom Peterman, n'avait pas de talent mais que, en plus, il était incapable de comprendre ou reconnaître celui des autres.

Il était tard, avant de s'endormir il vérifia encore une fois ses messages, toujours pas de réponse d'Alice.

Dans son lit, l'odeur d'Alice commençait à disparaître.

Il se réveilla vers 5 heures du matin en proie à une panique inexplicable. Il vérifia ses messages, toujours « distribué mais non lu ». Sa femme l'avait quitté, sa fille ne l'aimait pas vraiment, le public ne s'intéressait pas à ses livres et Alice ne prenait même pas la peine de lire son message. Il essaya de se souvenir de la façon dont, la veille, il lui avait fait l'amour. Avait-il fait ou dit quelque chose qui lui aurait déplu ? Peut-être n'aurait-il pas dû l'embrasser juste après lui avoir donné les 200 euros ? Le moment était si mal choisi ! Il s'en voulut : « Quel pauvre con ! » se dit-il.

Plus tard dans la journée, il se rendit au rendez-vous de Story Factory. Alain Garnier l'accueillit dans le hall d'une maison bourgeoise transformée en bureaux chics. C'était un grand type d'une soixantaine d'années, il avait le physique d'un homme qui fait du VTT une fois par semaine et qui pratique régulièrement le CrossFit et il était aussi souriant et amical que peut l'être une intelligence artificielle programmée pour amadouer les humains.

— C'est super que tu sois venu, dit-il, tu as exactement le genre de profil qu'on recherche.

— Mais c'est quoi exactement ?

— C'est très simple, tu vas comprendre.

Ils marchèrent dans des couloirs aux murs recouverts d'affiches de téléfilms dont Tom n'avait jamais entendu parler, à travers l'entrebâillement d'une porte, il devina la silhouette d'une jeune femme au téléphone ; « Elle a l'air si jeune et elle semble si sérieuse », pensa-t-il. Et plus que jamais, il se sentit vieux, chômeur, hors du flux du monde, hors de tous les coups possibles, il se sentit complètement fini mais il ne montra rien et tâcha d'avoir l'air passionné par ce que lui racontait Alain :

— Alors, ce que je veux, c'est travailler à l'américaine. Ils ont compris depuis longtemps l'importance du travail en équipe, le mythe de l'auteur solitaire, c'est tellement français, tellement ringard !

— Oui oui, c'est vrai.

— Ce que je développe, c'est l'adaptation des techniques de management d'entreprise à l'écriture narrative, un peu comme le fait un show runner pour les séries mais d'une manière plus dynamique parce que ici, nous sommes juste dans l'écriture, pas besoin d'une grosse production comme dans l'AV.

— L'AV ?

— Oui, l'audiovisuel. Voilà c'est ici !

Tom entra dans une grande salle de réunion. Une dizaine de jeunes gens, garçons et filles, vingt-cinq ans maximum, étaient installés autour d'une table vernie avec des laptops derniers modèles posés devant eux. Alain le présenta :

— Voilà Tom, c'est quelqu'un qui a déjà un peu d'expérience dans le rédactionnel. Je pense que c'est pas mal de l'avoir dans l'équipe.

Tom s'assit à une place libre à côté d'un jeune

homme qui portait un tee-shirt célébrant la sortie du jeu vidéo *Red Dead Redemption 2*. Alain prit position en bout de table et il lança une présentation PowerPoint :

— Le marché des applications sur smartphone et tablette est en pleine explosion. L'an dernier, il dégageait au total quatre cents milliards de dollars. La volonté de Story Factory est d'intégrer ce marché en proposant des histoires à lire sur ces nouveaux supports. L'objectif est simple : proposer un épisode gratuit, les autres payants. Des formats courts et addictifs, les gens ne lisent pas plus de quatre minutes dans les transports en commun ou bien entre deux réunions. Nous devons donc axer l'aspect narratif sur la brièveté, le suspense et le cliffhanger. Nous allons commencer en priorité par des genres qui fonctionnent : quand on regarde la liste des meilleures ventes sur GSK, ces genres sont le policier, le roman jeunesse, la romance et l'érotique. Il faudrait donc rapidement mettre à disposition une série de marques assez fortes dans chacun de ces domaines et proposer des épisodes au rythme de quatre ou cinq par jour. On est dans une économie du zapping, on n'essaye pas de la changer, on s'adapte, c'est ça la mentalité Story Factory !

Pendant qu'il parlait, les jeunes gens prenaient des notes à toute vitesse sur leur laptop. La salle de réunion était saturée de cliquetis secs et mécaniques. Le jeune homme au tee-shirt *Red Dead* dit :

— Est-ce que des cookies pourraient permettre de travailler avec des plateformes comme Amazon qui feraient des propositions de titres en fonction des habitudes d'achats du client ?

— Oui, bien entendu, c'est prévu et les clients recevront des recommandations non seulement à travers les newsletters mais aussi via Facebook, Twitter, Instagram.

Dans la salle de réunion, il y eut des exclamations excitées. Les jeunes gens adoraient manifestement le projet. Tom avait l'impression d'avoir dix mille ans.

Plus tard, alors qu'il était sur le point de s'en aller, il s'approcha d'Alain Garnier et il lui demanda :

— Donc, si je travaille avec toi, je te propose des histoires, c'est bien ça ?

— Oui, exactement. Tu envoies le tout à Patsy, qui va s'occuper de l'aspect technique.

Tom ne savait pas du tout qui était Patsy mais il ne dit rien, il demanda juste (et ça lui demanda un effort considérable) :

— Au niveau du paiement… ?

Alain lui mit sa grande main de sportif sur l'épaule et lui dit :

— On propose 50 euros pour les textes validés par Patsy et publiés sur la plateforme.

— 50 euros ?

— Oui, maintenant selon l'évolution du projet, ça augmentera peut-être mais les créatifs sont tous au même niveau, ici pas de junior ou de senior, c'est un esprit start-up !

En remontant dans sa voiture, il vérifia encore ses messages. Il y avait un texto de sa mère (*Mon chéri, je sais que tu es débordé mais mon ordinateur est complètement bloqué, au secours !*) mais aucun message d'Alice. Son message était toujours «distribué mais non lu». Il s'inquiéta, ça n'était pas normal ! Et s'il y avait eu un problème ? Et si une enquête sur l'enlèvement d'Agathe avait été menée en toute discrétion par des agents spécialement formés à ce genre de situations ? Et si Alice avait été arrêtée et qu'elle était en garde à vue ? L'enquête remonterait probablement jusqu'à lui ! On retrouverait ses messages ! Il serait accusé de complicité ! On l'interrogerait à son tour ! Pendant un moment, il acquit la certitude que, le soir même, il dormirait en prison. Il décida de se montrer solidaire, il reconnaîtrait la complicité, il partagerait les torts, Alice ne manquerait pas d'être impressionnée par son sens du sacrifice, il imagina que, dans une dizaine d'années, sortant l'un et l'autre de prison, vieillis mais endurcis par la vie carcérale, ils allaient se retrouver et ils partiraient vivre dans une modeste bergerie des Pyrénées où, inspirés par le calme humide des montagnes, ils écriraient à quatre mains un livre témoignage de leur itinéraire d'« amants maudits ». Cette perspective romantique l'enchanta au point de lui tirer une larme. Se sentant soudain porté par un courage inattendu, il appela Alice. Le téléphone sonna dans le vide et il finit par tomber sur la messagerie : « Bonjour, c'est Tom, j'étais un peu inquiet. Est-ce que tout va bien ? » Il raccrocha, attendit un moment dans l'espoir qu'elle le rappelle mais rien ne se passa.

Il appela sa mère et lui dit qu'il arrivait.

La mère de Tom était la dernière personne à encore croire qu'il était un écrivain de talent. Son éditeur le publiait par fidélité, peut-être par habitude, sans plus s'attendre à un succès quelconque, Pauline avait cessé d'y croire après quelques années de mariage, sa fille n'y avait jamais cru, les journalistes qui recevaient encore des exemplaires de ses livres en services de presse les revendaient aux bouquinistes sans les ouvrir et quand il sortait un nouveau roman, les libraires le commandaient par un ou deux exemplaires (quand ils en commandaient) qu'ils rangeaient quelques jours, sur la tranche, derrière des livres plus prestigieux, plus dans «l'air du temps», plus vendeurs, plus intéressants, en un mot: meilleurs. Même lui, Tom, n'y croyait plus. C'était juste que c'était devenu une habitude: il avait toujours écrit alors il continuait: talent ou pas, succès ou pas.

Mais quand il était chez sa mère, le souvenir de ce qu'il avait voulu être lui revenait d'un seul coup. Il suffisait qu'il passe le seuil de ce vieil appartement qui sentait le chat, la lessive et le potage pour que soudain, le temps d'une visite, il se sente dans la peau du plus grand écrivain du monde. Il était «celui qui a accompli une œuvre», il était Stevenson, Dostoïevski, Borges, García Márquez, il était la Pléiade à lui tout seul. Et qu'il ne soit ni riche ni reconnu par le grand public ne changeait rien. Au contraire, c'était une preuve supplémentaire de génie, la seule véritable preuve. La célébrité était forcément suspecte, Kafka et Melville étaient morts inconnus (à ce moment de la démonstration, sa mère lui parlait toujours de ce «salaud de Paul Morand» que plus personne ne lisait aujourd'hui mais si célèbre dans la France de Vichy que le maréchal Pétain lui avait offert un prestigieux poste d'ambassadeur à Bucarest et un salaire de ministre).

Sa mère vivotait avec une pension ridiculement basse mais elle mangeait peu, ne sortait jamais, ne voyageait pas, rapiéçait elle-même ses vêtements et n'allumait le chauffage que si elle était en danger de mort. Depuis le décès de son second mari (un foudroyant cancer du colon), elle était seule et partageait son temps entre la lecture d'auteurs disparus depuis longtemps, l'observation par la fenêtre du passage des saisons sur le parc qui se trouvait en face de chez elle et les catalogues en ligne de maisons de ventes prestigieuses (Sotheby's et Christie's, rien d'autre) dont la consultation la plongeait dans une rêverie réconfortante. Dans cet appartement exigu, surchargé de meubles trop grands (une table démesurée, un divan de la taille d'un Zodiac), rescapés de l'époque où les Peterman habitaient une maison, il y avait à droite de l'entrée une vitrine qui, comme l'aurait fait un mausolée à la gloire d'une divinité exotique, célébrait le génie de Tom : toutes les éditions de tous ses livres (y compris les quelques rares traductions), tous les magazines dans lesquels il avait publié un texte ou l'autre, toutes les recensions dont ses livres avaient été l'objet, toutes les photographies, même ratées, glanées sur Internet (derrière des stands de salon du livre ou le micro à la main, lisant un extrait pour le public d'après-midi d'un centre culturel).

Quand il était chez elle, Tom s'abandonnait avec un plaisir régressif à l'illusion qui se trouvait dans les yeux de sa mère. Il se souvenait de ses espoirs d'enfant, de la certitude qui avait été la sienne qu'il deviendrait un artiste reconnu, riche et admiré et, le temps d'une visite, il croyait y être arrivé. D'y croire, ça le métamorphosait momentanément : il se mettait à parler d'une voix plus assurée, celle d'un neurochirurgien qui pose un diagnostic, il se tenait plus droit et il marchait avec l'assurance désinvolte du président inaugurant un chantier naval.

Il régla le problème informatique de sa mère (éteindre/redémarrer l'ordinateur, sa mère le regarda faire avec admiration) puis, ils prirent le thé et ce fut le passage obligé où il dut expliquer quel était son travail du moment.

— Je dois rendre un roman pour dans quelques mois. J'ai aussi commencé une collaboration avec quelqu'un mais ça n'avance pas aussi bien que je l'aurais voulu, dit Tom.

Par la fenêtre, il regardait le monde extérieur mener ses petites affaires avec une indifférence absolue quant à son destin d'auteur. Des voitures conduites par des gens qui ne le connaissaient pas, des autobus entiers chargés de gens qui ne le connaissaient pas, dans le ciel, un avion avec, à son bord, trois cent quatre-vingts passagers qui ne le connaissaient pas, des piétons traversant la rue sans le connaître, sans connaître aucun de ses livres, sans avoir la moindre idée qu'il y avait dans cette ville un homme qui avait passé près de trente ans de sa vie assis sur une chaise, devant un écran, à écrire des histoires qu'il aurait voulu intéressantes mais qui, vraisemblablement, ne l'étaient pas.

— Je crois que je vais arrêter, dit-il à sa mère.

Il fut étonné d'avoir dit ça. C'était comme si, malgré lui, une pensée fugitive s'était transformée en mots. Sa mère le regardait avec surprise.

— Arrêter ? Arrêter quoi ?

Tom se rendit brusquement compte que ce qu'il venait de dire lui tournait sans doute en tête depuis longtemps.

— Arrêter d'écrire. Je crois que j'en ai assez. Je crois que je ne suis pas fait pour ça. Je crois que je ne suis pas bon. Si j'étais bon, si j'étais vraiment bon, il se serait passé quelque chose.

— Ça ne veut rien dire ! Kafka ne vendait pas plus de huit cents livres et encore, il n'arrivait presque jamais à les terminer et…

Il interrompit sa mère :

— Maman ! Je ne suis pas Kafka ! Je suis juste ton fils. Je suis au chômage. Je n'ai plus d'argent et j'en ai assez d'écrire. J'en ai assez de croire que je suis capable d'écrire, j'en ai assez d'être assis derrière mon ordinateur et de n'être bon qu'à faire des histoires tirées par les cheveux, des histoires tirées par les cheveux qui ne sont même pas bien écrites ! Je viens de passer des jours à essayer d'écrire une scène où des gens se baladent dans le noir avec des lampes de poche et c'est nul ! Nul. J'ai relu, on dirait un enfant qui explique la recette du quatre-quarts ! Merde, je ne suis fier d'aucune de mes histoires, je n'ai pas le talent ni l'intelligence qu'il faudrait pour écrire des histoires. Les psychologues avaient raison : je n'ai pas les capacités, j'ai toujours pensé que « l'école spéciale » avait été une erreur mais ce n'était pas une erreur : j'ai toujours été mauvais ! Et ce n'est pas grave d'être mauvais, le monde est rempli de mauvais et ils le vivent très bien. Toutes ces années j'étais un mauvais qui avait de l'ambition, un mauvais qui se mentait. Je suis certain que si j'avais accepté plus tôt que j'étais mauvais, j'aurais été plus heureux !

Sa mère but une gorgée de thé. Elle eut l'air de réfléchir puis, comme si elle venait de comprendre quelque chose d'important, elle le regarda avec un grand sourire.

— Je crois que tu fais une dépression. C'est normal. Tous les grands auteurs sont aussi de grands dépressifs, Virginia Woolf, Tennessee Williams… Tu devrais lire William Styron, *Face aux ténèbres*. Il dit quelque chose comme : «L'un des symptômes les plus universellement répandus est un sentiment de haine envers soi-même ou, en tout cas, une défaillance de l'amour-propre.»

Tom ne discuta pas. C'était inutile. Sa mère ne comprendrait jamais mais lui avait, enfin, compris.

Quand il eut quitté sa mère, il consulta encore une fois son téléphone : «distribué mais non lu». Encore une fois, il essaya d'appeler mais Alice ne répondit pas. Il monta dans sa voiture, il inspira à fond et expira lentement comme le faisaient au réveil les moines Shaolin. Il sentit que quelque chose venait de changer : sa résignation à la nullité le remplissait d'un bien-être vaguement nostalgique. Il se dit que ça devait être le genre de sensation que l'on éprouve lorsqu'on meurt de froid.

La paix qui l'avait envahi lui donna l'impression qu'il n'avait rien à perdre et il décida d'aller jusque chez Alice. Il n'avait pas son adresse mais une recherche sur le site du «118.712» la lui donna. Il rentra l'adresse sur le GPS de son téléphone et se laissa guider par la voix synthétique. Comme il était agréable d'accepter son destin médiocre, quel formidable apaisement de l'esprit dans le renoncement à toute ambition ! Il se sentait soudain comme Siddhartha atteignant l'éveil dans le roman d'Hermann Hesse, le monde pouvait bien s'effondrer, on pouvait bien venir saisir ses meubles, sa maison, lui extraire la colonne vertébrale et lui confisquer ses yeux, il s'en fichait, il n'était qu'une molécule temporairement vivante dans la grande vibration universelle. Pour accompagner ses pensées, la radio passait les « Chants pour enfants morts » de Gustav Mahler, c'était incroyablement triste, il pensa à tous ses livres écrits avec peine et aujourd'hui oubliés et se dit qu'il devrait peut-être les enterrer, comme des enfants morts, il mettrait tous les exemplaires qu'il conservait chez lui dans une valise, il creuserait un trou dans la forêt et ce serait leur tombe. Cette idée l'enchanta et il prévit d'acheter une pelle le jour même.

La voix du GPS lui signala qu'il était arrivé à destination. Il était devant un petit immeuble assez moche bâti au coin de deux rues, elles aussi assez moches. Il se gara, regarda les noms sur les sonnettes, trouva celui d'Alice et sonna.

C'était la fin de la journée, il n'avait aucune idée si c'était une heure ou un jour où Alice était chez elle, il ne connaissait finalement que très peu de choses concernant sa vie, peut-être d'ailleurs qu'elle avait dû fuir avec Agathe ou qu'elle était, comme il l'avait imaginé le matin même, en garde à vue. Mais une voix d'enfant surgit de l'interphone :

— C'est qui ?

— Euhhhh… C'est Tom, un ami d'Alice.

— Ah… Ma mère n'est pas là… Elle est à l'hôpital… Elle va rentrer dans une heure.

— À l'hôpital ?

— Oui. Vous voulez monter ?

Tom hésita mais finit par dire :

— Oui… Peut-être, si je ne dérange pas, je vais l'attendre.

On lui ouvrit la porte. Il monta une volée d'escalier. Un jeune garçon de huit ou neuf ans se tenait dans l'embrasure de la porte.

— Tu es Achille ? demanda Tom.

— Oui, ma maman vous a parlé de moi ? dit le garçon en le faisant entrer.

L'appartement était minuscule. Un salon salle à manger de quatre mètres sur trois avec une seule fenêtre donnant sur la rue, au fond, un couloir étroit et sombre devant mener aux chambres et à la salle de bains.

— Oui, elle m'a beaucoup parlé de toi.

— C'est quoi votre nom à vous ?

— Tom.

— Ah oui, vous êtes l'écrivain. C'est vous qui allez l'aider à écrire un roman !

Tom hocha la tête. Il n'avait pas envie d'expliquer à cet enfant que ça faisait une heure qu'il n'était plus écrivain. Il demanda :

— Qu'est-ce qu'elle a ta maman ? Pourquoi elle est à l'hôpital ?

— C'est Agathe. La fille d'amis à elle. Elle habite avec nous et elle est tombée très malade. Elle a eu une méningite.

— Une méningite !

— Oui, c'est très grave. Elle aurait pu mourir ! Mais heureusement ça va mieux. Elle va rentrer demain ou après-demain. Maman passe la journée avec elle à l'hôpital et elle rentre le soir pour être avec moi.

— Ça fait deux jours que j'essaye d'avoir des

nouvelles de ta maman ! C'est pour ça qu'elle ne répondait pas !

— Je sais pas… Sans doute… Aujourd'hui elle a oublié son téléphone à la maison, de toute façon, les téléphones sont interdits à l'hôpital, et puis quand elle rentre, elle écrit et elle ne fait plus attention à rien.

— Elle écrit ? Tu sais ce qu'elle écrit ?

— Elle écrit son roman. Elle rentre, elle s'installe juste là (il lui indiqua l'ordinateur posé sur la table), et elle écrit… Toute la nuit. Le matin, quand je me réveille, elle écrit encore. Quand je sors pour aller à l'école, elle sort avec moi et elle va à l'hôpital pour rester avec Agathe.

— Elle doit être épuisée !

— Elle m'a dit qu'elle dormait un peu là-bas. Elle m'a dit qu'il y avait des gros fauteuils pour quand les parents étaient fatigués.

Tom regarda l'ordinateur.

— Si vous voulez, vous pouvez lire en l'attendant, dit Achille.

— Non ! Je ne peux pas faire ça ! C'est privé, tu sais.

— Ah, je ne sais pas… C'est parce que je croyais que c'était un travail que vous alliez faire à deux.

Tom avait vraiment envie de lire ce qu'avait pu écrire Alice pendant ces deux nuits.

— Bon, OK, je jette juste un œil. J'espère qu'elle ne sera pas fâchée.

— Elle sera pas fâchée, elle vous aime bien.

— C'est ce qu'elle a dit ?

— Ah oui, elle a dit que vous étiez très intelligent et qu'elle était heureuse de vous avoir rencontré.

— C'est pas pour ça qu'elle m'aime bien.

— Je sais pas. En tout cas, moi je dois faire mes devoirs. Alors vous pouvez juste attendre là. Ou bien attendre et lire.

Achille sortit des cahiers de son cartable et les posa sur la table de la salle à manger. Tom s'assit à côté de lui, il regarda l'ordinateur et l'ouvrit.

— Je savais que vous alliez lire ! dit Achille.

Tom trouva que ce petit garçon était anormalement intelligent. Il l'observa, il ressemblait beaucoup à Alice : le menton, la forme des yeux, la bouche peut-être.

Ensuite, il commença à lire.

Cinquième partie

1

Les mains des bûcherons

Comme tout le monde, Alice avait déjà entendu parler de ces auteurs s'étant progressivement perdus dans la drogue, l'alcool et la folie. Elle n'avait pas de noms en tête, peut-être Baudelaire, peut-être Edgar Allan Poe, des auteurs de ce genre… Elle en avait entendu parler mais elle n'avait jamais vraiment cru à cette image de l'écrivain errant dans des appartements en désordre, ni rasé ni douché, hirsute, les yeux creusés par des nuits d'hallucinations, le corps vaincu et l'âme en feu.

Finalement, elle avait toujours pensé qu'«écrire un roman» ne devait pas être une activité si pénible que ça, des activités pénibles elle en connaissait : vendre des chaussures, nettoyer des bureaux, inventorier des magasins de bricolage, baiser des inconnus, ou n'importe quel autre job pourri qu'elle avait pratiqué ces dernières années et qui lui avait laissé, chacun à sa façon, le souvenir d'une souffrance véritable. Le monde était rempli de métiers pénibles vers lesquels un système économique particulièrement mal foutu poussait les hommes et les femmes : fabriquer des hamburgers cancérigènes, tuer à la chaîne des animaux dans des abattoirs, surveiller des entrepôts remplis de fournitures polluantes et inutiles, contrôler les gens dans les métros, vendre des viennoiseries industrielles dans des sous-sols de centres commerciaux, éclaircir des anus dans des cliniques de chirurgie esthétique, vider des poubelles qui n'étaient pas les siennes et toute la collection d'activités dans lesquelles l'humain gâchait les potentialités de son esprit et les capacités de son corps. Pour Alice, l'écriture était une activité casanière, confortable, c'était du « télétravail ». En plus, cette activité, du fait de l'aura quasi sacrée dont se nimbait la figure de l'écrivain, était une activité « socialement valorisée » : des écoles portaient le nom d'écrivains, aucune école ne portait le nom de courtiers en assurances ou de traders de la City. Bref, la dégradation de la santé mentale et physique d'un auteur lui apparaissait comme un fantasme ou bien comme une coquetterie qui ne pouvait pas être le reflet de la réalité. Mais durant ces deux jours ou plutôt ces deux nuits de travail, Alice dut revoir son opinion sur ce que représentait l'écriture d'un roman. Il y avait eu la première nuit, celle durant laquelle s'était déclarée la méningite d'Agathe, c'était la nuit où elle avait véritablement commencé à écrire. Ça avait été un moment étrange pendant lequel elle eut l'impression que l'histoire absorbait, comme un vampire, une partie d'elle-même. D'un autre côté, l'histoire qui avait absorbé un morceau d'elle s'était, dans un mouvement symétrique, déposée dans son esprit à elle, Alice, et ce morceau d'histoire installé dans son esprit y gesticulait à présent, y faisait un bruit fou, y mettait un désordre complet, sans du tout tenir compte de ce qui pouvait bien se passer dans la vraie vie d'Alice, comme par exemple une méningite fulgurante risquant de tuer une toute petite fille.

En clair, avec ces parties d'elle-même qui s'en allaient et des morceaux du roman qui lui arrivaient à l'intérieur, Alice avait eu l'impression de ne plus être tout à fait Alice.

Pendant les deux nuits d'écriture, cette sensation de dislocation s'intensifia. La journée, somnolant dans le fauteuil du service pédiatrique de l'hôpital, elle était à la fois là et pas là, à moitié dans le service pédiatrique, à moitié dans une chambre de l'hôtel Castel Monastero. Le soir, lorsqu'elle était de retour chez elle et qu'Achille lui racontait sa journée, elle n'était pas tout à fait là non plus. Elle essayait pourtant car elle se sentait, plus que jamais, une mauvaise femme se doublant d'une mauvaise mère, mais les forces à l'œuvre dans son esprit étaient si puissantes qu'elle ne pouvait absolument rien faire pour s'y opposer, autant essayer de retenir une grande marée avec les mains. Elle demandait : « La journée s'est bien passée ? » Mais elle n'entendait pas la réponse d'Achille, qui se perdait derrière le brouhaha que faisait l'histoire grandissant dans son esprit. Elle demandait : « Tu as faim ? Tu veux manger plus tard ? » et un instant après, elle reposait la question car elle avait oublié l'avoir posée : « Tu as faim ? Tu veux manger plus tard ? » Ce drôle d'état, ça faisait rire Achille, ça épouvantait Alice, elle avait fait des efforts : quand Achille lui avait demandé de lui faire répéter un devoir de géographie, elle s'était assise bien droite en face de lui et elle l'avait écouté mais, à peine avait-il commencé à lui parler de la Loire, de la Seine et de la Garonne que son attention s'était évaporée et qu'elle fut précipitée dans la singularité spatiotemporelle du roman en train de s'écrire. Achille ne le remarqua pas, elle se trouva lamentable, elle se jura de se racheter (mais comment?), bientôt, le plus tôt possible, dès qu'elle aurait retrouvé ses esprits pour autant qu'elle les retrouve un jour.

Et puis, une fois le repas terminé et la vaisselle sommairement faite, elle ouvrait son ordinateur et, avec l'avidité d'un naufragé affamé par des mois passés en mer, elle se mettait à écrire. Alors, comme cela s'était produit la première nuit, elle était transportée loin d'elle-même, dans un endroit hors de l'espace et du temps, elle ne savait plus qui elle était, elle oubliait sa vie et ses problèmes, elle oubliait qu'elle était la mère d'un petit garçon pour lequel, en temps normal, elle aurait donné ses yeux, elle oubliait que dans un moment de folie et de désespoir, elle avait enlevé une petite fille et qu'elle s'était mise à l'aimer, vraiment, absolument, totalement, comme si c'était la sienne, elle oubliait l'hôpital, elle oubliait qu'elle avait peur de l'avenir, elle oubliait qu'elle avait mal au dos, qu'elle avait les jambes lourdes, qu'elle se trouvait vieille, elle oubliait même qu'elle écrivait et qu'écrire c'était ses doigts frappant sur le clavier d'un ordinateur, elle était juste ailleurs, dans ce lieu où seule existait une histoire en train de naître.

Cette histoire (et c'était une sensation étrange), elle avait l'impression de ne pas en être complètement l'autrice, cette histoire semblait aussi avoir, dans une certaine mesure, sa vie propre. Comme un enfant à naître. Une histoire, c'est comme un enfant à naître. La mère n'en est que partiellement l'auteur.

Alice en avait la trame générale et les personnages. Elle voulait que l'histoire ait toutes les caractéristiques d'une histoire feel good dont elle avait parlé avec Tom. Mais, au-delà de cette orientation, l'histoire se débattait avec une puissance surprenante pour lui imposer des choix auxquels elle n'avait pas pensé. Au début, un peu surprise, Alice avait résisté puis elle s'était rendu compte que c'était peine perdue et elle s'était abandonnée à la puissance des courants. Elle n'avait pas la moindre idée de la qualité de ce qu'elle était en train de faire. Elle ne relisait pas. Prise dans l'accélération de son imagination, elle n'aurait pas pu relire, elle devait juste suivre le mouvement, elle relirait plus tard. Parfois, elle jetait un œil aux nombres de signes (espaces comprises) du document. Tom lui avait dit que deux cent mille signes, c'était une bonne moyenne. En dessous c'était un peu court. Au-dessus c'était bien aussi mais au-delà de cinq cent mille, ça devenait un gros livre et les gros livres se vendaient moins parce que le prix comme l'épaisseur décourageaient les lecteurs occasionnels. La première fois qu'elle vérifia, il y avait cinq mille signes, puis dix mille. À la fin de la première nuit, elle en était à quarante mille. À la fin de la seconde, à cent dix mille.

Elle venait de passer une troisième journée à l'hôpital. L'épuisement lui donnait des vertiges. Elle passait des heures à demi couchée dans un fauteuil installé dans la chambre d'Agathe, qui s'était remise de sa méningite à une vitesse folle. Le jeune pédiatre venait régulièrement examiner la couleur de sa peau, tester ses réflexes, écouter son cœur. On lui avait fait plusieurs prises de sang qu'elle avait endurées avec résignation, on lui avait fait une IRM cérébrale après l'injection d'un produit de contraste pour repérer d'éventuelles lésions ou anomalies mais on ne vit rien. Agathe avait retrouvé toute sa vivacité, elle avait perdu un peu de poids mais elle en reprenait déjà, elle réagissait parfaitement à tous les stimuli, elle souriait même et on avait dit à Alice qu'elle allait pouvoir rentrer à la maison, qu'elle devrait juste revenir dans un mois pour quelques tests de routine. Pour Agathe, cette nuit à l'hôpital serait la dernière.

Alice avait quitté l'hôpital, soulagée : dans sa vie, les choses ne tournaient donc pas systématiquement à la catastrophe. Malgré la fatigue, elle marchait vite, elle voulait retrouver Achille, elle voulait le serrer contre elle, lui dire qu'elle l'aimait, lui expliquer qu'elle était désolée pour ces derniers jours pendant lesquels elle avait été « un peu absente » et puis surtout, elle voulait que le soir tombe pour qu'elle puisse reprendre l'écriture là où elle l'avait laissée.

Elle avait ouvert la porte de son appartement et elle avait vu Tom assis à côté d'Achille.

Tom chez elle.

Tom devant son ordinateur.

Tom lisant ses cent dix mille signes.

Tom avait relevé la tête, elle vit qu'il était troublé. Il dit un seul mot :

— Alice.

— C'est moi qui lui ai dit qu'il pouvait lire, dit Achille.

Alice se demanda si elle était fâchée ou pas, elle se dit que non. Après tout, ce roman était presque un travail commun. Tôt ou tard, Tom l'aurait lu pour lui donner un avis et des conseils de réécriture.

Tom la regardait fixement, avec une espèce d'incompréhension, comme si elle avait été un dromadaire entrant dans la petite salle à manger de l'appartement.

— Alice… dit-il encore. J'ai lu… Je viens de lire…

— J'ai pas terminé… Je ne sais pas… Je me suis un peu laissée aller. Il y a plein de trucs à revoir mais je voulais surtout avancer et…

— C'est magnifique ! dit Tom.

— Magnifique ?

— Comment t'as fait ça ?

— Je ne sais pas. Je crois que j'étais bien dedans. Tu trouves que c'est « magnifique » ? « Magnifique » c'est un mot qui a un certain poids. T'es certain que c'est ce mot-là que tu veux employer, pas le mot « bien », ou l'expression « pas mal » ?

Tom se leva et se mit à faire les cent pas dans la toute petite salle à manger.

— Non… Non… C'est magnifique… Putain, bordel, c'est magnifique, c'est tout ce qu'on avait dit, le feel good y est, mais t'apportes une autre dimension. C'est pas simplement feel good.

— C'est vrai ? C'est ce que tu penses ?

— Je ne serais jamais parvenu à écrire un truc pareil. Regarde, j'ai les mains qui tremblent !

Il lui montra ses mains. Elles tremblaient.

— Mais tu ne crois pas qu'il y a des trucs qui clochent ?

— Non… Peut-être une coquille par-ci par-là, mais

c'est tout. Ça se tient super bien. Tu dois continuer, tu dois absolument continuer. Tu ne dois pas lâcher ça tant que tu n'auras pas terminé !

Alice ne savait pas si elle devait le croire ou non. Peut-être qu'il disait ça en espérant que ce serait une façon de pouvoir coucher avec elle encore une fois.

— Tu dis ça pour me faire plaisir ? demanda-t-elle. Je veux dire que ça ne sert à rien… J'avais de toute façon envie de te revoir. Même si tu trouves ça très mauvais, j'aurais envie de te revoir. Tu peux être honnête, tu sais.

— Je suis honnête. Je suis absolument honnête ! C'est magnifique et tu dois terminer ça. Je ne sais pas si ça va marcher ou si ça va te rendre riche, aucune idée… Mais je sais que c'est magnifique et je sais que tu dois le terminer. Tu n'as tout simplement pas le droit de ne pas le terminer !

Alice sentit qu'elle rougissait. Elle ne sentait plus ni la fatigue ni la lassitude de ces derniers jours, elle eut l'impression que soudain le monde devenait différent : plus grand, plus beau, plus cool.

— Agathe a été malade et j'ai passé toutes mes journées avec elle, à l'hôpital.

— Je sais. Achille m'a tout expliqué.

— Elle va rentrer demain. Je ne peux travailler que le soir, quand elle dort.

Tom réfléchit un moment avant de demander :

— Si tu avais un lieu tranquille, pendant une quinzaine de jours ou le temps qu'il faudra, est-ce que tu travaillerais mieux ?

— Oui. Évidemment. Mais comment je ferais avec Agathe et Achille ?

Tom se frotta le menton de ses mains tremblantes.

— Voilà ce que je te propose : toi, tu vas chez moi. Je te donne les clés et moi je reste chez toi, ici, avec les enfants.

— Quoi ?

— J'ai eu un enfant. Je suis tout à fait capable de m'occuper d'un bébé. Et je suis certain que je pourrais bien m'entendre avec Achille. Et ce ne serait que le temps que tu termines.

Alice déposa son sac et s'assit à table. La tête dans les mains.

— Je ne sais pas. Je suis déjà tellement nulle comme mère. Je ne peux pas abandonner mes enfants.

— Moi, ça ne me dérange pas... Si c'est pas trop long, dit Achille.

— Tu ne les abandonnes pas. Tu viens les voir quand tu en as envie. Quand tu fais une pause. Tu prends juste le temps de terminer quelque chose... Et puis, d'une certaine façon, c'est aussi pour eux que tu le fais, non ?

— Oui... D'une certaine façon... Mais c'est aussi égoïste, non ?

— D'une certaine façon, c'est encore plus égoïste de ne pas le terminer et de rester à te lamenter sur ton sort et sur celui de tes enfants.

Alice se leva et sortit du frigo une bouteille de vin blanc premier prix.

— D'accord.

Tom eut un grand sourire.

— Sérieusement ?

— Oui, on va fêter ça avec du mauvais vin, c'est tout ce que j'ai. J'ai aussi des pâtes au beurre si tu veux manger ici.

— Parfait ! Ça va être parfait.

Alice servit le vin.

— Demain matin, j'irai chercher Agathe à l'hôpital. Je passerai la journée avec elle. Si tu viens dans l'après-midi ce serait mieux, pour que vous fassiez connaissance.

— Parfait ! J'ai pas mal de temps libre, tu sais.

Pendant la soirée, Tom répéta encore plusieurs fois que les cent dix mille signes qu'Alice venait d'écrire étaient « magnifiques ». Puis, quand il eut bu deux verres du mauvais vin blanc, il dit « extraordinaire ». Au troisième verre, il déclarait d'une voix forte : « T'es un génie, Alice ! Un génie. » Et comme Alice avait elle aussi un peu bu, elle le croyait presque. Puis, plus tard, alors qu'Achille était allé dormir, Alice se rapprocha de Tom et ils s'embrassèrent longuement.

— Tu veux rester ? elle lui demanda.

— Oui, évidemment... Mais Achille ? Ce sera peut-être un peu perturbant s'il me voit ici demain matin.

— Oui... Peut-être... T'as raison... Il est passé à travers beaucoup de choses compliquées ces dernières semaines.

Ils s'embrassèrent encore longuement, comme des adolescents, puis Tom se leva :

— Merde, je suis en train de complètement te distraire. Il faut que tu travailles. Je serai là demain à 16 heures.

Comme les nuits précédentes, Alice écrivit et finit par s'endormir comme on perd connaissance. Le lendemain, elle sortit de chez elle avec Achille et se rendit à l'hôpital. La jeune femme de l'accueil lui tendit les documents qu'elle « devait faire signer par la mère de l'enfant» quand elle serait de retour de son voyage.

— Je viendrai déposer tout ça le plus rapidement possible, lui dit Alice.

Elle remercia le jeune pédiatre, elle remercia les infirmières, elle prit Agathe et rentra chez elle. Une fois dans son appartement, elle donna un long bain au bébé, qui avait l'odeur de l'hôpital. Comme elle avait lu un article disant qu'il fallait parler aux bébés parce qu'ils comprenaient tout, elle dit :

— Je ne serai pas là pendant quelques jours. C'est un monsieur très gentil qui viendra s'occuper d'Achille et toi.

Le soir arriva, Achille rentra et, peu de temps après, Tom arriva. Alice lui donna quelques informations pratiques, elle lui dit que ce serait bien, ce soir-là, qu'ils racontent ensemble une histoire à Agathe avant qu'elle ne s'endorme «pour qu'elle s'habitue à sa voix et à sa présence». Ils le firent : Tom inventa l'histoire d'une poule bleue qui a la capacité de lire dans l'esprit des gens. Agathe le regardait avec curiosité et puis, elle s'endormit. Tom donna les clés de son appartement à Alice, le code du wifi, une indication technique en cas d'extinction de la chaudière. Il la serra contre lui, il lui dit :

— Ça va être bien, ça va être très bien.

— Tu veux que je te fasse lire au fur et à mesure ?

— Fais comme tu veux, tu es libre de faire exactement comme tu veux !

Juste avant de quitter son appartement, elle sortit 160 euros de son portefeuille et les donna à Tom.

— Tiens. Je te rendrai le reste plus tard. Mais là, avec les enfants, tu vas en avoir plus besoin que moi.

— Tu es certaine ?

— Oui.

Puis, elle s'en alla.

Elle avait un sac de voyage avec son ordinateur et quelques vêtements de rechange. Les derniers mots de Tom lui tournaient dans la tête : « Tu es libre, tu es libre ! » Cette liberté, c'était une sensation extraordinaire à laquelle elle n'était pas du tout habituée.

Elle arriva chez Tom. C'était un peu étrange d'être dans l'appartement de cet homme qu'elle connaissait finalement si peu. Sur la table du salon, il y avait un bouquet de fleurs et un petit mot de Tom : *Fais comme chez toi, il y a des choses à manger dans le frigo (et j'ai mis des draps propres). Bon travail !* Elle sourit. Il était vraiment gentil cet homme. Elle se demanda si elle méritait qu'on soit si gentil avec elle. Ça lui paraissait presque bizarre qu'on soit gentil avec elle.

Elle installa son ordinateur et se mit au travail.

Elle travailla plusieurs heures et puis s'endormit. Elle se réveilla à une heure bizarre, un peu avant le lever du soleil, elle ne quitta pas le lit, elle prit son ordinateur sur les genoux et écrivit encore. À 9 heures, elle fit une pause pour avaler un bout de pain avec du fromage, boire un verre d'eau et téléphoner à Tom. Les enfants allaient bien, Achille était parti à l'école, comme il faisait beau, Tom prévoyait d'emmener Agathe au parc. Alice écrivit encore, les cent dix mille signes devinrent cent vingt mille puis cent trente mille puis, sans qu'elle s'en rende compte, la nuit tomba. Épuisée, elle s'endormit tôt puis, comme la veille, elle se réveilla presque au milieu de la nuit et, sans se lever, l'ordinateur sur les genoux, les yeux éblouis par la luminosité de l'écran, elle écrivit.

Elle travailla comme ça durant trois jours. Trois jours durant lesquels son métabolisme sembla se modifier, elle n'avait plus d'autres contraintes que celles imposées par son rythme d'écriture et le rythme du jour et de la nuit sembla bientôt ne plus la concerner. Sans doute écrivait-elle du milieu de la nuit à la fin du jour. Parfois pendant des heures, parfois par secousses. Parfois plusieurs milliers de signes venaient d'eux-mêmes, comme le courant d'une rivière. Parfois, ça ralentissait, ça s'immobilisait, comme de la terre glaise qui sèche et puis ça reprenait, lentement, progressivement. Parfois, Alice s'arrêtait et relisait les deux ou trois dernières pages, chaque fois ça l'horrifiait, elle trouvait ça maladroit, raide, artificiel. Elle trouvait que ça sentait l'effort. Elle pensait abandonner, une vilaine petite voix intérieure lui susurrait qu'« écrivain », c'était un métier, que ça ne s'improvisait pas, que ce n'était pas pour les vieilles femmes qui avaient vendu des chaussures toute leur vie. Alors, avec rage, elle reprenait les deux ou trois pages, elle les travaillait au burin, jusqu'à ce qu'elles soient acceptables, jusqu'à ce qu'elles ne lui fassent plus honte, jusqu'à ce qu'elle les oublie.

Un jour, Alice n'aurait pu dire à quelle heure, on sonna. Elle avait sursauté. Personne n'était censé sonner. Elle s'était dit que ça devait être une erreur ou bien des témoins de Jéhovah et elle ne fit rien mais on sonna de nouveau. Elle répondit à l'interphone :

— Oui ?

C'était une voix de femme :

— C'est Pauline, la femme, enfin l'ex-femme de Tom. Tom est là ?

— Non, euuuh… J'occupe l'appartement pour quelques jours.

— J'ai juste quelques affaires à récupérer, j'en ai pour deux minutes, je peux monter ?

Alice avait hésité. Elle ne savait rien des relations existant entre Tom et sa femme. Était-il d'accord qu'elle la fasse entrer ? À l'interphone, la voix de Pauline dit encore :

— S'il vous plaît ?

De mauvaise grâce, Alice ouvrit la porte. Pauline l'avait regardée, un peu surprise.

— Ah mais on s'est déjà rencontrées… Vous étiez passée avec ce bébé.

— Agathe.

— Oui ! C'est ça ! Elle va bien ?

— Oui, très bien.

— Je dois aller dans la chambre, prendre une veste que j'ai oubliée, vous permettez ?

— Oui, je vous en prie.

Pauline partit dans la chambre, Alice entendit le bruit d'une armoire qu'on ouvre et qu'on ferme puis elle réapparut, tenant dans ses bras une grosse veste de ski.

— Voilà, je l'ai.

— Ah très bien… C'est une bonne veste, je vois.

Pauline se dirigea vers la porte et puis s'arrêta :

— Vous habitez ici ?

— Non, enfin… Tom m'a prêté l'appartement pour que je termine un roman, au calme.

— Excusez-moi, ça ne me regarde pas.

310

— Ah je ne sais pas… Je crois qu'à votre place je me demanderais aussi ce qui se passe, on a juste fait un échange momentanément. Tom s'occupe d'Agathe et de mon fils le temps que je termine ce roman, ici, chez lui.

— Alors vous écrivez aussi ?

— Non, oui, j'essaye… Je ne suis pas… Je ne suis pas vraiment autrice.

Pauline regarda autour d'elle, cherchant sans doute à capter tous les souvenirs qui se trouvaient dans cet appartement. Pendant un instant, elle eut l'air triste, comme si les souvenirs n'étaient pas très heureux. Elle dit :

— Vous savez, vous ne devez pas être mal à l'aise, je suis heureuse qu'il ait trouvé quelqu'un.

— Mais… on n'est pas… on n'est pas ensemble.

— Ah ? Bon, ça ne me regarde pas, de toute façon, comme c'est moi qui suis partie, je serais vraiment tordue d'être jalouse…

— Pourquoi vous vous êtes séparés ? Il s'est passé quelque chose ?

Pauline était toujours au milieu du salon avec sa grosse veste de ski roulée en boule sous son bras. Elle la déposa sur le dossier d'une chaise.

— Excusez-moi, je meurs de soif, vous permettez, je vais juste prendre un verre d'eau, dit-elle en allant dans la cuisine.

Elle se servit un grand verre d'eau du robinet qu'elle but d'un seul trait et puis elle se tourna vers Alice en s'essuyant la bouche :

— Vous savez, c'est pas facile de vivre avec un écrivain. J'ai été très amoureuse de lui. Vraiment très amoureuse. Tom est drôle, gentil… Mais il n'est pas toujours complètement là, vous comprenez? Je veux dire qu'il est là physiquement mais son esprit, on ne sait jamais vraiment où il est. Parfois, quand on partait en vacances, il pouvait rester des jours entiers sans parler, juste à rester à l'ombre avec le regard perdu, avec l'expression bizarre de quelqu'un qui réfléchit. Je ne dis pas que j'ai besoin de quelqu'un qui soit en permanence en train de bavarder, mais parfois, avec lui, j'avais l'impression d'être avec une espèce de spectre, une entité qui se déplaçait dans la maison, très calmement, très silencieusement, une entité qu'on ne détecte qu'avec des instruments de mesure très sensibles. Il faut aimer la solitude pour être avec un écrivain. Enfin, je ne sais pas si tous les écrivains sont comme ça mais je crois que c'est assez fréquent dans ce genre de profession où l'imaginaire est l'outil principal. L'imaginaire finit par prendre plus de place qu'il ne devrait normalement. Chez un bûcheron, à force de couper des arbres, les mains deviennent de très grosses mains, des mains déformées, des mains qui ne peuvent plus faire que ça: couper des arbres. Chez un écrivain, l'esprit se déforme. Il passe trop de temps dans des endroits qui n'existent pas en compagnie de gens qui n'existent pas et à un moment, il éprouve des difficultés à revenir. Je me souviens d'un Noël chez mes parents, quand nous étions arrivés, Tom avait souhaité bon anniversaire à ma mère, il n'avait pas compris que c'était Noël. Des exemples comme ça, j'en ai des dizaines, des centaines. C'est pour ça que notre fille lui en veut tellement. Pour une épouse, je crois que c'est acceptable de vivre avec un homme comme ça, mais pour un enfant c'est vraiment difficile, vous avez un père qui vous aime, qui vous aime de tout son cœur mais qui ne parvient jamais à vous écouter quand vous lui racontez votre journée, comment vous êtes tombée à la récréation, comment tel professeur a été injuste, comment vous avez eu les meilleurs points de la classe. Pour ses sept ans, on devait aller à Disneyland, il avait voulu marquer le coup, comme il s'y était pris assez tôt, il avait pu avoir une offre spéciale et il avait réservé un hôtel du parc, la gamine était surexcitée. Eh bien quand on est arrivés, ils n'ont jamais trouvé notre réservation. Il s'était trompé, il avait réservé au Parc Astérix, le package complet avec une grande chambre dans l'hôtel des Trois Hiboux pour bénéficier de «l'hospitalité gauloise au cœur du parc». On n'avait plus un sou pour réserver à Disneyland. Au lieu des deux jours prévus, on a eu une seule journée, la petite était déçue à mort... Et ça, ce n'est qu'un exemple parmi d'autres... Elle a grandi avec un père qui l'aimait mais qui ne l'écoutait jamais vraiment. Mais il n'a rien de mauvais ou de méchant en lui, il est juste devenu comme ça... Avec le temps... À force d'écrire ses livres. Vous avez déjà lu ses livres ?

— Non. Jamais, dit Alice un peu gênée.

— Ils sont très bien. Ils sont étranges mais très bien. Ça aurait pu marcher. En tout cas mieux marcher. Mais il ne s'est jamais produit le déclic qui fait qu'à un moment, ça marche vraiment. Je crois qu'à la longue, le manque de succès, ça a fini par lui miner le moral. Vous devriez essayer d'en lire un. Ils sont tous là.

Pauline lui indiqua une étagère où s'empilaient une dizaine de livres.

— Je lirai.

— Bon, je vous ai certainement fait perdre du temps, dit Pauline en se dirigeant vers la sortie.

Alice resta seule et reprit l'écriture.

Quand le soir arriva, elle eut l'impression que son cerveau avait été remplacé par une matière molle, chaude et stérile. Elle calcula qu'elle avait écrit près de neuf heures d'affilée. En se levant, elle se rendit compte qu'une douleur lui poinçonnait la colonne vertébrale du haut de la nuque au bas du dos. Elle grelottait aussi, comme si elle était en hypothermie. Dans le congélateur, elle trouva une soupe aux légumes qu'elle réchauffa et qu'elle but en frissonnant, assise sur le canapé, enroulée dans une couverture. Dans la bibliothèque, elle avait pris quelques livres écrits par Tom. Certains avaient l'air anciens, le papier de mauvaise qualité avait jauni et la reliure se désagrégeait. Elle commença *La Maison du chien fou* parce qu'il y avait un autocollant : PRIX DES BIBLIOTHÉCAIRES DE LA VILLE DU MANS. Elle avait d'abord pensé que le titre serait une sorte de métaphore mais il s'agissait bien de l'histoire d'une famille qui, après avoir adopté un chiot abandonné dans un camping, se rend compte qu'en grandissant, il souffre de troubles bipolaires et que, adorable et fidèle durant la journée, il fugue la nuit à la recherche de victimes sur lesquelles se venger d'un destin qu'il considère comme injuste. Ça se lisait vite mais c'était complètement tiré par les cheveux. Au début, elle crut qu'elle n'aimait pas mais le lendemain matin, comme il lui en restait quelque chose, elle se dit qu'au fond, elle aimait bien.

Elle continua d'écrire.

Et en écrivant, elle commença à se servir d'épisodes de sa propre vie pour fabriquer des passages de son livre. C'était comme arracher des lambeaux à la réalité pour les coller dans son histoire : évidemment, il y eut Séverine. Son visage anguleux et lisse, comme celui d'un lézard, son regard lointain de quelqu'un qui n'en a rien à foutre de vos emmerdes, la beauté de ses mains qui étaient comme des outils tout neufs qu'on n'a jamais sortis de leur emballage, de tout ça elle fit la mère du jeune peintre. Pour traduire les souffrances que la maladie provoquait chez Nathalie, son héroïne, Alice invoqua le souvenir des heures passées dans la boutique de Madame Moretti, ces heures à attendre les clients au milieu des paires de chaussures qui ne se vendaient plus, ces jours où l'ennui devenait si dense qu'il était comme les tentacules d'une créature monstrueuse dont elle aurait été la proie. Le désespoir qu'elle avait ressenti lorsque Nathan l'avait quittée fut un combustible parfait pour écrire une scène dans laquelle Matteo est à Florence, au sommet du campanile de Giotto, et qu'il se met soudain à penser à la mort. Enfin, le souvenir de ses épouvantables vacances en Égypte et de la douceur d'Achille comprenant qu'il ne verrait pas la moindre pyramide permit à Alice de construire tout un chapitre où, découvrant *La Nativité* peinte par Botticelli sur un mur de l'église Santa Maria Novella, Nathalie comprend que ce qu'elle éprouve pour Matteo est un « amour aussi dur que les barreaux d'une cage antirequins » (même si elle était un peu longue, Alice était fière de cette image).

Les jours et les nuits passaient sans qu'elle y prête attention. Elle avait programmé l'alarme de son ordinateur sur « 18 h 00 ». Quand elle sonnait, elle téléphonait à Tom, elle prenait des nouvelles d'Agathe (qui était « adorable », « charmante », « très éveillée ») et elle parlait à Achille. Après ça, il lui fallait une heure ou deux pour retrouver le chemin de l'étrange narcolepsie propice à l'écriture.

Deux semaines passèrent.

Et puis, finalement, au beau milieu de ce qui ressemblait à la nuit, Alice comprit qu'elle avait terminé.

Elle regarda longuement la dernière phrase de la dernière page et, sans comprendre pourquoi, elle se mit à pleurer.

Elle pleura longuement, elle inonda de larmes le clavier de son ordinateur et puis, ses pleurs ayant cessé, elle se servit un verre de whisky, le but et dormit pendant une quinzaine d'heures.

Quand elle se réveilla, elle téléphona à Tom et lui annonça :

— Ça y est, j'ai fini. J'ai terminé *Feel good*.

2

L'art du crime

Tom n'avait pas la moindre idée de ce qu'un « grand livre » pouvait bien être. Il ne savait pas vraiment non plus ce que c'était qu'un « bon livre ». Tom savait (il en avait même un peu honte alors il gardait ça pour lui) qu'en matière de littérature, il n'avait absolument aucun goût.

Il aimait certaines choses, il n'en aimait pas d'autres.

Parfois c'était ce que tout le monde avait l'air d'aimer.

Parfois c'était ce que tout le monde trouvait complètement nul.

Il se souvenait qu'adolescent, sans savoir pourquoi, il avait presque pleuré en lisant *Madame Bovary* (« Les ombres du soir descendaient ; le soleil horizontal, passant entre les branches, lui éblouissait les yeux. Çà et là, tout autour d'elle, dans les feuilles ou par terre, des taches lumineuses tremblaient, comme si des colibris, en volant, eussent éparpillé leurs plumes. Le silence était partout ; quelque chose de doux semblait sortir des arbres ; elle sentait son cœur, dont les battements recommençaient, et le sang circuler dans sa chair comme un fleuve de lait. »).

De la lecture du *Journal d'une femme de chambre* d'Octave Mirbeau, il gardait le sentiment pénétrant d'un émerveillement littéraire, il se souvenait de cette lecture qui, aussi troublante et onctueuse qu'une crème aigre, l'avait touché physiquement, qui lui était rentrée profondément dans le cerveau et qui s'y était installée comme une belette s'installe dans un terrier (« Je ne suis pas vieille, pourtant j'en ai vu des choses, de près… J'en ai vu des gens tout nus… Et j'ai reniflé l'odeur de leur linge, de leur peau, de leur âme… Malgré les parfums, ça ne sent pas bon… »).

Mais souvent, les romans qui faisaient les rentrées littéraires, les romans à prix, les romans à plateaux de télévision, les romans qui faisaient débat le laissaient complètement indifférent ou pire l'ennuyaient. Après avoir entendu leur auteur en parler avec intelligence, avec esprit, après avoir lu un article mettant en évidence leur aspect iconoclaste, décisif, bouleversant, pertinent, courageux, éclairant voire révolutionnaire, il les achetait, les ouvrait, en commençait la lecture mais ne la terminait pas. Ils restaient alors en pile pendant des mois à côté de son lit, cornés du côté de la page vingt ou trente. Le soir, quand il allait se coucher et qu'il les voyait prendre la poussière et jaunir, il se sentait coupable de ne pas avoir eu la patience d'avancer dans l'histoire, de ne pas leur avoir donné leur chance, de s'être laissé distraire par un film ou un roman policier ou une bande dessinée, et il se disait que si c'était déjà triste de ne pas parvenir à écrire un roman qui fonctionne, c'était encore plus triste de ne pas réussir à en lire un jusqu'au bout.

Quand Alice lui avait envoyé le roman *Feel good* qu'elle venait de terminer, juste avant d'ouvrir le document au format .docx, il s'était préparé à ne pas l'aimer. Quelques semaines plus tôt, il avait aimé les premiers chapitres mais il était très peu probable qu'elle soit parvenue à tenir le niveau. Il savait qu'il y avait de fortes chances pour qu'il s'ennuie, il l'avait redouté, il s'y était préparé et il s'était promis de faire un effort, d'aller jusqu'au bout et, une fois terminé, il s'était même résolu à mentir pour ne pas la blesser. Il lui aurait dit que c'était « bien », qu'il avait « adoré » et qu'il fallait « absolument l'envoyer à un éditeur ». Elle l'aurait fait et il l'aurait regardée se flétrir dans la vaine attente d'une réponse.

Et puis, il avait découvert la suite du roman.

Et de la même manière qu'il avait adoré le début, il avait adoré tout le reste.

Il aurait été incapable de dire si le livre d'Alice était bon mais il l'avait lu jusqu'au bout, sans se forcer, il était rentré dans l'histoire et il en était sorti « l'esprit en feu » (la formule était de Robert Louis Stevenson, il l'aimait bien).

Ce roman qui s'appelait *Feel good* était un vrai feel good mais avec une dimension supplémentaire que Tom avait du mal à définir : il y avait quelque chose d'un peu effrayant dans la description de quelques personnages, elle leur avait donné un relief sombre et inquiétant, il y avait des zones obscures dans certains recoins de l'histoire et parfois une scène avait eu des échos si réels et si terribles qu'elle lui avait lessivé le cœur. Du roman d'Alice, tout feel good qu'il était, se dégageait aussi une sensualité urgente, une sensualité affamée, une sensualité de temps de guerre, il y avait, discrètement mais indéniablement, de la folie et il y avait enfin un mélange très bizarre fait de bonheur naïf, enfantin, joyeux et d'une nostalgie aussi profonde et glacée qu'une faille sous-marine.

Il avait téléphoné à Alice, il lui avait dit à quel point il avait aimé le livre, il lui avait proposé qu'ils se voient le soir même. Comme l'écriture était terminée, elle pouvait reprendre possession de son appartement et lui du sien.

Pendant ces quelques semaines, il s'était occupé à plein temps d'Achille et d'Agathe.

Ça lui avait plu.

Lui qui avait passé tellement d'années à fouiller son imaginaire, à le gratter comme on gratte le fond d'une rivière dans l'espoir d'y trouver un filon ou alors une pépite (même minuscule), à force d'avoir les mains dans le jus sombre et souvent stérile du fond de son esprit, les enfants ça l'avait d'un seul coup ramené dans le monde, dans le vrai, le grand, le lumineux réel : laver des enfants, nourrir des enfants, écouter des enfants, jouer avec des enfants, jour après jour, semaine après semaine. Tom avait conclu qu'élever des enfants, c'était l'inverse d'écrire des livres : pour écrire des livres, il fallait inventer le réel, pour élever des enfants, il fallait réagir au réel. Et avec Achille et Agathe, Tom s'était rendu compte que le réel lui avait finalement un peu manqué.

Bien entendu, quand Chloé, sa fille, était petite, il s'en était occupé mais il n'avait pas vraiment pris le temps, peut-être qu'il était trop jeune, trop tourné sur lui-même, sur tous ces livres qu'il voulait écrire, sur la conviction qu'il était «entré en littérature» (c'était une expression qu'il avait toujours absolument détestée) mais avec Achille et Agathe, ça avait été différent. Il avait été plus attentif, plus disponible à tel point qu'il avait conclu qu'il valait mieux être vieux pour élever des enfants.

Le soir était arrivé. Tom avait préparé un repas qui, vu ses moyens, était un repas de luxe : des pommes de terre, des haricots et un poulet fermier rôti. La maison sentait bon, les enfants étaient aussi beaux, propres et souriants que dans une publicité pour une assurance médicale et, dans sa poitrine, Tom sentait se soulever des vagues de fierté. Ça faisait longtemps qu'il n'avait plus ressenti l'impression d'avoir réussi quelque chose.

Alice était arrivée. Il l'avait serrée contre lui.

— Bravo, bravo, bravo ! avait-il répété.

Elle avait embrassé les enfants, Tom avait ouvert une bouteille de vin et lui avait expliqué le plan :

— Ton manuscrit est formidable mais il lui faut le meilleur éditeur possible. Il ne faut pas compter sur la chance, il faut un éditeur qui le mettra en avant, qui investira dans la promotion, un éditeur qui a des réseaux !

— Et tu en connais ?

— Oui, la plupart des grands éditeurs sont capables de faire ça. Mais on n'a pas le temps de leur envoyer le manuscrit et d'attendre la réponse. On n'a plus d'argent du tout. Mon compte est en négatif, j'ai commencé à retirer de l'argent avec ma carte Visa. J'aurais pu essayer de terminer mon roman pour l'avance de 1 500 euros mais avec les enfants, je n'y suis pas arrivé…

Alice se mordit la lèvre.

— Je suis désolée…

— Non… C'est pas ce que je voulais dire… De toute façon, j'y crois plus trop à mon roman… Je ne sais pas… On s'en fout… Bref, il faut qu'on essaye que ton roman intéresse quelqu'un rapidement, très rapidement et que tu reçoives une avance… Genre 2 ou 3 000 euros. C'est beaucoup pour un premier roman mais je crois que je peux réussir à t'obtenir ça !

— Comment ?

— Je connais quelqu'un. Je veux dire que je connais quelqu'un personnellement !

À la fin du repas, Tom rassembla ses affaires dans son sac de voyage. Achille et Agathe dormaient déjà depuis plus d'une heure.

— Bon, voilà… Tu dois être épuisée d'avoir écrit tout ça si rapidement…

— Je ne sais pas… Je me sens un peu vide mais pas vraiment fatiguée.

Alice se serra contre lui.

— Tu veux dormir ici ?

Tom hésita :

— Et les enfants, qu'est-ce qu'ils vont penser ?

— Les enfants t'adorent. Je suis certaine qu'ils seront contents de te voir demain matin. Et maintenant qu'Agathe a son petit lit dans la chambre d'Achille, eh bien, j'ai de nouveau un grand lit juste pour moi.

Tom dormit là.

Avant de s'endormir, ils firent l'amour et cette fois,

322

il banda sans difficulté : «Dur comme de la pierre», pensa Tom avec fierté.

Le lendemain, il retrouva son appartement et il imprima les deux cent soixante-cinq pages de *Feel good*. Ensuite, il alluma son ordinateur et fouilla ses mails à la recherche de l'adresse d'Anne-Pascale Berthelot. Il finit par la trouver (dans un mail collectif envoyé à une centaine d'auteurs invités à un salon du livre). Il écrivit :

Bonjour Anne-Pascale, je ne sais pas si tu te souviens de moi, il y a quelques années nous étions ensemble à l'enregistrement de l'émission Hors les sentiers. *J'ai vu que tu avais accepté d'être éditrice pour cette très belle maison d'édition qui t'avait découverte à l'époque. Félicitations ! Je t'écris parce qu'une femme m'a envoyé un manuscrit que je trouve formidable et je crois qu'il pourrait t'intéresser. Pourrait-on se voir pour que je t'en parle ? Ça ne prendra pas très longtemps.*

Il envoya.

Puis il attendit.

La réponse ne vint pas de la journée et le soir il se sentit gagné par l'inquiétude : et si ce n'était pas la bonne adresse ? Et si ça ne l'intéressait pas ? Et si Anne-Pascale n'était plus éditrice ? Tout prendrait alors beaucoup plus de temps et Alice et lui se retrouveraient dans une merde noire.

Il passa la soirée avec Alice et les enfants.

— Tu as envoyé le roman à cette personne que tu connais ? lui avait demandé Alice.

— Non, j'ai demandé un rendez-vous. Je voudrais lui remettre le manuscrit en main propre. Je crois que ça aura plus d'effet qu'une pièce jointe.

Durant la soirée, Tom vérifia régulièrement ses messages, il n'y avait toujours rien. L'angoisse montait et il essayait de la cacher pour ne pas inquiéter Alice. Mais l'atmosphère n'était plus aussi joyeuse que la veille. Tom regardait Alice et il se disait : « Bon sang, son roman est peut-être mauvais. » Tom regardait Agathe et il se disait : « Bon sang, ce bébé a été enlevé. » Tom regardait Achille et il se disait : « Bon sang, cet enfant finira en famille d'accueil. » Tom se regardait et il se disait : « Bon sang, c'est peut-être un des derniers repas avant une vie de SDF. »

Comme la veille, il passa la nuit chez Alice mais il ne dormit presque pas : de brèves inconsciences ponctuées par des moments de veille où des pensées angoissées lui tournaient dans la tête comme des mouches prises au piège.

Le lendemain matin, il n'y avait toujours aucune réponse à son message. Il faillit écrire à nouveau mais il eut peur de faire mauvaise impression. Pendant toute la matinée, son humeur devint amère : il se vit en victime d'un système éditorial sclérosé, il se mit à détester les éditeurs, les organisateurs de salons, les journalistes, les auteurs à succès, les lecteurs qui ne comprenaient rien, les libraires, les attachés de presse, les représentants, les instabookers, les booktubers, les clubs de lecture, les commentateurs d'Amazon et ceux de Babelio. Tous, à leur façon, avaient détruit sa vie, lui avaient volé son destin, l'avaient jeté à la rue. Il s'apitoya sur son sort en se disant que ses livres auraient mieux fonctionné un demi-siècle plus tôt : quand on lisait plus (on lui avait dit qu'on lisait plus avant mais il n'avait aucune idée des chiffres), quand on publiait moins, avant la « crise de l'édition » dont on lui parlait depuis toujours, avant le piratage des ePub, quand les gens ne passaient pas leur temps à regarder Facebook ou Netflix dans le métro (il le faisait aussi) plutôt qu'à lire des livres qui, bien entendu, auraient été les siens.

Et puis, de retour chez lui, toujours en colère, alors qu'il regardait la tache d'humidité sur le mur de sa cuisine et qu'il se sentait étrangement proche de la moisissure se développant sur sa circonférence, il reçut enfin une réponse d'Anne-Pascale Berthelot.

Bonjour Tom. Ça fait bien longtemps en effet. J'ai un créneau cet après-midi vers 14 heures. Si tu veux, tu peux passer au bureau.

Il répondit : *Formidable ! Je serai là !*

En un instant, son humeur changea : sa colère et son amertume devinrent joie et optimisme. Non seulement Anne-Pascale Berthelot, célèbre jusqu'aux États-Unis où ses livres étaient étudiés dans les universités, ne l'avait pas oublié mais en plus elle lui donnait rendez-vous. Il eut soudain l'impression de faire partie d'une espèce d'élite intellectuelle peu connue du grand public mais que ceux qui « comptaient vraiment » tenaient en haute estime.

Plus tard, il se doucha, se parfuma, s'enduisit les cheveux d'une huile de soin qui sentait « le bois de oud », sortit sa plus belle tenue d'auteur confidentiel mais néanmoins de premier plan (pantalon en toile foncée, chaussures en cuir usé, veston en velours côtelé sur pull en laine), il mit le manuscrit de *Feel good* dans un cartable et il partit au rendez-vous.

Sans qu'il comprenne pourquoi, à mesure qu'il approchait des bureaux de la maison d'édition où travaillait Anne-Pascale Berthelot, son humeur suivit une courbe descendante de sorte que, quand il entra dans le bureau où elle l'attendait, il avait une fois de plus perdu toute forme de confiance en lui.

Elle était là, au milieu d'un petit bureau chargé de livres et de manuscrits, le visage sec comme une écorce, le regard profond comme un puits de mine, un pull hors de prix sur un corps squelettique. Elle avait cette aura guerrière propre aux gens célèbres qui se sont faits eux-mêmes. Elle se leva, s'avança vers lui, lui claqua deux baisers sur les joues. Elle dégageait une puissante odeur de tabac et de café qui acheva d'intimider Tom.

— Alors, qu'est-ce que tu deviens ? Tu as écrit des trucs récemment ? demanda-t-elle.

— Oh tu sais… Un peu… Comme ça… Comme dirait Paul Valéry : « Écrire enchaîne. Garde ta liberté ! »

À peine eut-il dit ça qu'il se sentit complètement idiot. Anne-Pascale Berthelot ne releva pas.

— Tu voulais me montrer un manuscrit ?

Tom ouvrit son cartable et en sortit le roman d'Alice.

— Voilà… C'est ça…

— Tu sais, t'aurais pu me l'envoyer par mail. Ça t'aurait évité un trajet.

— Oui, je sais. Mais je suis de la vieille école.

— Ah bon…

Elle le prit et regarda le titre en fronçant les sourcils.

— *Feel good* ?

— Oui… Bon, moi j'ai trouvé ça très bien.

Elle l'ouvrit, jeta un rapide coup d'œil sur une page prise au hasard.

— Et ça parle de quoi ?

— C'est l'histoire d'une femme qui tombe malade et qui quitte tout. Elle va tomber amoureuse d'un jeune peintre italien. Bon, raconté comme ça, je me rends compte que…

Anne-Pascale Berthelot déposa le manuscrit sur une énorme pile de manuscrits.

— OK. Je regarderai ça. Tu veux un café ?

Tom eut l'impression qu'il devait ajouter quelque chose mais la seule chose qui vint fut :

— Non… Merci… Bon, si tu veux la contacter, j'ai laissé les coordonnées de l'auteur, enfin, l'autrice, sur la première page.

Et puis ce fut le blanc. Il ne sut plus du tout quoi ajouter. Mal à l'aise, il regarda sa montre et dit :

— Oh déjà 14 h 15 ! Faut que je file.

Il s'éloigna, mit la main sur la poignée de la porte, il savait qu'il faudrait des semaines avant qu'elle n'ouvre ce manuscrit. Et encore. Et il fallait encore qu'elle l'aime. Il devait faire quelque chose, il fallait absolument qu'elle le lise dès ce soir. Il se retourna et dit :

— Lis-le rapidement. Elle est dans une situation difficile.

— Oui, je ferai le maximum, dit-elle avec une pointe d'agacement dans la voix.

Le désespoir inspira soudain Tom. Il lâcha la poignée de porte et revint vers Anne-Pascale Berthelot pour lui parler en baissant la voix :

— Avant de lire, faut que tu saches quelque chose : l'autrice a un parcours intéressant… Je veux dire particulier…

— Ah bon ? Quel genre ?

Tom vit de l'intérêt dans les yeux d'Anne-Pascale Berthelot. Il comprit que c'était sa chance :

— C'est une femme blessée… Enfant elle s'est fait violer par son père… Pendant quinze ans.

— Pendant quinze ans !

— Oui, de ses quatre à ses dix-neuf ans. Sa mère n'osait rien dire. Puis, quand elle a eu dix-neuf ans, elle a fini par tuer son père. Elle lui a tranché la gorge pendant son sommeil avec un couteau à pain. Heureusement, le juge a fini par prononcer un non-lieu. Elle a grandi en se disant qu'elle ne voulait plus jamais avoir peur des hommes alors elle s'est entraînée au krav-maga et au maniement des armes.

Anne-Pascale Berthelot reprit le manuscrit sur la pile et regarda longuement le titre. Encouragé, Tom continua :

— Plus tard, elle a eu un enfant avec un soldat palestinien. Ça aurait pu être le début d'une vie enfin tranquille mais quand cet enfant a eu quatorze ans, il a disparu.

— Mon Dieu !

— Je sais. C'est terrible. Mais c'est pas terminé : après la disparition de son fils, comme plus rien ne la retenait ici, elle a décidé de rejoindre les milices de femmes yézidies en Syrie et de se battre à leur côté contre Daesh.

— Wouah… Quel courage ! C'est extraordinaire ! dit Anne-Pascale Berthelot, manifestement impressionnée.

— Oui ! Un courage fou. Là-bas, elle leur a enseigné tout ce qu'elle connaissait en matière de self-défense et de guérilla. Les femmes yézidies l'avaient surnommée la Veuve Blanche. Elle a libéré des villages entiers et sauvé des centaines de femmes qui étaient retenues comme esclaves sexuelles.

Tom remarqua que les mains d'Anne-Pascale tremblaient très légèrement sous le coup de l'émotion. Ça l'encouragea, il s'enflamma et en se rapprochant d'elle, il parla sur un ton conspirateur :

— Et puis, un jour, en prenant d'assaut une place forte, elle a lancé une grenade à fragmentation dans un bunker où se trouvait un sniper. En entrant dans le bunker et en se penchant sur le corps déchiqueté qui s'y trouvait, elle s'est rendu compte qu'il s'agissait de son fils ! Elle venait de tuer son propre fils, le fils qu'elle avait cherché pendant des années !

— Non ! dit-elle complètement abasourdie.

Tom était presque surpris que son histoire fonctionne si bien mais il se dit que finalement, inventer des histoires ça avait été son métier pendant des années.

— Si ! dit-il. Elle a écrit ce livre à son retour. Pas pour parler de son expérience mais pour se reconstruire, pour se reconnecter avec la Vie.

Anne-Pascale Berthelot regardait le manuscrit de *Feel good* comme s'il s'agissait d'une relique sacrée.

— Bien… Je vais lire ça. Bon, je ne peux rien te promettre évidemment, mais je vais lire ça dès ce soir et je reviens vers toi très vite.

Cette fois, elle serra Tom contre elle. Un geste simple, intense, qu'elle chargea d'une émotion presque fraternelle.

— Merci de me faire confiance, dit-elle.

Quand il quitta le bureau, Tom se sentit rempli d'une fierté sans bornes : il avait réussi, il avait réussi,

Anne-Pascale Berthelot lirait le manuscrit dès ce soir et elle serait bouleversée comme il l'avait été. C'était la fin du mauvais karma de sa vie, les astres s'alignaient enfin d'une manière qui lui était favorable, on proposerait à Alice une avance de plusieurs milliers d'euros, ils partageraient en deux, ils pourraient voir venir et Alice serait impressionnée par son audace ! Elle lui avait parlé d'un braquage culturel ? Voilà, il venait de faire sauter le premier verrou de la banque avec la classe d'un artiste du grand banditisme !

Il lui téléphona et lui annonça fièrement qu'il arrivait chez elle car il devait lui parler.

3

La fin des temps

Quand Tom eut terminé de lui raconter la manière dont s'était passé le rendez-vous avec Anne-Pascale Berthelot, Alice eut l'impression qu'elle allait se mettre à pleurer. Elle avait senti sa gorge se serrer et parce que des larmes lui étaient arrivées dans les yeux, sa vue s'était brouillée, lui donnant l'impression qu'elle avait sombré dans les eaux troubles d'un lac.

Mais, finalement, les larmes ne coulèrent pas et elle ne pleura pas.

Elle eut la nausée.

Exactement la même nausée que le jour où Madame Moretti lui avait annoncé son licenciement.

Exactement la même nausée que lorsqu'elle s'était rendu compte qu'elle ne savait pas qui étaient les parents de l'enfant qu'elle avait enlevé.

Elle crut qu'elle allait vomir, elle eut un léger vertige qui fut immédiatement suivi par une remontée d'acide gastrique qui lui brûla l'œsophage comme l'aurait fait une poignée de braises.

Mais elle ne vomit pas.

Elle regardait Tom. Il était debout dans sa salle à manger, affichant le sourire victorieux du chasseur revenu des montagnes avec un bison mort. Alors, après son envie de pleurer et après son envie de vomir, elle comprit que ce qu'elle éprouvait, c'était tout simplement de la colère.

Le sourire de Tom s'effaça doucement, tragiquement, avec des petits mouvements spasmodiques.

— Ça ne va pas ? demanda-t-il.

— Non.

— Tu trouves que j'ai exagéré avec cette histoire de Veuve Blanche, c'est ça ?

Alice serra les poings. Jamais elle n'avait eu autant envie de frapper quelqu'un.

— Tu as exagéré avec tout ! Tu devais simplement déposer le manuscrit mais t'es parti dans ce mensonge débile ! Mais t'es complètement con ou quoi ?

Le visage de Tom avait pris une couleur gris clair de sable pollué. Il se défendit d'une voix tremblante :

— Je voulais... Il fallait qu'elle lise vite... Pour l'argent... On a vraiment besoin d'argent rapidement ! Tu comprends ?

— Non je ne comprends pas ! T'as dit que tu trouvais que le roman était bien ! Alors s'il est bien, pourquoi est-ce qu'il aurait besoin de toutes ces histoires ? Et maintenant, qu'est-ce que je vais faire si cette éditrice me rappelle ? Je vais devoir faire semblant que c'est vrai ? Comment veux-tu que je lui fasse croire que j'ai fait la guerre avec des Yézidies ?

— Écoute, ça fait trente ans que je suis dans le métier !

— Et ça fait trente ans que ça ne marche pas ! Personne n'en veut de tes livres ! Tu n'es lu que par une poignée de lecteurs ! Ça fait trente ans que t'es complètement à côté de la plaque, putain !

Tom eut l'air de rétrécir. Il laissa échapper un long soupir douloureux. Comme s'il cherchait de l'aide, il regarda à gauche et puis à droite mais il ne trouva rien d'autre que les murs nus de l'appartement d'Alice.

— C'était la meilleure chose à faire... Je t'assure... Enfin merde, c'est toi qui es venue avec cette idée de braquage. Alors voilà, un braquage, c'est ce que j'ai fait !

Assise à table, Alice ne le regardait plus. Elle se sentait complètement abattue, roulée par la vie, furieuse contre elle-même d'avoir cru pendant un instant qu'un destin pourri pouvait devenir un destin cool. Non, un destin pourri avait pour vocation de rester pourri.

Pourri jusqu'à la fin.

— Tu aurais dû m'en parler avant !

— J'ai dû improviser...

D'un seul coup, elle ne supporta plus la présence de ce type, elle ne supporta plus ni son allure ni sa voix, elle ne supporta pas l'idée d'avoir été séduite par cet homme incarnant l'échec sous toutes ses formes. Elle y vit, avec une effrayante clarté, l'ironie dégueulasse de son existence qui lui avait fait croire pendant un moment qu'elle serait sauvée par quelqu'un d'aussi paumé qu'elle.

— Pars ! Je veux que tu partes maintenant et je ne veux plus jamais te revoir ! Jamais !

— Mais enfin Alice !

Elle hurla :

— Fous le camp !

La phrase claqua comme un coup de feu et Tom sursauta comme s'il l'avait pris en pleine poitrine. Il ne dit rien. Il ferma sa veste et quitta l'appartement.

Alice regarda un moment la porte derrière laquelle Tom venait de disparaître.

« Voilà, c'est fini », se dit-elle.

Et elle trouva que l'absence qui suit immédiatement un départ n'est pas vraiment une absence, que c'est quelque chose d'autre de vraiment très étrange et de très triste à la fois.

C'est à ce moment qu'enfin elle se mit à pleurer.

Elle pleura longuement, assise à la table de la cuisine, la tête enfouie dans ses bras croisés. Elle inonda son pull de larmes et de morve. Elle s'abandonna totalement à ses sanglots au point que c'en devint presque agréable.

Elle resta comme ça un long moment mais le retour d'Achille la força à se reprendre. Elle essaya de cacher les décombres de son moral mais les regards interrogateurs d'Achille lui firent comprendre qu'elle n'y arrivait pas. Au moment d'aller se coucher, il dit simplement :

— Ça va aller, maman.

— Je sais, dit-elle.

Elle l'avait embrassé, elle avait embrassé Agathe et elle s'était allongée sur son lit avec l'impression très nette d'être morte, vidée de toute émotion, de toute idée, de toute pensée. Elle était pareille à un organisme primitif dont l'activité cérébrale est réduite à ses fonctions les plus élémentaires.

C'est le lendemain, en milieu de matinée, qu'elle reçut le coup de téléphone d'Anne-Pascale Berthelot. Elle se doutait qu'elle allait recevoir ce coup de téléphone, elle s'était dit qu'elle allait devoir s'y préparer. Elle aurait voulu trouver quelque chose à dire pour lui expliquer que cette histoire de viol, de guerre et d'enfant mort n'était qu'une fiction absurde inventée par un crétin mais elle ne s'était pas attendue à ce qu'Anne-Pascale Berthelot l'appelle si rapidement et, quand elle décrocha, elle n'avait aucune idée de ce qu'elle allait pouvoir dire.

— Bonjour, vous êtes Alice?

— Oui.

— Bonjour Alice, je suis Anne-Pascale Berthelot. Tom Peterman m'a donné votre manuscrit. Je l'ai commencé hier soir et je n'ai pas pu le lâcher. Je l'ai terminé cette nuit. J'ai vraiment beaucoup aimé!

— Ah.

— Si vous êtes d'accord, je voudrais qu'on se rencontre. Vous seriez libre pour un déjeuner?

— Un déjeuner?

— Oui. Je ne sais pas, moi… Aujourd'hui.

— Un déjeuner aujourd'hui?

Alice hésita. Elle fut à deux doigts de dire que tout ce que Tom avait raconté était faux et puis son regard tomba sur une facture d'électricité.

Troisième rappel.

Un recommandé la menaçant d'une «résiliation du contrat» (ce qui signifiait une coupure pure et simple). Ce recommandé était posé sur une pile de factures du même type qu'elle n'avait même pas ouvertes: le téléphone, l'eau, une assurance obligatoire, une lettre de l'école d'Achille, un courrier de l'hôpital... Ces factures, ces rappels de facture, ces mises en demeure, ces menaces d'huissier incarnaient le lent naufrage de sa vie et ce rendez-vous était peut-être l'ultime planche de salut.

— D'accord, dit-elle.

Anne-Pascale Berthelot lui donna l'adresse d'un restaurant. Elle se prépara sans conviction : un vieux pantalon, un pull informe, ses cheveux à peine coiffés tenus par un élastique trouvé dans la cuisine. Elle mit Agathe dans le Maxi-Cosi, le Maxi-Cosi sur ses roulettes et elle se mit en route.

Elle marcha vers le restaurant la tête vide, ne sachant pas quoi dire à cette femme qui l'invitait sur base des mensonges de Tom. La seule chose dont elle était certaine, c'était qu'elle n'avait pas faim du tout. Elle avait peut-être juste un peu envie de se bourrer la gueule. Ça ferait probablement mauvais effet sur « une grande éditrice » mais elle s'en foutait complètement !

Elle arriva. Le restaurant était une de ces grandes et belles brasseries vaguement chic. Ça sentait la sauce à la crème et la viande grillée. C'était des odeurs formidables, des odeurs extraordinaires qu'elle n'avait plus senties depuis une éternité. D'ailleurs, depuis quand n'était-elle pas entrée dans un restaurant ? Probablement dix ans. Peut-être plus. Elle chercha l'éditrice du regard, elle avait vu des photos de Berthelot dans la presse, elle savait que c'était une petite femme avec un visage maigre et des cheveux aussi noirs que du mazout. Elle la vit attablée dans un coin un peu à l'écart. Elle trouva qu'assise dans ce coin sombre, penchée sur l'écran d'un iPhone, elle ressemblait à une corneille perchée sur une branche.

Elle s'avança. Berthelot la remarqua, elle lui sourit ; « Pas un sourire de corneille, un vrai beau sourire », se dit Alice.

Anne-Pascale Berthelot se leva, elle s'approcha d'Alice et la prit dans ses bras en disant :

— Je suis si heureuse de vous rencontrer !

Et puis, voyant Agathe elle dit :

— Mais qu'elle est jolie !

— C'est Agathe. Je m'en occupe pour le moment. Ses parents sont à l'étranger.

Elles s'assirent.

Berthelot commanda une bouteille de vin blanc. Alice se dit qu'elle allait vraiment pouvoir se bourrer la gueule et cette perspective lui remonta le moral.

Le serveur leur apporta la carte, elle y jeta un œil, il n'y avait rien en dessous de 25 euros.

— Évidemment, vous prenez ce que vous voulez, c'est la maison d'édition qui vous invite ! lui dit Anne-Pascale Berthelot.

Alice choisit la « sole meunière ou plancha (env. 350 g), purée de pommes de terre » – 37 euros (ça faisait si longtemps qu'elle n'avait pas mangé de sole, elle en avait oublié le goût).

— Vous connaissez bien Tom Peterman ? lui demanda Anne-Pascale Berthelot.

Alice but cul sec un demi-verre de vin blanc. Il était bon : sec comme un caillou, glacé comme une gifle.

— Un peu… On s'est croisés…

— C'est un drôle de type. Je l'aime bien… J'avais lu ses premiers livres mais… Je crois qu'il n'a jamais vraiment trouvé son style… Bon, en tout cas, il a eu une très bonne idée de venir me déposer votre texte. Comme je vous l'ai dit, j'ai vraiment adoré.

— Merci.

— Si vous êtes d'accord, j'aimerais le publier. Je veux dire : je serais fière de pouvoir le publier !

Alice vida son verre. Comme elle était à jeun, l'alcool lui monta à la tête à la vitesse d'un tir de penalty.

— Super ! dit-elle. Il sortira quand ?

— Nous sommes en mars. Ce que j'aimerais, c'est la rentrée de septembre. C'est peut-être un peu risqué parce qu'il y a six cents ou sept cents livres qui sortent à ce moment-là. Mais c'est à la rentrée que tout le monde a les yeux braqués sur les livres.

— Je vais devoir retravailler ?

— Non… Je l'aime comme ça… Avec ses défauts, sa lumière qui vacille, sa musique éraillée et très juste à la fois !

Alice se resservit. De son côté, Anne-Pascale buvait aussi. « Bonne descente », admira Alice. L'éditrice recommanda une bouteille. La bouteille arriva en même temps que le poisson. Maintenant Alice avait faim, elle goûta la sole, une chair douce et citronnée. La purée brûlante dégageait des parfums de truffe. Elle pensa à Achille, elle aurait tant voulu qu'il puisse goûter ça un jour ou l'autre.

— OK. Septembre, dit-elle.

Et puis elle repensa à une discussion qu'elle avait eue avec Tom et elle ajouta :

— Je veux une avance !

Anne-Pascale but encore. Ses joues étaient roses. Elle eut un rire joyeux.

— Évidemment que vous aurez une avance. Votre roman mérite une belle avance ! Bon, je ne suis pas directrice… Mais si c'est raisonnable…

— Je veux 10 000 euros ! dit Alice en lançant un chiffre qui lui paraissait démesuré.

— 10 000 ! C'est beaucoup pour un premier roman. Normalement, on tourne plutôt autour des 2 ou 3 000.

— 10 000 ! répéta Alice. J'ai besoin de cet argent.

Anne-Pascale Berthelot vida son verre.

— C'est beaucoup…

Alice ne dit rien. L'éditrice dit encore :

— Mais c'est vraiment un bon roman. Un très bon. Je peux essayer de les convaincre. Je ne peux rien promettre… Ça va dépendre du directeur commercial et du feu vert du grand patron…

— Et là, maintenant, vous avez combien sur vous ? demanda Alice.

— Sur moi ?

— Oui… Je suis vraiment dans une situation compliquée…

Berthelot prit son sac, en sortit un portefeuille en cuir usé qu'elle ouvrit.

— J'ai 150 euros, dit-elle en sortant trois billets de cinquante et en les tendant à Alice. Prenez déjà ça, si ça vous dépanne.

Alice regarda les billets tendus :

— Vous… Vous me les donnez vraiment ?

— Oui ! Évidemment ! Vous savez, j'ai pas mal ramé aussi. Les fins de mois difficiles, je sais ce que c'est !

Alice prit l'argent. Elle sentit une incroyable émotion la submerger, comme si tout ce qu'elle avait pu croire jusqu'à ce jour sur le monde, sur l'injustice, sur l'argent, sur l'égoïsme était en réalité totalement faux.

— Merci. Je vous les rendrai ! dit-elle.

Après, il y eut encore une bouteille de vin et quand le repas prit fin, Alice se sentit un peu tanguer en se levant. C'était une ivresse joyeuse provoquée par l'alcool qu'elle avait dans le sang, les 150 euros qu'elle avait en poche et la possibilité absolument fabuleuse d'obtenir une avance de 10 000 euros dans les prochains mois.

Comme Alice était à pied, Anne-Pascale Berthelot proposa de partager son taxi.

— On vous déposera en chemin, avait-elle dit.

Dans le taxi, Anne-Pascale Berthelot regarda Agathe avec curiosité.

— Comme c'est étrange, un petit humain, dit-elle. C'est étrange, terriblement mignon et un peu dégoûtant à la fois !

Alice se mit à rire. Elle rit comme elle ne l'avait plus fait depuis des années. Berthelot rit à son tour. Même le chauffeur de taxi se mit à rire.

— Moi, je n'ai jamais eu d'enfant. Je n'ai même jamais eu de mec. J'aime bien les mecs mais avoir toujours le même à la maison, quelle horreur !

— C'est vrai cette histoire… avec le ministre ? demanda Alice qui avait lu quelques articles au sujet des *Muqueuses de la république*.

Le regard de Berthelot devint rêveur. Des souvenirs eurent l'air de passer dans son esprit :

— Oui, non… Peut-être… Enfin, il était si sérieux, c'est pour ça que ça n'a pas fonctionné… Mais c'était un bon coup… Il avait une bite aussi large que mon avant-bras !

— Et la prédation sexuelle au gouvernement ?

Berthelot soupira.

— Oh oui, y a quelques gros tordus… Plus tu montes dans la hiérarchie, plus ils sont tordus.

Elles rirent encore. C'était si gai d'être bourrée et de rire. Alice n'avait pas ri depuis tant d'années. Berthelot continuait à parler.

— Ce que je n'ai jamais réussi à déterminer, c'est : est-ce que c'est le pouvoir qui les rend tordus ou bien est-ce que c'est le fait d'être tordu qui donne envie d'avoir du pouvoir. Par exemple – et ça je ne l'ai pas mis dans le livre –, il y avait ce ministre qui était excité par les flûtes…

— Les flûtes ?

— Oui, les flûtes à bec. Il payait des filles pour leur introduire l'extrémité d'une flûte à bec dans le vagin et lui, il se mettait à genoux, entre les jambes de la fille, et il jouait des airs qu'il avait appris quand il était enfant…

Elles rirent encore. Alice n'en pouvait plus de rire et quand le taxi arriva chez elle, son ventre lui faisait mal. Avant qu'elle ne descende, Berthelot la serra dans ses bras :

— Vous êtes une femme formidable, je suis tellement fière de pouvoir travailler avec vous.

Alice sentit qu'elle devait tout lui avouer maintenant. Que c'était le moment ou jamais. Elle commença :

— Il faut que…

Anne-Pascale Berthelot l'interrompit :

— Je vous envoie le contrat dans la semaine… Vous aurez votre avance !

Alice ne dit plus rien et elle rentra chez elle.

Elle ne riait plus.

Elle avait honte.

Elle se demanda si tous les braqueurs ressentaient cette honte-là le jour de leur premier braquage.

Elle se dit que c'était probable.

4

Devenir un homme

Tom n'eut plus de nouvelles d'Alice. Souvent, il eut envie d'en prendre. Ça le prenait surtout le matin, quand son esprit n'était pas encore tout à fait revenu des rêves de la nuit et qu'il lui semblait que des choses impossibles pouvaient se réaliser. Mais cette envie le prenait aussi le soir, quand sa volonté était entamée par un deuxième verre de vin. Il composait alors le numéro d'Alice, il restait un moment à réfléchir le doigt suspendu au-dessus du bouton « appel » mais chaque fois, il renonçait à cause de la peur des reproches qui risquaient de lui être faits et par celle de briser encore un peu plus ce qui l'était déjà. Il déposait alors son téléphone en essayant de se convaincre, sans y parvenir, que faire ce qu'on lui avait demandé – dans ce cas-ci : ne pas reprendre contact, disparaître – était plus une preuve de force de caractère que de lâcheté.

Le besoin d'argent le força à terminer son roman. Il l'écrivit avec dégoût. Mécaniquement. Avec ennui. Comme on mange sans avoir faim. Comme on fait l'amour sans désir. Une fois achevé, il savait à peine de quoi parlait son histoire. Il l'avait envoyé sans le relire. Yves Lacoste l'appela pour lui dire qu'il l'avait trouvé « étrange mais intéressant ». Il avait reçu son virement de 1 500 euros, dont il se servit pour payer une série de factures en retard. Il écrivit trois histoires policières pour Story Factory. Les deux premières racontaient une histoire de meurtre dans les Ardennes, la troisième l'histoire d'une mère qui tue son enfant trisomique. Cette dernière ne fut pas retenue et donc pas payée (on ne voulait pas stigmatiser le handicap).

Sa situation financière devint critique.

Il fallait qu'il gagne un peu d'argent s'il voulait survivre. Durant ces mois-là, le Président dit qu'il « suffisait de traverser la rue pour trouver du travail » mais Tom savait que ce n'était pas aussi simple. Son expérience dans les centres d'appel ne lui servait à rien, il était trop vieux, dans son secteur les choses avaient changé en l'espace de quelques années. Il chercha du travail dans la restauration mais il fallait être plus jeune pour servir en salle et la plonge était réservée à des esclaves venus d'Afrique. Les chantiers de construction cherchaient des hommes capables de porter, du matin jusqu'au soir, des sacs de cinquante kilos de ciment et les sociétés fournissant des services de nettoyage refusèrent de l'engager en argumentant que « les clients faisaient plus confiance aux femmes pour les tâches ménagères ». C'est à ce moment qu'il commença à distribuer des publicités dans les boîtes aux lettres. Il allait chercher des liasses de publicité dans les bureaux d'une société spécialisée en « mailing », il rentrait chez lui, il passait la soirée à les plier en deux et le lendemain, tirant derrière lui un caddie rempli à ras bord, il les distribuait, maison par maison, hall d'immeuble par hall d'immeuble, boîte par boîte : des réductions pour des cuisines équipées, du poulet en promotion, deux pizzas plus une à cinquante pour cent, un lave-glace offert à l'achat de deux pneus neufs. Il était payé à la quantité distribuée (pas question de se débarrasser discrètement des lots, il devait indiquer le nom des rues dans lesquelles il avait fait sa tournée et il y avait des contrôles). Ça rapportait 40 euros pour sept cents prospectus distribués. En allant vite, il parvenait à faire ça en une dizaine d'heures. En travaillant tous les jours, il se faisait presque 300 euros par semaine mais certaines semaines, le dépôt n'avait aucun prospectus à distribuer. À force de marcher des journées entières, une douleur au niveau de son genou droit s'installa durablement. Le matin, avant de partir, il prenait un anti-inflammatoire, il se massait le genou avec une pommade chauffante, ça calmait un peu la douleur mais sans la guérir. Le plus embêtant, c'était que du coup il allait moins vite et il lui fallut bientôt deux jours pour distribuer les sept cents prospectus, ce qui fit chuter ses revenus de moitié.

Pour combler ce qu'il perdait, il s'inscrivit comme volontaire à des tests cliniques. Il testa une crème dermatologique pour les peaux sèches à très sèches (il passa deux week-ends en clinique et gagna 60 euros). Pour 200 euros, il passa quatre jours dans une unité de recherche sur le sommeil (il testa un masque en tissu pour les yeux, il dut dormir avec des capteurs sur tout le corps, il fit des cauchemars) et pour 350 euros, il participa à un test sur un antidouleur au nom codé :

pendant une semaine on lui fit des électrocardio-grammes, on prit sa température anale, on lui fit des prises de sang. Le cinquième jour, il fit une crise de tachycardie de vingt-quatre heures durant laquelle il crut qu'il allait mourir. Les centres de tests cliniques le blacklistèrent, un cobaye qui meurt n'était pas une chose envisageable. Il put malgré tout continuer de tester des compléments alimentaires (mais ces tests-là étaient plus rares et plus mal payés). Il pensa à faire des dons de sperme. Le site internet d'une clinique s'occupant de PMA proposait un « défraiement » de 50 euros par don (à raison de deux dons par mois maximum). Il se rendit à la clinique mais la fille de l'accueil lui signifia qu'il fallait avoir moins de quarante-quatre ans. Ce fut une humiliation particulièrement pénible. Il s'inscrivit sur un site proposant de répondre à des sondages en ligne contre de l'argent. C'était payé entre 50 centimes et 3 euros par sondage. Chaque jour, il y avait quatre ou cinq sondages disponibles portant sur toutes sortes de domaines : « bien-être », « animaux », « commerce et restauration ». Il faisait ça le soir, après sa journée de distribution de prospectus. Ça lui prenait deux ou trois heures, les questionnaires étaient longs et fastidieux. Au début, il essayait vraiment de répondre aux questions, à la fin il répondait n'importe quoi. Il se disait que de toute façon, ses réponses n'allaient pas changer grand-chose à la manière dont telle chaîne de restauration vendant des brochettes orientales vendrait ses brochettes orientales. Avec ça, il gagnait une dizaine d'euros par semaine, une cinquantaine d'euros par mois, sur son budget, c'était une somme importante.

L'été arriva.

Fin juin, il reçut les vingt exemplaires d'auteur de son roman qui, finalement, s'intitulait *Le Sculpteur de chair*. Il n'aimait pas le titre, il n'aimait pas non plus la couverture, dont l'illustration était une aquarelle représentant un homme de dos face à un tunnel. La quatrième de couverture disait : « Avec *Le Sculpteur de chair*, Tom Peterman explore la complexité des relations amoureuses au temps de la mondialisation. » Il en rangea un exemplaire dans l'espace de sa bibliothèque consacré à ses propres livres. « Un de plus », se dit-il.

Juillet fut plus chaud que jamais, tous les journaux y allaient de leurs dossiers spéciaux sur le dérèglement climatique, la distribution de prospectus devint un calvaire, le disque dur de son ordinateur ne supporta pas l'atmosphère tropicale de l'appartement et le lâcha alors qu'il remplissait une enquête portant sur ses pratiques sportives (il y avait déclaré qu'il faisait du volley en club deux fois par semaine). La réparation du disque dur lui coûta plus de 200 euros. À la mi-août, alors que des orages de fin du monde semblaient vouloir déraciner la ville et qu'une eau sale et tiède dévalait les rues, comme l'aurait fait une crue du Gange, les premiers articles portant sur la rentrée littéraire commencèrent à sortir. Le magazine *Lire* publia un dossier comprenant les « dix livres à ne pas manquer ». Bien entendu, *Le Sculpteur de chair* ne s'y trouvait pas. Il y avait quelques auteurs relativement connus parmi lesquels Joël Vasseur, qui publiait un récit intitulé *Vu du ciel*, où il racontait l'atmosphère à l'Élysée pendant la crise des gilets jaunes, il y avait trois premiers romans : un jeune homme issu de l'immigration et qui avait grandi en banlieue publiait

Kärcher («Un roman crépusculaire sur la grammaire de la violence d'État»), une étudiante en lettres avait écrit *Un tombeau pour ses yeux* («Dans une langue impudique, la chronique sans concession d'un amour lesbien») et enfin *Feel good*. Au sujet de *Feel good*, le journaliste disait : «Un premier roman passionné et passionnant, une aventure inoubliable.» Le cœur de Tom s'était serré. Alice avait donc presque réussi : non seulement le roman était publié mais en plus il attirait déjà sur lui l'attention d'une rédaction. La couverture s'illustrant d'un paysage toscan de carte postale était assez belle et la présence du nom d'Alice, juste en dessous du titre, le remplit de bonheur. Il eut envie de l'appeler pour la féliciter mais encore une fois, il renonça. Dès le lendemain, il se mit à googler régulièrement le nom d'Alice et le titre *Feel good*. En quelques jours, entre le seize et le vingt-cinq août, les suppléments littéraires de la plupart des grands journaux faisaient leurs dossiers consacrés à la rentrée littéraire. *Feel good* s'y trouvait la plupart du temps. «Un roman prometteur», disait *Libération*, «Une nouvelle voix» (*Le Figaro*), «Une autrice à suivre» (*Elle*), «Sans aucun doute, la belle surprise de la rentrée» (*Le Point*). Sur les réseaux sociaux, ça bougeait aussi : sur Twitter le hashtag suivi du nom d'Alice avait déjà été utilisé plusieurs centaines de fois et sur Instagram, des bookstagrameurs qui avaient reçu le livre en service de presse faisaient de jolies photos : le livre à côté d'un bouquet de fleurs, le livre sur un appui de fenêtre ou sur une nappe en lin auréolée de la lumière d'or d'un matin à Paris. Ces photos s'accompagnaient toujours de l'émoji visage avec des cœurs pour les yeux, soleil, mains qui applaudissent, signes qu'il était un «vrai coup de cœur».

Sur le site d'Amazon, Tom apprit que la date de sortie était fixée au six septembre, soit dix jours plus tard. Le soir, sur le site de France Télévision, il lut qu'Alice serait invitée à l'émission de rentrée de *La Grande Librairie*. Une invitation pareille pour un premier roman, c'était une chance inouïe, c'était l'émission que tous les libraires, tous les journalistes et tous les lecteurs allaient suivre, même si Alice n'y disait rien et se contentait de sourire, c'était des dizaines de milliers de ventes assurées. Tom n'en revenait pas. Il se demanda comment Alice pouvait bien vivre tout ça. Il se dit que ça devait être fantastiquement excitant. Il se demanda s'il était jaloux mais, avec un peu de surprise, il se rendit compte qu'il ne l'était pas du tout. Au contraire, c'était la première fois qu'une œuvre à laquelle il avait, modestement, contribué semblait s'approcher du monde impénétrable du succès.

Fin août, un journaliste de France Inter fit une interview d'Alice. Tom écouta plusieurs fois le podcast. Elle était détendue, elle semblait parfaitement à l'aise, peut-être qu'Anne-Pascale Berthelot l'avait fait travailler ses punchlines, peut-être était-ce un talent qu'elle s'était découvert.

— J'ai lu que vous avez mis moins de trois semaines à écrire ce roman ? disait le journaliste.

— Oui… Trois semaines pour l'écriture mais presque cinquante ans pour la réflexion, répondait Alice.

Entendre sa voix après tous ces mois de silence bouleversa Tom à un point qu'il n'aurait pas imaginé. Il lui écrivit un mail la félicitant pour l'interview mais, une fois arrivé à la fin, de peur de passer pour celui voulant profiter des miettes d'un succès qui n'était pas le sien, il l'effaça.

Et puis, le soir de l'émission *La Grande Librairie* « spéciale rentrée littéraire » arriva. Tom n'aurait manqué ça pour rien au monde. Il y avait trois invités : Joël Vasseur pour son récit *Vu du ciel*, un auteur de bandes dessinées pour un roman graphique consacré à la maladie d'Alzheimer et enfin Alice pour *Feel good*.

Pendant le générique de l'émission, la caméra balaya les trois invités. Quand Tom vit le visage d'Alice apparaître à l'écran, il eut l'impression que tous ses organes étaient réduits en cendres par la grande brûlure de l'amour. Alice portait des vêtements qu'il ne lui connaissait pas, sans doute les avait-elle achetés pour l'occasion : un élégant chemisier turquoise à motifs végétaux, un pantalon noir et des bottillons en cuir. Ses cheveux étaient différents, plus blonds, plus longs, plus lisses, plus brillants, un coiffeur avait manifestement soigné le brushing.

L'émission commença par l'interview de Joël Vasseur. Il était brillant, spirituel, il raconta avec bienveillance des détails de la vie quotidienne du couple présidentiel dont il semblait être un proche, il citait Bourdieu, il citait Malraux, il citait le général de Gaulle et Karl Marx. Il portait un veston noir taillé à la perfection, une chemise blanche coupe italienne, une barbe de quelques jours aux poils d'un noir graphite si bien répartis qu'ils semblaient avoir été dessinés par un artisan particulièrement soigneux. Il termina en racontant une anecdote très amusante autour de la rencontre entre David Bowie et Charlie Chaplin à Megève en 1974, cela fit rire tout le monde. Seul dans son salon, Tom se sentit particulièrement misérable, il ne connaissait aucune anecdote sur rien, s'il avait été présent sur ce plateau de télévision, il n'aurait probablement fait rire personne.

Puis ce fut au tour de l'auteur de bandes dessinées. Il expliqua que tout l'enjeu de son travail avait été de trouver «comment traduire graphiquement la désagrégation de la mémoire» (par des dessins tracés à la gomme plutôt qu'au crayon). Joël Vasseur, la voix soudain profonde et le regard liquide, déclara qu'il avait été «profondément touché» par cet album «pour des raisons personnelles». Pendant un instant, le silence se fit signifiant que tout le monde était ému par cet homme n'hésitant pas à se mettre à nu et puis vint le tour d'Alice.

— Votre roman sort dans quelques jours et on en parle déjà beaucoup. Ceux qui ont eu la chance de le lire l'annoncent comme «le» livre de la rentrée. Alors est-ce que vous avez écrit une histoire belle et lumineuse pour répondre aux drames qui ont marqué votre vie?

Alice hésita avant de répondre:

— Non… Je ne crois pas… J'ai commencé ce livre sans trop savoir pourquoi et puis… Et puis j'ai eu l'impression qu'il prenait possession de moi.

Le journaliste hocha la tête.

— Oui, c'est une belle réussite… Tant de joie et de douceur alors que vous êtes une survivante. Vous avez fait la guerre au côté des femmes yézidies. On vous appelait la Veuve Blanche.

Tom avala sa salive.

Sur l'écran de sa télévision, il vit Alice froncer les sourcils.

— Vous savez, tout ça… c'est derrière moi maintenant… C'est loin… C'est comme si ce n'était jamais arrivé.

Joël Vasseur prit encore la parole :

— Excusez-moi mais il y a quelque chose de bizarre dans votre histoire. On me l'a racontée… L'attachée de presse de votre éditeur la raconte à tout le monde, c'est une histoire qui attire évidemment l'attention… Sauf que je connais un peu la région, j'y suis allé plusieurs fois quand je préparais mon roman *Des yeux sans larmes* et je vous garantis qu'il n'y a jamais eu de milice de femmes yézidies. Il y a bien eu des milices de femmes mais c'était des femmes kurdes.

Tom serra les poings.

Le manque de documentation, c'était son éternel défaut.

À l'écran, incapable de répondre, Alice se taisait.

5

La lutte finale

Pour Alice, les quelques mois qui précédèrent la sortie de *Feel good* furent comme un étrange voyage qui la conduisit d'un monde à un autre. D'un monde figé, immobile, triste et gris à un univers vivant, mobile et rempli de surprises. Anne-Pascale Berthelot lui présenta l'équipe de la maison d'édition : il y avait Magalie (l'attachée de presse), Marie (une autre attachée de presse), Aurélie (en charge des libraires) et toute une série de jeunes femmes, toutes très minces, toutes avec des franges droites comme l'horizon, juste au-dessus des sourcils. On lui présenta la directrice : Camille Bonnin de La Bonninière de Beaumont, une grande femme brune d'une cinquantaine d'années qui avait fait carrière dans l'agro-alimentaire avant de se lancer dans l'édition. Elle avait un regard pas tout à fait vivant et un corps qui avait l'air d'avoir été renforcé dans un laboratoire d'aéronautique. En toutes circonstances, elle affichait un sourire semblant avoir été mis au point dans un centre de recherche en psychologie

353

comportementale. Alice évitait autant que possible de rester seule avec elle.

Toutes ces filles à franges, toutes ces filles minces, toutes ces filles avec des noms en «ie» étaient extrêmement gentilles, presque serviles. Lorsqu'Alice arrivait dans les bureaux de la maison d'édition, pour discuter d'un point de détail concernant le manuscrit, pour relire les épreuves, pour parler de l'illustration ou pour valider la quatrième de couverture, on lui demandait si elle n'était pas fatiguée, on lui proposait un café, ou bien un thé, ou bien un matcha latte ou bien on pouvait aller lui chercher un «ginger elixir» au café bio du coin de la rue. Pour Alice, cette sensation d'être accueillie, attendue, aimée, cajolée comme un enfant que l'on gâte était une sensation incroyablement agréable. Ça lui donnait l'impression d'être enfin intégrée dans un monde dont elle avait été exclue si longtemps, d'occuper une place, d'avoir une fonction ou, plus simplement, de servir à quelque chose.

Avec l'argent de l'avance, la vie devint plus simple, plus légère, moins angoissante. Son sommeil, qui avait toujours été irrégulier, incertain, toujours prêt à se rompre, aussi fragile qu'une feuille de cristal sur laquelle s'abattait une pluie de fer, devint doux et profond comme celui d'un chat qui a passé une bonne journée. Elle put, luxe inouï, s'offrir les services d'une baby-sitter qui s'occupait des courses et, au besoin, de la cuisine. Cela la libéra et, débarrassée de toute impression de contraintes, l'amour qu'elle portait à Achille et Agathe lui sembla décuplé, atteignant des sommets si vertigineux qu'elle ne les aurait pas crus possibles. Quand elle rentrait chez elle, elle couvrait les enfants de baisers, elle les serrait contre elle, elle les reniflait comme une louve renifle ses petits, elle écoutait avec patience et émerveillement Achille lui parler du mythe d'Horus, elle jouait avec Agathe sur ce tapis d'éveil à 139 euros (avec anneaux de billes en plastique, une souris hochet, un oiseau pouet-pouet et du papier crissant).

Souvent, elle pensait à Tom. Elle y pensait si souvent qu'elle dut se rendre à l'évidence qu'il lui manquait et qu'elle aurait aimé partager «tout ça» avec lui. Quand elle pensait à lui, son visage lui revenait en plein dans les yeux, son odeur, pleine et entière, se cristallisait dans sa mémoire olfactive et la texture de sa peau semblait se matérialiser sous ses mains. Mais l'instant d'après elle se souvenait du mensonge idiot qu'il avait cru devoir inventer et la colère l'envahissait de nouveau.

L'été était presque là. Il y eut deux journées consacrées à la présentation de la rentrée littéraire aux libraires, il y eut une journée durant laquelle elle rencontra les représentants de la maison d'édition, il y eut un déjeuner avec une série de journalistes. Chaque fois, Anne-Pascale Berthelot expliquait à quel point *Feel good* était un roman qui l'avait bouleversée, chaque fois Camille Bonnin de La Bonninière de Beaumont expliquait à quel point «elle était fière d'être l'éditrice d'Alice, une autrice qui allait compter dans les années à venir». Chaque fois, Alice souriait avec modestie et expliquait qu'elle avait «simplement essayé d'écrire l'histoire qu'elle aurait aimé lire». Elle sentait bien que sa simplicité, sa modestie et sa fraîcheur plaisaient aux libraires, aux représentants et aux journalistes. Alors, elle essayait d'être encore plus modeste, plus simple et plus fraîche.

En juin, la maison d'édition organisa une soirée pour fêter les auteurs qui seraient ceux de la rentrée. Pour l'occasion, Camille Bonnin de La Bonninière de Beaumont avait loué un magnifique espace qui avait été, selon elle, l'atelier d'imprimerie de François Villon. Il y avait des journalistes, des agents, des auteurs. Peu nombreux étaient ceux qui avaient lu *Feel good* mais tout le monde en parlait déjà et tout le monde venait féliciter Alice en lui garantissant que « ça allait marcher », que « les droits étrangers s'arracheraient à Francfort », que « le cinéma ferait des propositions ». Ce soir-là, Alice but un peu trop, sa tête tournait et il lui sembla que cette ivresse était la plus merveilleuse de toutes celles qu'elle avait connues jusqu'alors.

Elle dut passer deux jours à Mulhouse pour y rencontrer les libraires du Grand Est (Camille Bonnin de La Bonninière de Beaumont avait souligné l'importance d'être présent « en région »). Lors de la soirée organisée dans la salle de conférence de l'hôtel Mercure, elle remarqua un homme d'une soixantaine d'années dont le visage lui disait quelque chose.

— C'est François Muller, lui dit Anne-Pascale, un auteur qui publie chez nous. Il a eu le prix Goncourt dans les années 1980. Il écrit des romans sur la mer et la marine. Il a animé cette émission sur France 3, *Écume*, dans laquelle il parlait des côtes françaises.

— Ah oui, c'est de là que je le connais ! fit Alice.

Plus tard dans la soirée, François Muller vint lui parler. Il portait un veston en velours vert sur une chemise bleu ciel. Un petit foulard de soie était noué autour de son cou.

— Vous savez que l'endroit où nous nous trouvons fut un ancien fort militaire construit en 1445 par Louis XI pour tenir tête aux cités suisses !

— Ah non, je ne savais pas.

— J'aime bien l'Histoire de France mais ce que j'aime par-dessus tout, c'est la navigation ! dit l'homme.

Et de navigation, justement, il lui parla longtemps : la Manche, l'Atlantique, la Méditerranée, la Côte d'Opale, la Bretagne, la Normandie, Éric Tabarly, Alain Colas, les soixante-quatorze canons du vaisseau *L'Espérance*. Alice sentait bien qu'il était en « mode drague ». Elle n'était pas intéressée mais elle était un peu ivre. Tout en parlant (« les quarantièmes rugissants, les cinquantièmes hurlants, le Vendée Globe, le sauvetage de Yann Eliès… »), il la raccompagna à sa chambre. Une fois devant la porte, Alice sentit quelque chose en elle qui avait l'air de dire : « Oh ben, au fond, pourquoi pas ? » Peut-être était-elle flattée d'être courtisée par un prix Goncourt, par un homme qui avait animé une émission sur France 3, peut-être n'avait-elle pas envie d'être seule, peut-être qu'elle avait juste envie d'être prise dans les bras d'un homme. Elle demanda :

— Vous voulez entrer prendre un verre ?

François Muller dit :

— Avec plaisir.

Une fois dans la chambre, il l'embrassa. Il sentait le tabac, elle se rappela qu'il présentait souvent l'émission *Écume* en fumant la pipe, toute cette fumée avait dû transformer son système respiratoire en une espèce de cheminée charbonneuse. Il se déshabilla. Elle trouva que, dans la forme et dans la peau, il avait un corps de vieux. Elle se déshabilla à son tour et quand elle fut nue, il dit :

— Alice… Comme tu es belle.

Elle ne sut pas quoi répondre. Ils s'embrassèrent encore, elle sentit encore cette odeur de cheminée. Il avait des gestes doux et gentils, presque précieux. Comme s'il ne caressait pas un corps de femme mais un morceau de corail sur le point de rompre. Alice trouva ça un peu ennuyeux mais elle le laissa faire. Lui, il répétait : « Alice… Alice… Tu es comme une goélette sur les vagues de l'océan. » Elle eut envie de rire mais se retint. Après un moment, comme elle commençait à avoir envie de dormir et qu'elle voulait en finir, elle prit en main le sexe du prix Goncourt mais elle constata qu'il était complètement mou. Il dit :

— Je… Je suis désolé… Tu comprends, avant je pouvais prendre quelque chose, du Cialis ou du Viagra. Mais comme j'ai eu des problèmes cardiaques, mon médecin m'a dit que c'était dangereux… Alors, voilà…

— C'est pas grave, dit Alice.

François Muller se redressa et, d'un ton presque embarrassé, il dit :

— Il y a peut-être une chose qui me ferait… De l'effet… Une chose.

— Ah oui ? dit Alice.

— Tu serais d'accord pour… me pisser dessus ?

Alice réfléchit un bref instant et dit :

— Euh… Non, j'ai pas envie, c'est pas trop mon truc.

— On peut faire ça dans la baignoire, essaya-t-il.

— Non vraiment, j'ai pas envie.

— J'ai eu le prix Goncourt, tu sais.

— Oui, je sais.

Le vieil homme soupira :

— Ma queue c'est comme mes livres : à un moment ça fonctionnait mieux.

Alice l'embrassa.

— Je suis fatiguée, dit-elle.

Ils s'endormirent.

Le lendemain, quand elle se réveilla, François Muller était parti. Il avait laissé un mot sur l'oreiller : *Chère Alice, merci pour cette belle traversée.*

Plus que jamais Tom lui manqua. Elle prit son téléphone, elle composa son numéro mais elle eut peur qu'il soit fâché par tous ces mois de silence. Et comme elle ne se sentait pas la force de faire face à sa colère, elle n'appela pas.

Elle rentra chez elle et retrouva les enfants.

Depuis la méningite d'Agathe, l'hôpital lui avait déjà envoyé plusieurs courriers insistant sur la nécessité de fournir « dans les délais les plus brefs » la carte d'identité du titulaire de l'autorité parentale « afin de compléter le dossier ». Elle ne répondait jamais, elle ne savait pas quoi répondre, elle imaginait, elle espérait, que l'administration finirait par classer le dossier. Ça l'angoissait quelques instants et puis elle jetait la lettre.

L'été fut torride. Des orages d'apocalypse semblèrent vouloir noyer le pays sous des hectolitres d'eau grisâtre. Il y eut des morts : à Faux-la-Montagne, la Twingo d'une famille de cinq personnes fut emportée par un torrent de boue, à Montignac-le-Coq un couple de retraités fut piégé par une brusque montée des eaux qui submergea leur petit rez-de-chaussée. Le dispositif ORSEC fut activé dans la plupart des départements. À Stockholm, un jeune homme de retour de Syrie vola un bus scolaire et fonça dans la foule colorée participant à la Stockholm Pride, ce fut un carnage.

Se basant sur les premiers retours des représentants et les commandes de libraires, Camille Bonnin de La Bonninière de Beaumont prévit un premier tirage de six mille exemplaires. Puis, quand tomba la nouvelle de l'invitation d'Alice à *La Grande Librairie*, elle estima qu'elle pouvait, sans risque, en tirer vingt mille. Enfin, quand juste avant septembre les premiers articles consacrés à la rentrée littéraire commencèrent à sortir et que *Feel good* était presque systématiquement cité comme une « révélation », le premier tirage passa à vingt-cinq mille.

La veille de l'émission, Anne-Pascale Berthelot demanda à Alice ce qu'elle allait porter. Alice qui n'y avait pas réfléchi répondit :

— Ah, je ne sais pas, quelque chose de simple.

Berthelot lui proposa de l'accompagner dans une boutique afin d'y choisir quelque chose qui passerait bien à l'écran. À deux, elles allèrent dans les petites rues chics où, quelques mois plus tôt, Alice avait rejoint Séverine dans le « lieu » servant les thés exotiques. Elle se souvint des vitrines dans lesquelles se trouvaient des tenues hors de prix mais qui, aujourd'hui, grâce au miracle de l'avance reçue, étaient devenues abordables. Dans une première boutique, elle choisit un pantalon noir taille haute qui lui allongeait les jambes (280 euros), dans une seconde elle craqua pour des bottillons en cuir à talon (550 euros) et dans une troisième un chemisier en soie turquoise avec une impression « branches d'orchidées » (345 euros). Toujours accompagnée d'Anne-Pascale Berthelot, elles allèrent chez un coiffeur dont le salon décoré comme un petit temple japonais se trouvait dans un hôtel particulier du XVIIᵉ siècle. Alice se souvint du coiffeur Inter Planet Hair au-dessus duquel, rue des Combattants, elle avait passé son enfance. Pour la première fois depuis des années, son père lui manqua. Elle se demanda si, depuis le monde des morts, l'observant en silence, il était fier de sa fille qui finissait par s'en sortir. Mais elle ne put penser plus longtemps à son père car un petit homme à l'accent germanique sembla voir en ses cheveux la possibilité d'un accomplissement artistique. Il travailla durant trois heures au terme desquelles les cheveux d'Alice prirent une coloration que le coiffeur appelait « le blond beachy » (« comme si vous reveniez de vacances au soleil ! »). Le shampoing, la coupe, le brushing et la coloration, l'élan artistique et la tasse de café « Absolute Origin Honduras Bio » furent facturés pour un total de 460 euros. Quand Alice se regarda dans la glace, elle eut l'impression à la fois insolite et fascinante de ne pas se reconnaître. C'était comme si on l'avait soudain mise à l'intérieur de quelqu'un d'autre.

Finalement, ce fut le jour de l'émission. Camille Bonnin de La Bonninière de Beaumont lui donna pas mal de conseils qu'elle semblait sortir d'une formation en marketing management (« ciblage, positionnement, produit »). Alice se rendit compte que cette femme l'agaçait au plus haut point. Une heure avant le début de l'émission, alors qu'une jeune fille brune la maquillait, elle eut soudain terriblement envie d'être seule et au calme, elle ne voulait plus qu'on lui parle, elle ne voulait plus qu'on la conseille, elle voulait qu'on la laisse tranquille. Mais elle ne dit rien et Camille Bonnin de La Bonninière de Beaumont, avec son sourire industriel et son regard mort, continua à lui parler jusqu'à son entrée dans le studio.

Il y avait là le journaliste (il vint lui serrer la main et la rassurer en lui disant que tout irait bien), un auteur de bandes dessinées aux ongles sales et un autre auteur, Joël Vasseur, qui semblait aussi à l'aise que dans sa salle de bains.

Et puis, après un signal, le direct commença.

Il y eut l'interview de Joël Vasseur, il y eut l'interview de l'auteur de BD, elle écouta tout patiemment, impressionnée par l'aisance que ces gens possédaient pour s'exprimer en public. Parfois, elle remarquait que la caméra la cadrait, elle voyait son image sur un petit écran se trouvant au fond du studio, elle ne se reconnaissait toujours pas mais elle essayait de sourire. À mesure que le temps passait, elle savait de moins en moins ce qu'elle allait pouvoir répondre aux questions qu'on lui poserait.

Et puis, soudain, ce fut son tour.

Le journaliste se tourna vers elle, toujours souriant, toujours sympathique et, après une brève présentation, il dit :

— Votre roman sort dans quelques jours et on en parle déjà beaucoup. Ceux qui ont eu la chance de le lire l'annoncent comme « le » livre de la rentrée. Alors est-ce que vous avez écrit une histoire belle et lumineuse pour répondre aux drames qui ont marqué votre vie ?

Alice se demanda d'abord ce qu'il voulait dire par «drames qui ont marqué votre vie» puis, elle eut un moment de panique quand elle comprit qu'il faisait référence à l'histoire inventée par Tom. Depuis des mois, personne ne lui avait parlé de cette histoire, ni Anne-Pascale Berthelot, ni Camille Bonnin de La Bonninière de Beaumont, ni aucune des jeunes filles maigres à franges. Elle avait fini par conclure que tout le monde s'en foutait. Manifestement tout le monde ne s'en foutait pas ! Elle essaya de placer une réponse neutre :

— Non… Je ne crois pas… J'ai commencé ce livre sans trop savoir pourquoi et puis… et puis j'ai eu l'impression qu'il prenait possession de moi…

Le journaliste hocha la tête.

— Oui, c'est une belle réussite… Tant de joie et de douceur alors que vous êtes une survivante. Vous avez fait la guerre au côté des femmes yézidies. On vous appelait la Veuve Blanche.

Alice eut l'impression très nette de tomber, le sang qui circulait dans ses mains, dans ses pieds, dans ses bras et dans ses jambes s'en alla pour coaguler dans une zone reculée de son organisme. Avec la mâchoire serrée, elle balbutia :

— Vous savez, tout ça… c'est derrière moi maintenant… C'est loin… C'est comme si ce n'était jamais arrivé.

Joël Vasseur prit encore la parole :

— Excusez-moi mais il y a quelque chose de bizarre dans votre histoire. On me l'a racontée… L'attachée de presse de votre éditeur la raconte à tout le monde, c'est une histoire qui attire évidemment l'attention…

Sauf que je connais un peu la région, j'y suis allé plusieurs fois quand je préparais mon roman *Des yeux sans larmes* et je vous garantis qu'il n'y a jamais eu de milice de femmes yézidies. Il y a bien eu des milices de femmes mais c'était des femmes kurdes.

À présent tout le monde la regardait : Joël Vasseur, le journaliste, l'auteur de BD aux ongles sales, depuis les coulisses Anne-Pascale Berthelot et Camille Bonnin de La Bonninière de Beaumont la regardaient aussi, la caméra la regardait de son œil sombre, rond et froid et au-delà de la caméra, les cinq cent mille téléspectateurs hebdomadaires de l'émission parmi lesquels des journalistes, des libraires, la baby-sitter d'Achille et Agathe avec Achille et Agathe et peut-être Séverine et peut-être le père d'Achille. De toute façon, ceux qui avaient manqué la séquence pourraient la revoir demain, après-demain, n'importe quand et pour toujours car elle se serait enracinée sur les terres maudites d'Internet.

Le silence régna dans le studio pendant un temps qui lui parut effroyablement long et de la même façon, à la manière d'un épais glacis, ce silence s'abattit dans son esprit.

Il n'y eut plus de pensée. Il n'y eut plus d'idée. Ce fut comme si une nuit stérile avait remplacé son cerveau dans sa boîte crânienne. Durant tout le temps que dura ce silence, elle eut la conviction que dorénavant il lui serait impossible d'articuler la moindre parole intelligible.

Puis, il se passa quelque chose.

Après un moment dont elle n'aurait pu évaluer la durée, une voix résonna en elle. Une voix juste et réconfortante, une voix et quelques mots qui lui caressèrent le cœur avec un amour infini :

« *Looking out a dirty old window*
Down below the cars in the city go rushing by
I sit here alone and I wonder why »

La voix de Kim Wilde monta en elle comme celle d'un esprit des temps anciens que sa détresse aurait invoqué. Et les paroles de « Kids in America », avec leur joie et leur fureur, lui donnèrent la force de répondre d'une voix calme : « Il me fallait de l'argent, c'est tout. Peut-être qu'ici personne n'a connu ça, le besoin d'argent. Le vrai besoin d'argent ! Pas de l'argent pour vivre, mais de l'argent pour survivre. Et à un moment, pour cet argent, j'ai tout essayé. J'étais prête à travailler, j'étais prête à faire n'importe quoi. Mais c'est simplement qu'il n'y avait plus de travail. Et quand il y en avait, ça ne me permettait même pas de survivre. Ce n'est pas que je voudrais être riche, j'aurais rien contre, évidemment, mais c'était pas le but. C'est juste que le monde étant comme il est, on ne sait pas y vivre sans argent. Et si vous ne me croyez pas, vous n'avez qu'à essayer. C'est juste pas possible. L'absence d'argent c'est pire que d'être mort ! C'est pas pour rien que tant de pauvres se suicident ! Tout est mieux avec de l'argent, tout est plus simple. Avec de l'argent, la vie devient vraiment plus belle. Les riches, les vrais riches, n'en ont rien à foutre des gens comme moi, des pauvres. Les vrais riches, ils vont brûler le pétrole jusqu'à sa dernière goutte, ils vont pêcher tous les poissons jusqu'à ce qu'il n'en reste aucun, ils vont tout foutre en l'air et se fabriquer des petits paradis isolés de notre enfer. Ils n'en ont rien à foutre. Alors, les gens comme moi, ils essayent de se débrouiller pour survivre et pour faire survivre leurs enfants. C'est ce que j'ai fait ! Je me suis débrouillée. J'ai sucé pour de l'argent, vous savez ce que c'est qu'un CIM ? Un CIM c'est 50 euros de supplément ! En tout cas, j'aurais pu sucer encore mais quand je serais devenue encore plus vieille que je ne le suis aujourd'hui, plus personne n'aurait voulu être sucé par moi ! Sauf une poignée de tordus qui aiment les vieilles bouches. Vous savez ce que j'ai fait ? J'ai fait bien pire que ce mensonge de « Veuve Blanche », j'ai enlevé un enfant ! Oui, j'ai fait ça ! Une petite fille ! Un bébé que j'ai appelé Agathe parce que je ne connaissais pas son nom. J'ai voulu le rendre à ses parents mais je n'ai jamais su qui étaient ses parents. J'aurais peut-être dû l'abandonner à mon tour, la rendre à la police, mais j'ai pas pu, je l'aime cette petite, je donnerais ma vie pour elle ! Et ce livre, *Feel good*, ça a été ma dernière chance pour la sauver, pour sauver mon fils, pour me sauver moi ! Au début, ce livre, ça devait être un braquage culturel, un truc fabriqué pour me mettre à l'abri. Et puis ça m'a plu de l'écrire ! J'ai vraiment aimé ça. Et puis, j'ai un ami formidable qui a inventé cette histoire de femmes yézidies et de Veuve Blanche... Il a fait ça parce qu'il pensait devoir le faire, il croyait que sans ça le livre ne serait jamais édité, on avait besoin d'argent rapidement, sinon ça allait être la misère, c'est un écrivain extraordinaire qui écrit des histoires bizarres, je lui en ai voulu et j'ai été stupide de lui en vouloir parce que c'est contre tout ce système brutal et violent que je devrais être fâchée, pas contre lui qui a fait ça pour nous sauver. Faire ça, c'était un geste d'amour. Personne n'a jamais fait un aussi beau geste pour moi ! Ça je l'ai compris ces derniers mois, et j'ai aussi compris que je l'aimais. Alors, voilà : pour le reste, ce livre vous pouvez bien le brûler si vous voulez ! Moi maintenant, j'en ai marre de tout ce cirque.

Alice regarda autour d'elle, personne ne disait plus rien. Alors, elle se leva et quitta le plateau. Dans les coulisses, elle croisa Camille Bonnin de La Bonninière de Beaumont, dont le regard était plus mort que jamais et qui, pour la première fois, ne souriait plus. Quand elle croisa Anne-Pascale Berthelot, Alice la prit dans ses bras et dit simplement : « Je suis désolée. »

Elle récupéra son manteau et sortit dans la nuit.

6

L'automne

Seul devant son poste de télévision, Tom était debout, poings serrés. Il venait d'assister, en direct, au départ d'Alice.

Après un moment de surprise, le journaliste était parvenu à rebondir, il avait dit quelque chose comme : « Eh bien, j'imagine que ce sont des choses qui arrivent… » Mais Tom n'avait pas écouté la suite, il s'en foutait de la suite. Il avait éteint la télé, il avait pris son téléphone et il avait appelé Alice.

Elle avait décroché.

Il avait dit : « Viens. »

Elle avait dit : « J'arrive ! »

Une demi-heure plus tard, elle était là : essoufflée, décoiffée, en sueur.

Tom demanda :

— Les enfants ?

Alice dit :

— Ils sont avec la baby-sitter, elle va dormir là.

Tom l'avait embrassée.

Elle avait embrassé Tom.

Et ils avaient fait l'amour sur le canapé.

Puis ils avaient fait l'amour sur la table, puis sur le plan de travail de la cuisine (juste à côté de la tache d'humidité) puis par terre (devant le ficus mort) puis contre la porte de la salle de bains, puis dans la salle de bains, puis dans le lit de Tom et puis enfin, avec une synchronisation parfaite, ils s'étaient endormis.

Le lendemain, Anne-Pascale Berthelot appela Alice pour lui dire qu'elle était désolée mais que Camille Bonnin de La Bonninière de Beaumont était furieuse, elle se « sentait trompée et humiliée » et elle annulait la sortie du livre.

Le contrat était rompu.

Dans la foulée, elle reçut un mail assez sec du service juridique lui expliquant que « le mensonge concernant l'identité de l'auteur pouvait être considéré comme dol en droit civil : des agissements trompeurs ayant entraîné le consentement qu'une des parties à un contrat n'aurait pas donné, si elle n'avait pas été l'objet de ces manœuvres ».

Alice avait haussé les épaules.

Et Tom lui fit l'amour encore plusieurs fois : dans le lit, sur la table du petit-déjeuner, derrière le canapé, sur le fauteuil et dans un grand bain d'eau brûlante.

Quand Alice fut sur le point de s'en aller pour rentrer chez elle, Tom demanda :

— Et maintenant, qu'est-ce qu'il va se passer ?

— J'en ai pas la moindre idée.

7

Tout finit toujours par s'arranger

C'est dans l'après-midi qu'Alice reçut la visite des services sociaux et de la police.

Trois hommes en uniforme et une assistante sociale dont le regard cerné trahissait une grande habitude des situations merdiques.

Il fut question d'emmener Agathe le jour même pour la placer d'urgence en famille d'accueil. Très calmement, Alice demanda à l'assistante sociale : « Pourquoi Agathe serait mieux dans une famille d'accueil que chez elle ? » L'assistante sociale fit le tour de la maison, elle inspecta la petite chambre, elle observa Agathe à la recherche de signes de maltraitance mais elle ne vit rien d'autre qu'un bébé heureux et bien portant. Elle sortit téléphoner à un supérieur. Cela dura un bon quart d'heure. À son retour, elle annonça qu'Agathe pouvait rester avec Alice « de manière provisoire, parce qu'il n'y avait pour l'instant pas de meilleure solution pour l'enfant ».

Dans les semaines qui suivirent, un juge fut saisi de

l'affaire. Suivant l'avis des services sociaux, il lui laissa, le temps de l'enquête, la garde d'Agathe.

Plusieurs dizaines d'enquêteurs tentèrent de trouver d'où pouvait bien venir la petite fille. Ils travaillèrent avec un systématisme forçant le respect : il y avait les images d'une caméra de surveillance placée à l'entrée de la crèche mais l'angle ne permettait pas de voir la portion de trottoir sur laquelle Agathe avait été trouvée. Les enquêteurs élargirent le champ de recherche et analysèrent les images d'une quarantaine de caméras de surveillance se trouvant dans un périmètre de deux kilomètres autour de la crèche : les caméras d'une dizaine d'agences bancaires, de plusieurs fast-foods, de quelques grandes surfaces, d'un détaillant en électroménager, d'une boutique de jeux vidéo de seconde main et même d'un sex-shop. Hélas, l'analyse de ces milliers d'images ne donna pas la moindre information sur l'origine d'Agathe, cela n'aboutit qu'à l'arrestation d'un djihadiste classé S que le hasard avait fait passer par là ce jour-là.

On analysa l'ADN de la petite fille et on chercha une concordance dans le fichier national des empreintes génétiques. Cela ne donna rien. On demanda l'aide d'Europol et d'Interpol, on croisa l'échantillon d'ADN avec les fichiers belges, allemands, espagnols, italiens, roumains, slovaques, hollandais, luxembourgeois, hongrois, tchèques, bulgares, grecs et d'une dizaine de pays extra-européens, cela ne donna rien non plus.

On diffusa largement des avis de recherche accompagnés de la photographie d'Agathe, de la photographie du Maxi-Cosi dans lequel elle dormait lorsque Alice l'avait trouvée et de la photographie des petits vêtements qu'elle portait. Cet avis fut partagé un nombre incalculable de fois sur Facebook et Twitter. Évidemment, il y eut des réponses : l'une venait d'une vieille femme souffrant de démence qui crut reconnaître sa fille (qui était en réalité âgée de quarante-quatre ans), une autre d'un délinquant sexuel à l'intelligence limitée (score de 72 sur l'échelle de Wechsler) et une dernière d'un youtubeur qui voulait « tester les services de police » pour « tenir informé ses abonnés » (il récolta quarante mille pouces bleus). Ce fut tout.

Un des enquêteurs eut alors l'idée de vérifier le numéro de série du Maxi-Cosi. C'était un vieux modèle, produit sous la marque Maxi-Cosi par l'entreprise américaine Dorel et fabriqué en Chine par le groupe Hebei Shenghua, dans une usine de Zhangjiakou (à deux cents kilomètres au nord-ouest de Pékin). Il faisait partie d'un lot qui avait été livré par conteneur à un grossiste en matériel de puériculture allemand. On put tracer son chemin jusqu'à un détaillant de Sarrebruck qui avait fait faillite et dont les stocks avaient été liquidés sans qu'il n'y ait le moindre suivi. On perdait alors sa trace.

Finalement, après plusieurs mois, la cellule de recherche dut conclure qu'elle n'avait pas la moindre idée d'où pouvait venir Agathe. Il n'y avait pas le début d'une piste, pas l'ombre d'une hypothèse, absolument rien, c'était comme si cette petite fille avait surgi du néant pour se matérialiser miraculeusement sur ce trottoir, à quelques mètres de la crèche. Le mystère semblait aussi profond que les origines de la vie sur Terre.

Parallèlement à ça, les réseaux sociaux s'étaient

enflammés : la séquence d'Alice à *La Grande Librairie* fut partagée neuf millions de fois (jusqu'aux États-Unis, sur le site du *New York Times*, accompagnée de sous-titres). Et l'affaire de cette femme qui avait enlevé un enfant dont on ne trouvait pas l'origine fut l'objet d'innombrables commentaires, analyses, décorticages, réflexions et débats.

Le jugement fut rendu dans une ambiance troublée par la couverture médiatique. D'une voix grave, avec l'expression impassible de celui qui tente de faire une démonstration d'impartialité, le juge déclara que l'enlèvement et la séquestration d'Agathe étaient bien des infractions graves mais que compte tenu des différents témoignages, en particulier ceux du personnel soignant de l'hôpital où « la petite » avait été admise pour une méningite et surtout, compte tenu du fait qu'un enfant sans parents ne pouvait pas vraiment être un enfant enlevé (ce dernier point fut lui aussi longuement débattu), il y avait des circonstances atténuantes. L'affaire fut correctionnalisée, ce qui permit au juge de condamner Alice à une peine de prison de trois ans avec sursis, dont onze mois ferme. Les peines inférieures à un an n'étant pas exécutées, Alice resta en liberté.

Durant tout le temps que dura l'instruction du procès, le problème de la garde fut débattu par à peu près tout le monde. Des philosophes en chemise blanche vinrent donner leur avis à la télévision, des historiens du droit furent invités dans les grands magazines d'actualité, des pédopsychiatres écrivirent des cartes blanches. On invoqua Freud, Aristote, Claude Lévi-Strauss, la Bible, le Coran, la Torah et la Convention des Nations unies relatives aux droits de l'enfant. Derrière les formules, les raisonnements et les concepts, il n'y avait finalement qu'une seule et même idée : Si cet enfant sans parents est bien là où il est, pourquoi faudrait-il changer quelque chose ?

Le même juge, avec la même voix grave et le même regard impassible, laissa Agathe à Alice, il ordonna que soit régularisée la situation administrative de l'enfant qui garderait «Agathe» comme prénom et comme nom celui d'Alice.

Parallèlement à ça, Yves Lacoste proposa à Alice de publier *Feel good*. Le contrat étant rompu avec la maison de Camille Bonnin de La Bonninière de Beaumont, elle pouvait faire ce qu'elle voulait du manuscrit et elle accepta.

Le roman sortit en janvier.

On ne sut jamais si ce fut à mettre sur le compte du buzz ou sur celui de la qualité du livre mais, entre janvier et juin, il s'en écoula quatre cent quatre-vingt mille exemplaires, des ventes exceptionnelles qui sauvèrent les Éditions de l'Arbre pâle d'une nouvelle faillite.

Alice refusa toutes les interviews, tous les salons du livre, toutes les invitations en librairies.

À la fin de l'année, elle reçut sous forme de chèque ses droits d'auteur qui s'élevaient, compte tenu des cessions au format poche et d'une cession audiovisuelle âprement négociée par Yves Lacoste, à 1 200 000 euros.

Alice regarda longuement ce chiffre écrit sur le chèque.

Ensuite, elle prit le chèque et elle le punaisa au-dessus de son lit.

Et elle le laissa là pendant toute une semaine.

Et puis, elle alla le déposer à la banque.

Et enfin elle fit un virement de 510 000 euros sur le compte de Tom.

8

Retour aux origines

Très exactement huit mois plus tard, Alice regardait Agathe en train d'escalader une petite dune de sable.

À presque trois ans, Agathe était d'une détermination impressionnante. Elle montait la pente raide, le sable se dérobait sous ses pieds, elle tombait mais se relevait courageusement avec, dans son regard d'enfant, l'émerveillement de se découvrir capable d'un pareil tour de force.

Tom prit une photo. Ce moment qui était d'autant plus inoubliable qu'il y avait, comme décor, le Sphinx et les pyramides.

Achille ne disait rien depuis un moment, comme si l'émotion d'être là l'avait privé de la parole. Il s'approcha de sa mère, se serra contre elle et lui dit :

— Merci, merci maman !

Plus tard, de retour à l'hôtel, ils dînèrent dans un jardin depuis lequel on voyait se coucher le soleil sur la vallée des Rois.

— Et maintenant, qu'est-ce que tu vas faire ? demanda Tom.

— Je crois que je recommence à avoir envie d'écrire quelque chose… Je crois que je ne pourrais pas faire autrement que d'écrire quelque chose… Je crois que l'argent m'a sauvée de la misère mais maintenant il faut que la littérature me sauve de l'argent. Et toi ?

— Je ne sais pas. J'ai peut-être aussi de nouveau envie d'écrire. C'est bizarre. Je n'aurais jamais cru que ça m'arriverait encore.

— T'as des idées ?

— Peut-être… Je pourrais par exemple raconter notre histoire mais en changeant deux trois trucs… En ajoutant un truc surprenant. Peut-être une histoire de vache génétiquement modifiée, quelque chose comme ça…

— Ça a l'air bien !

— Ça ne fonctionnera pas mais je crois que ça m'est égal…

— Et nous ? demanda Alice.

— Nous ? Je ne sais pas… Pour le moment on dirait qu'on est heureux.

Alice but une gorgée de vin blanc.

— Et combien de temps ça dure le bonheur ? elle demanda.

Tom se sentait légèrement ivre. C'était agréable.

— Dans les romans, le bonheur ça dure longtemps. Très longtemps…

Ils se regardèrent. Ils se sourirent.

Autour d'eux le monde était toujours aussi terrible. Sans pitié. Préparant mille mauvais coups. Prêt à interrompre le fil de toutes les histoires.

Ils le savaient.

Ils ne l'oubliaient pas.

Mais pour l'instant, ils se sentaient bien.

Le Livre de Poche s'engage pour
l'environnement en réduisant
l'empreinte carbone de ses livres.
Celle de cet exemplaire est de :
450 g éq. CO$_2$
Rendez-vous sur
www.livredepoche-durable.fr

**PAPIER À BASE DE
FIBRES CERTIFIÉES**

Composition réalisée par Soft Office

———————

Achevé d'imprimer en décembre 2021 en Espagne par
Liberduplex
Dépôt légal 1re publication : janvier 2022
LIBRAIRIE GÉNÉRALE FRANÇAISE
21, rue du Montparnasse – 75298 Paris Cedex 06